新井素子

昨日，女子大生の圭子は最愛の恋人・朗から，突然の別れを告げられた。自分は癌にかかっていて余命いくばくもない，というのだ。茫然自失する彼女の耳に，同時にこんなニュースもとどく。“1週間後，地球に隕石が激突する。人類に逃げ延びる道はない”。──圭子は決意した。もういちどだけ，別れていった朗に会いに行こう。そして練馬の家から，彼の住む鎌倉をめざし，彼女は徒歩で旅をはじめたのだった。道中で圭子が出会う４人の物語を織りこんで紡がれる名作破滅ＳＦ。──来週，地球が滅びるとしたら，あなたはどうやって過ごしますか？

ひとめあなたに…

新 井 素 子

創元ＳＦ文庫

GLIMPSE OF YOU

by

Motoko Arai

1981

目次

ひとめあなたに…

練馬　圭子――出発

「ほらいけ大介《だいすけ》！　それくらい飲めなくて男がつとまるかっつうの！」

頭の中に、昨日の残滓《ざんし》がたっぷり残った朝だった。

「男っつうのは、つとまるつとまらないにかかわらず男なの！」

ビール……じゃ、なかったな。大介ロックを、あたし水割りをかわるがわる呷《あお》って。大介は相当できあがってたみたいだし、あたしだって、素面《しらふ》だったなんて、絶対、言わない。とすると……。

あれは一体、どこまでが本当でどこまでが夢なんだろう。

滅茶苦茶、いろんなことがあった。濃縮ジュースの昨日。朗《ろう》が突然別れようなんて言いだして、あたし呆然自失《ぼうぜんじしつ》。大介はあたし口説《くど》くし、あたし大介を鼻であしらった。そのうえ朗はひょっとしたら死ぬかも知れないだなんて言いだすし、そういえば地球さんの余命もいくばくもないってTVさんが言ってたような気もする……。頭の中、まるっきり迷路よ！

……はてさて一体、正しい道はどれなんでしょう。出口、どっちよ。でも、今日は、駄目、あたし。圭子《けいこ》さん、そんな迷路たどる根性、ないもんね。

のろのろおきあがると、台所で水飲んだ。無性に喉がかわいている。口の中がぬとぬとして。お料理用の日本酒見たとたん、こみあげる吐き気。えーい、どうしようもないな。二日酔い、嫌い。

アセトアルデヒド。

唐突にかたかなが頭にうかんだ。昔、家庭科で習ったの。えーと、二日酔いというのは、アルコールがアセトアルデヒドに分解された為《ため》におこる現象で……。誰でもいい、アセトアルデヒドにならないアルコールのおいしい奴《やつ》開発した人に、ノーベル賞あげたい。

そのまま、椅子に崩れるように坐《すわ》りこむ。この酔い方だと、今朝、ベッドの中に大介がいなかったのがめっけもんだな。こりゃ。

……ん? ちょっと待って。何、今の台詞《せりふ》。何で大介があたしのベッドの中にいないのがめっけもんなのよ。これは、あたしと大介君に対する侮辱《ぶじょく》だな、うん。……自分で言ってりゃ、世話ないか。

ま、いいわ。とにかく、乾杯しよう。何か判《わか》んないけど、大介の為に、トマトジュースで。万一そんなことになってたら、大介君今頃4の字がためか、さばおりだわ。プロージット!

☆

まず、昼間、朗に会った。——表現違うな。無理矢理会いに行った。うん、これが正しい。トマトジュースで幾分《いくぶん》頭がはっきりすると、やっとこ、昨日の迷路をたどってみるかって気になった。

まず、最初が朗。この辺は、はっきり覚えている……。

☆

昨日のことについて書く前に、まず、朗のこと、少し書くね。

朗——森田《もりた》朗は、あたしの恋人……だった、と言うべきなんだろうか、やはり。とにかく、昨日までは、恋人だと思っていた。二十二歳。大学が一緒で、あたし油絵、彼、彫刻やってる。科が違うから、二年になるまで、あたし彼を知らなかったのよ。そして……すっごく恥ずかしい話なんだけど、知ると同時に、朗はあたしの恋人になった。

うーん、何だったっけ。きっかけは。……うん、彼があたしの絵を見たことだった。あたしの——〝子供のいる情景〟。

夕暮れ時の公園の絵。うすいむらさきで統一された絵。あれは——自分で言うのも何だけれど、よくできた絵だった。教室においといたあの絵を見た朗は、その作者たるあたしを、わざわざたずねて来たのだった。

「君が——山村《やまむら》圭子、さん？　あの〝子供のいる情景〟の。えーと、その……あのね。俺の知ってる公園の話なんだけど」

開口一番、朗は公園の話を始めた。比較的、せまい公園。砂利《じゃり》道がずっと続いていて、鳩がいっぱいいる。人に慣れてはいるのだけれど、でも、人がやってくると、その足の一メートルくらい手前で、一斉《いっせい》に飛びたつ、鳩。何だか一瞬、足許《あしもと》で灰色の雲がわきたったように見える――そんな、鳩達。

「ああいうのも、モティーフとしてはおもしろいんじゃない？」

「そうかもね」

あたしも何だか妙におしゃべりになっていた。最初は、あせったのよ。自己紹介もせず、唐突に鳩の話でしょ。この人何だろうなんて思っちゃって。でも。そのうち何だかいきおいこんできて……。

何故《なぜ》だろう。初めて、あの公園――あたしの描《か》いた公園の話を、人にしたくなっていた。

うちの――っても、安アパートの一室だけど――一番近くの公園。公園なんて名前ばかりで、二百坪ないの。すっごく狭い。ブランコとか、砂場、鉄棒、シーソーなんかが雑然とあって。

ある日。あたしは、その公園でブランコに乗っていた。夜七時頃。このくらいの時間帯が一番いいのよ。夏だからそんなに暗くないし、子供いないし。

ブランコの鉄鎖。それに混じるあたしの汗のにおい。まるで古い十円玉のような、お世辞にもいいにおいとは言い難《がた》い、でも、安らげるにおい。

十円玉は人間の血のにおい。そんな話を想い出していた。人間の血――自分の血でもある訳《わけ》だから、それはなつかしいにおい。そして、風を切る気分。微妙な重力の変化。ゆれている気分。全部ひっくるめて、最高よ。

あたりには子供はおらず、あたしは気分よくブランコに乗っていた。二十歳の女性としては、やっぱり、子供がいるとブランコに乗れないもの。彼らには公園の優先権があるって、ちゃんと判ってる。

と、そんなことを考えていた矢先。突然、子供が出現した。公園の左脇の細い道から、五人くらい、群をなして。

ちょっとお、今、七時よお！　まっとうな子供が、公園に来る時間じゃないでしょうが！

まず、あたしとしてはこう思っちゃったのよね。せっかく人が気がねなくブランコに乗ってたのに。これは、彼らに、権利ゆずんなきゃいけないかな。

でも。さいわいなことに、子供達はブランコに興味を示さなかった。中央に集まって、何やら線引いている。はばとびの競争でもするんだろうか。何かそんな感じ。

と。七時十五分頃。生け垣の下をくぐり抜け、またもや子供出現。そのあとぼろぼろと子供は集まりだし、七時半には十人近くになっていた。

とっても不思議な気がしたの。

まず、現実の問題として、この子達の親は何してるんだ、と思った訳ね。かぎっ子なんだろうか。それとも、夕飯食べてから集まったのかな。

でも。そんなこと、すぐに考えなくなった。そんなことよりずっと、あたしはこの時間帯に興味を感じだす。

夕暮れ。何て中途半端な時間。

昼は、太陽が支配している。太陽は明るく、すべてのものを照らしだす。道の隅々までがはっきり陽《ひ》に照らされ、何も、どこにも、隠れることはできない。そこは、理性と正気の領分。

夜は、闇が支配している。昼の光の中では何の変哲もないものが、すぐに妖怪変化となる。お父さんの背広のかかったハンガーは、幽霊に。暗い木のこずえは巨大なマントを広げた、怪物に。闇は何でもつつみかくし、何でも中途半端にしか見せず、どこもかしこも謎と恐怖に満ち、すべてが怖ろしく。そこは、妖怪と狂気の領分。

そして、夕暮れ。太陽は沈みかけ、が、まだ、沈んではいない。闇はあたりをつつみかけ、が、まだ、つつみこんではいない。すべてのものが照らされるには遅すぎて、化物《ばけもの》が徘徊《はいかい》するには早すぎる。あたりは適当に暗く、が、適当に白々《しらじら》として。

これが子供の——小学校高学年くらいの子供の時間ではあるまいか。ふと思った。

連中は、完全な子供ではない訳。何やっても許され、かわいがられるだけの存在ではない、ある程度〝自分〟とか〝個〟とかいうものを持ってしまった生き物。けれど、大人と対等に扱ってもらえる程、〝個〟ではない生き物。

そして、子供達は遊び続ける。

そこに、スポットライトがあたったような気がした。子供達。夕暮れ時の主役。あるいは、この公園。空地《あきち》というには広すぎて、公園というには狭すぎる。

そしてあたしは絵を描《か》いた。子供のいる情景——。

朗は、じっとあたしの話を聞いてくれた。それから二人して飲みに行って。会話は断片的で、とりたててどちらかがどちらかを口説いたって訳でもなく、お互いの話なんてのをした訳でもなかった。なのに。

朗が海の話をすると、あたしには、海の音が聞こえた。潮の香まで、鼻の奥をくすぐった。あたしが山の話をした時、朗はおそらく、その稜線《りょうせん》を見てくれたと思う。岩肌の質感を納得してくれたろう。

そして。Fall in Love ——

やっと見つけた。あたしの半分。あたしと同じ感性を持ったひと。あたしの、アダム。あたしが、彼の肋骨《ろっこつ》から生まれたとしても、すんなりそれを納得できただろう。だって。血なんかよりずっと濃い、同じものを感じる力を二人共有していたから。

その朗が、あたしの朗が、あたしの恋人が、あたしの半分が、最近、おかしいのだ。ぐたっとしている。雰囲気的に。

最初はね、肩がこった、だった。最近何しても肩こるんだよね。特に右。俺も齢《とし》だろうか。朗がこんなこと言いだしたのは、半年以上前だった。

やがて。肩がこるから体がだるくなるんだか、体がだるくなるから肩がこるのか、とにかく何やるのも面倒そうになってきた。あたしがデートに誘っても滅多にでてこなくなったし、約束すっぽかされたこと数回。クラスコンパやクラブコンパは全部パスしだして。学校にもなかなかでてこなくなった。これが三か月くらい前から。

このままだとあいつ、留年するぜ。今学期にはいってから満足にしあげた課題、一つもないんだもの。

こういう話をよく聞くようになって、おくればせながらあたし、あせりだす。何とか朗を学校にひっぱりだそう。授業、うけさせよう。こう思ってさんざお説教して——返ってくる言葉は「かったるいんだよ」。

でも、これはまだいい方だった。

一週間半前から。朗の様子が、完全にかわったのだ。

学校には完全に出てこない。いつ電話しても留守——いや。留守じゃないの、判ってる。三度めの電話とった男の人、あれ、朗のお父さんじゃなくて朗自身だったんだもの——居留守よ。あたし、さけられている。そう思うのは、すごく辛《つら》いことだった。でも……確かにあたし、さけられている。毎日電話した。電話くれって伝言もたのんだ。なのに。

どうしてだろう。本当に、判んなかった。

あたし、ここ一か月、満足に朗と話してないのよ。ここ一か月、朗にふられる原因をつくった覚え、ない。

いや。朗はもうずいぶん前からあたしにあきていて——で、ここのとこ半年くらい、つめたかったのかしら。

でも。じゃ、何だって学校にまで出てこないのよ。あたしに会いたくないから？　まさか。だけど……。

訳、判んなかった。すごく、せつなかった。ふられるならはっきりそう言われた方が気が楽だ。何度もそう思った。けれど、別れようか、という言葉を聞くのは、耐えられそうになかった。

そして。のろのろと日はすぎゆき——話は昨日にもどるのだ。

☆

意を決した。断固、意を決した。もうこれ以上、あたしの神経もちそうにない——こんな、へびの生殺しの状態では。このまんまじゃ、あたし、駄目になっちゃう。それに——朗も。はっきり白黒をつけよう。朗、あたしにあきたのか、それとも何か理由があるのか……。なかなか凄絶《せいぜつ》だったのよ、昨日のあたし。朝からずっと、朗の家のそばに張りこんで。判ってる、悪趣味なのは。でも——場合が場合でしょうが！

朗の家は鎌倉《かまくら》。うち、江古田《えこだ》。小旅行よ、これ。さいわい——なんだか、不幸にも、なんだか——縁切り寺はすぐそばだ。

と。二時すぎに、のたのたと、朗君出現。あたし、有無を言わさず、彼を喫茶店にひっぱりこむ。

「朗。あなた最近どうしたのよ」

単刀直入にこう聞いて。

「別に……」

例によって、いとも面倒くさげに、朗はこう答える。でも、昨日のあたし、「別に……」でひきさがってあげられる心境じゃなかった。

「別にってことはないでしょうが」

あくまでくいさがったりして。

「じゃ何て言えばいいんだよ」

朗はあくまでかったるそう。

「だってね、あなた、最近変よ。判ってるでしょうが」

「何が」

「いつもぐたっとしてる」

「そうかな」

「そうよ」

「疲れてんだろ」

「だから、何に」

「別に……」

言葉は空中で円を描く。あたしの言葉は朗に届かず、朗の言葉は、あたしの処《ところ》に届く前に墜落。このあとに来るのは——白っぽい、妙に明るい、けれど全然陽気でない、沈黙。

「……別れようか」

ふいに、朗が、言った。

「……どうして」

あたしの声はふるえている。さみしげに。……あんなたんかきって来たくせに、この台詞が、おそろしくて。

「別に……」

喫茶店の、やったら明るいBGMが、耳障《みみざわ》りだった。あたしの喉元まで言葉はこみあげ、それは、あと少しで外へ出るって時に、また体の奥へもどっていってしまう。吐けそうで吐けない言葉。

喉に手をつっこみ、あたしは言葉をひきずりだしたかった。一つ、一言、何か一フレーズでも出てきてくれれば、あとは鎖を引きずるように、言葉の群れが出てくる筈《はず》。

でも……あ、不思議な程の、無力感。今、言葉の鎖が出てきてくれても……それが何の役にたつんだろう。別れようか。朗はそう言ったのだもの。

「……圭子。おい。そんな顔すんなよ」

「……どんな顔するなって？」

「……そんな、情けなさそうな顔」

この朗の台詞が、最初の鎖をひきずり出してくれた。

「だって。だって朗……。情けなくもなるわよ。別にってことないでしょ、別にってことは。何？　朗、他に好きな子、できたの？　あたしと会うの、もう嫌なの？」

「いや」

溜息と共に、朗の台詞。溜息つきたいの、こっちだわ。

「じゃ、あたし、何か悪いことした？　お宅の気に障るような」

「いや」

「じゃ、何？　……単にあたしにあきただけ？」

「いや」

「じゃ……じゃ、何でよ！」

「……かったるいんだよ、何すんのも。おまえは別に変わってないんじゃない？　俺が変わったの」

「どうして」

「あのな」

朗は、セブンスターに火をつけると、それを深く吸いこみもせず、まとめて煙を吐きだした。はっ。白い煙。溜息みたい。

「そんな顔、しないでくれよ。……おいつめんなよ、俺のこと。追及しないでくれない？」

「嫌だ」

じっと朗を見つめ、あたしは断言した。嫌だ。

「……何だよ。俺の顔見てんの、おもしろいのかよ」

「うん」

朗は、肩をすくめ、軽くはっと笑う。でも、それきり何も話さない。

「あたし、朗の恋人だもん。あたし、朗のこと、好きだもん」

まっ正面から朗をみつめ、思いきって言ってしまう。

「……よせよ。何か、恥ずかしくなる」

「だからね」

あたしは、朗の台詞にとりあわなかった。

「だからね、あたしには、追及する権利があるの。何で朗が変わったのか。だって……あたし、本当に、朗のこと好きなんだもの」

「好きって台詞は、ずいぶんと自分勝手に使えるんだな」

「なぐるわよ」

すっかりさめたコーヒーは、生あたたかく、甘ったるく、舌にまとわりつく。あたしの泣きそうな顔を見てか、朗は重たく口を開いた。

「……あのな。朗君はね……おそらく近々死ぬの」

「へ？」

意味が、よく判らなかった。ひょっとしたら朗、病気かも知れないと思ってはいた。けど……病気って単語とばして、いきなり死？

「まあ、十中八九予後不良だと思うぜ……医学辞典みた感じじゃ」

「え……？」

「あのな。俺、御病気なの。了解？」

「びょう……き？」

「そう。ガンだってさ。そいでまあ、十中八九死んで……運が良くても右腕がなくなる」

「ガン……？」

ガン？　まさか。そんな。おかしいよそれは。ガン年齢って中年すぎでしょ？　何で二十二の朗が。それに――十中八九死ぬような末期まで、何だって放《ほ》っといたの――けど。若者のガンは進行がはやいんだ。気づいた時には手おくれって……右腕？　朗に問いただしてみたいことが山程ありすぎて、あまりありすぎるが故《ゆえ》に、あたしは口を開けなかった。

「判った？」

朗がかったるそうに聞く。あたし叫ぶ。

「判ってない！」

「いい加減判れよな。俺、あんまりしゃべりたくないんだから」

冗談だよね。そう言って笑いたかった。すごく。けれど――朗の目は、まるっきり本気だった。

「あの……治せないの」

「治すことにしたよ、結局。けどもう転移しているような気もするし……治んないんじゃない？　それに……治ったってもう俺は彫刻やってゆけない」

「え？」

「右腕上腕骨上端の骨髄性骨肉腫《こつにくしゅ》。……判りやすくいうとね、右手のつけ根の骨がガンなの。今の状態で可能な治療っつうと、右腕切断しかない」

みぎうでせつだん。右手がなくなる――そんな！　石をなぜる朗の右手。粘土《ねんど》をこねる朗の右手。石をけずる朗の右手。その――右手が、なくなる？

それじゃ。そんなことになったら。朗の人生はどうなるの。これから先の朗の一生は！　でも――それをしなければ……骨肉腫なんて、放っとくと死んじゃうんじゃない！

「だってそんな……右手が……それじゃあんまり……」

「なくなるのは俺の右手だ」

朗はきつい声でこう言う。俺の右手。それはそうよ。けれどあたしだって――ううん。誰より辛いのは朗に決まってる。

右手。あたしの右手。もし――右手がなくなってしまったら。それを考えただけでも、気が狂いそうだった。もう二度と絵は描けなくなる。あたしの――右手。

そして。朗の右手は――考えただけ、じゃなくて、本当になくなってしまうのだ。

「朗……」

頭の中が、ぐちゃぐちゃになってしまった。

「ね……そんな……何かの間違いじゃないの？」

「残念ながら、間違いとは思えんね。もう手術の日どりまで決まってんだから」

手術。切断されて横たわる朗の右手。もう二度と動かない右手。

何て言葉をかけていいのか、判らなかった。同情もなぐさめもはげましも、全部、言葉にしたとたん、うわっすべりな、朗の神経を刺激するだけのものになってしまいそうな気がした。

「……これで判ったろ。俺がかったるい理由。判ったらもう、つっつかないでくれ」

時間が、とまった。

急にさわがしいBGMが聞こえなくなった。街をゆく人々の足がとまる。流れる車がとまる。あたりは、ただ白々とした光に満ち。あたしは、その白い光の中で、ゆったりと浮遊していた。白い光は、あっさりとしていて、質感が全然なく、体をどう動かしても全然抵抗がないかわりに——温度というものが、まるで、ないのだ。あたたかくもないし——その上、つめたくすらない、白い光。

音も何も聞こえない。色彩はすべて、限界まで明るくなり——とにかく、白。べた一面に、ペンキか油絵具塗ったくったような、ホワイト。

それは、無限に続くかと思われるような一瞬だった。が、朗が口を開くと、BGMはまたがなりだし、人々は歩きはじめ、車の流れにはとどこおった跡もなかった。

けれど。白いうすい紗《しゃ》の幕を一枚おろしたように、あたしと現実との間には、妙なへだたり——違和感が存在していた。まるで、芝居の一幕だわ。そう、白い紗のスクリーンに写しだされた、ゆがんだ現実。

「……そいでね、俺、かったるいの。で、今日はこれから、病院に薬もらいに行かなくちゃいけないんだよね」

「あの……」

「悪いんだけど、放っといてくれないか……。俺はしなきゃいけないことがあって……うっとうしいんだよ、泣かれんのも同情されんのも。放っといてくれよ」

放っといてくれよ。これ程の――拒絶が――他にあるだろうか。

「それに、お宅にしても、こんな話聞いた後で、俺に会うの、しんどいだろ？　俺も……右手がなくなった姿を、あんたに見せたくない。だから、いいよ、もう連絡してこなくて。……じゃな」

じゃなって、あのね。朗は席をたつ。伝票つかむ。そんな――そんな莫迦《ばか》な。行っちゃわないで。あたしも慌てて席をたった。けれど、あたしの思考はものの見事に麻痺してくれてて――何も……何も、何も言えなかったのだ。

いや。たとえ思考能力がいつものとおりだったとしても、やっぱりあたし、立ちつくしていたろう。朗の背中はおいすがるには遠すぎて――あたしの口は、声をかけようにも動かなかった。
☆

そのあと。ぶらぶらと、池袋の街を歩いて。途中、品川だの何だの、通ってきたんだとは思うのよ。でも、その辺の記憶、まるでないの。とにかく、気がつくとあたし、池袋の街を歩いていた。

やったら喉がかわいていたのを、よく、覚えている。で、何度も喫茶店にはいって。けれど、どこにも三十分とは居つけず、お茶飲んじゃ歩き、お茶飲んじゃ歩いて。

放っといてくれよ。放っといて……。

メリーゴーランド。台詞はまわる。まわり、まわって……。

苦しいでしょうね、朗。つらいんでしょうね、朗。ねえ、うっとおしかったの？　そんなに、あたし。あたし……でも。泣くことしかできないんだろうな。放っといてくれよって。でも……放っとくなんて。できないよ。けど——じゃ、あたし、何ができるっていうの？　放っといてくれよ。……やっぱり、それはひどいよ。そんなこと言わないでよ、朗。……駄目。こんなこと考えちゃ。つらいのは朗だもん。でも……放っといてくれって……ああ。

考えて、悩んで、歩きまわって。何軒めかの茶店《きてん》で、大介に会った。偶然。

「あれ、圭子ちゃんじゃない。何ふらふらしてんの」

ウッディハウスかどっかで。何とはなしに、いつも行く店に足が向き、当然の帰結として知りあいに会う。あーあ。

「別に……そんなにふらふらしてる？」

「夢遊病者みたいだぜ」

一人でいたい気分だったのに、大介、ずかずかとあたしの隣に来た。放っといてよ。あたしも叫びたい。

「何か……おちこんでるの？　……あ。判った。あててみせようか」

よしてよ。ね、よして、お願い。あたし、今、お宅のC調につきあってあげられる気分じゃない。放っといて欲しいのよ。

「森田にふられた。だろ？」

「違うよお」

とは言いながらも、あたし、少し顔色が変わったみたい。大介とは、あたしが朗の前の恋人――洋《ひろし》にふられた時からの知りあいだから……あたしがそういう時、どういう状態になるか、よく判ってんのよね、彼。

「違わないと思うけどな」

「違うっつうに」

違わないのかな。ふられるって言葉を、朗があたしの人生から姿を消すって意味に解釈すれば、確かにあたしはふられたんだろう。それも、こっぴどく。どうしようもなく。二度と立ち直れない程に。それに……ああ。放っといてくれよ。

「違うんなら、もうちょっと明るい顔しなさいよ」

頼む。頼むから。お願いします。Please、大介、黙って。

「あたしの顔だもん。お宅に指示される覚えない」

「そりゃあんた、公害だぜ」

「公害？」

「んな、くらーい顔して街中歩かれた日にゃ、誰も彼もがくらーい気分になっちまうだろうが」

「じゃ、帰る。帰って寝る」

たまらなく、ベッドが恋しかった。あったかいおふとんにくるまって、丸くなって眠ってしまえば、今日のできごとは、みんな夢になってくれるかも知れない。ガン。莫迦な。放っといてくれよ。朗が——そんなこと言う筈ない。

「おい、ちょっと」

大介、あたしの上着をひっぱる。

「帰ることはないだろうが」

「だって、この顔、公害なんでしょ」

「だからね、顔かくすことより、表情変えること考えなさいよ。はい、笑って」

チーズ、なんて言って、笑えますかよ。何も知らんくせに。このデリカシー欠損症。放っといて欲しいのよ。

……あたしも朗に強《し》いてきたんだろうか。何も知らずに、笑うことを。はい、チーズ。放っといてもらいたがってる人を。あたしの半分。はん……よくそんな、思いあがれたもんね。

と、大介が席をたった。

「判ったよ、判りましたよ」

「何が？」

「表情変える気ないんだろ。じゃ、変えさせてやるよ。飲みにいこ」

「あのねー」

あたしの弱々しい反論は、大介の強引な上着をひっぱる力に負けた。

☆

そのあとが……よく判んないのよね。とぎれとぎれの記憶。くっつかない絵。

何か、最初、大介は朗に同情してたみたい。あたしがダーバンの上着きてたから。これ、ポケットが——ポケットの中のポケットなんてのまでいれると、七つもあって、あたしの一番のお気にいり。実は朗のなんだ。あたし、背が一七〇近くあるから、これ着られるの。で、朗からもらっちゃったの。

「嘘だろ……それ、三万はするぜえ。よく森田、あんたにこれくれたね」

「割とあっさりくれたよ。……あたしがね、ポケット見て気にいっちゃって、おくれって言ったの。したら、はいって……」

もうあたしは開き直ってて——そうよ。何かしゃべれば、忘れられる。ガン。骨肉腫。こんな単語を。

「くれ、で、はい？」

「うん。そんなもん」

とかしゃべりながら、サントリーホワイトあおる。大介ロック、あたし水割り。

「かあいそうになあ、森田も。ダーバンの上着、ねえ……。お宅、意外と金かかる女なんだね」

「んなことないよお」

ひたすら、あたし、うすい茶色の液体を流しこむ。そんなこと、言わないでよお。あたしが朗を苛《いじ》めてたみたいな口、きかないでよお。

「あたし、アクセサリーとか、そういうのあんまり欲しがんないもん。お金、かからないよお」

「どっちにしろ、おくれ、はい、で、三万の上着ぶんどられちまうんじゃ、お宅の恋人も楽じゃないね」

……何か、あのあたりから、段々雲行きがおかしくなるんだ。何回か河岸《かし》変えて、気づくとあたし、大介に口説かれていた。

「俺さ……でもね、あんたになら、上着でも何でもやってもいいよ」

何か、そんな風に、大介は始めたんじゃないかと思う。

「俺、一応、あんたが森田の前の男にふられた時から、立候補はしてんだけど」

「嘘ばっか」

「嘘じゃないよ」

「やめてよね」

「どうしてさ」

「その気ないもん」

「その気ないって……」

「放っといてよ」

立候補っつったってね。大介は、あたしに会うと、下手な冗談とか目もあてられないしゃれとか、何かそんなもんしか言わないじゃないの。今回のこれ、下手なしゃれって言うにはできが悪すぎる。

「おまえってさ……気は強いし、男まさりなんてもんじゃないくらい男まさりだし、美人じゃないし、かわいくもないけど……どっかそれなりにかわいいんだよね」

「……何て台詞よ」

「……照れてるからうまく言えないんだ。とにかく、その……」

あーあ。こころもち赤くなってうつむく大介。冗談じゃないわよ。本当にまったく、何だってこんな時に……。

あたしは、大介の顔をまっすぐ見るのがせつなくて、また、水割りあおる。

水割りあおって……うーん。記憶が迷路だ。水割りあおった記憶は何度もあって、そのまわりにおこったできごとの順序がぐちゃぐちゃになってる。とにかく、このあとしばらくしてか――あるいは、この少し前か、どっかのTVのニュースキャスターがわめいてたのよね。えーと。何だっけ。

……余命がいくばくもない。

そう、それ！

何でも、どっかから、とてつもなく巨大な隕石《いんせき》だか何だかが飛んできて、このままだと一週間後に、それは地球にぶつかるとか何とか。そう、それでね。地球さんVS隕石さんやると、地球さんの方が負けるんだって、情けないことに。どうも地球さんの余命はいくばくもないとか何とか。今日、どっかの天文台が公式発表したとか何とか。とにかく、そんなこと言ってたわ。

で、そのあと――何か、まわりが大さわぎになったような気が、しないでもない。気づくとあたしは、大介と江古田まで歩いて来ていた。何となく、公園かどっかに坐って。大介は、どこで手にいれたんだか、ホワイトのびんを抱えてて、で、例の台詞が続くわけ。

「ほらいけ大介！　それくらい飲めなくて男がつとまるかっつうの！」

「男っつうのは、つとまるつとまらないにかかわらず男なの！」

それから二人して、莫迦なもんにいっぱい乾杯した。

地球最後の一週間に乾杯！　かったるい朗に乾杯！　大介の失恋に乾杯！　あたしの上着に乾杯！

……かくして、気づくと、朝――。

☆

どれが真実なんだろう。ひととおり迷路をたどってみたあとも、あたしの頭の中は、あいかわらず、混沌《こんとん》としていた。

朗がガンだっていうのは……認めたくはないけれど……おそらく、本当。でも、そのあとは。今までのつきあい方考えたって、大介があたしを口説くとは思えなかったし、まして、地球さんの余命がいくばくもないとは何事よ。

あるかな。例の、ダーバンの上着をまさぐる。だいぶ前に買ったたばこ。あればふかしてみよう。あ、あった……けど、空《から》だ。

くしゃ。握りつぶしてみる。空のセブンスターは、実にあっさりと、何の抵抗もなく、あたしの手の中でごみになった。

もう少し、手ごたえがあってくれてもいいのにね。せめて、卵のカラくらい。

朗。あなたの命も、この箱みたいに、簡単につぶれちゃうのかしら。くしゃって……。くしゃっ……。

ようやく、ようやく、涙がこぼれてくれた。

あたしは、床《ゆか》にぺたんと坐りこむと、うすいドアにもたれて泣きだした。優しい嗚咽《おえつ》。涙には、浄化作用がある。涙を流すことによって、人は悲しいことを心の中から洗い流すことができる。

うっうっうっうっ……。

朗が、朗が、死んじゃうよお。どうして。ガンが何だって朗になんかとりつくのよお。うっうっぐすっ。

朗。死なないでよお。どこにも行っちゃ嫌だ。放っといてくれなんて、あんまりだよお。あたし、どうしたらいいの。

ぐすっ。朗。ねえ朗。朗、可哀想だね。骨肉腫って、痛いんでしょうね。

うううっ、朗。朗がかあいそうだよお。

ぐすっ。あたし、判んないよ。判んないよ、朗が死ぬなんて。ぐすっ。

あたし、かなり派手にしゃくりあげた。と、あたしのよっかかっているドアが、軽く鳴った。

とんとん。

ぐすっぐすっ。

とんとん。

ぐすっ。

とん。

ぐすっぐすっぐすっ。

とんとんとんとん。

何だろう。あたし、泣きながら考える。ノック……じゃ、ないみたい。誰かが外で、ドアを弾《はじ》いてるんだわ。指で、軽く。

悪趣味だな。ひとの泣き声にあわせるだなんて。

「ぐすっ、だあれ？」

「とん、俺」

「大介？　ぐすっぐすっ、何してんのよ」

「とんとん。坐ってる」

「坐ってる？」

「うん。ドアの外に。昨日っから一晩中」

「何で」

「圭子ちゃん、ゆうべ、俺しめだしたじゃないか」

「……そうだっけ？」

覚えてないや。

「で、俺、ずっと坐ってんの」

「暇ね、お宅。……ぐすっ」

「だって他にすることないだろうが。とん」

「もう始発動いてるよ、とっくに。帰れば」

「冷てえな」

「そ。冷たいのよ、あたし」

「けど、電車、とまってんだぜ、昨日から」

「何で？」

「あれ、覚えてないの？　じゃ、何で泣いてんだよ」

「ＪＲがまたスト始めたの？」

「いや。ＪＲも私鉄もバスもタクシーも動いてない」

「……そんな大がかりなストなんて、聞いたことないよ」

「ストじゃないんだよ。地球最後の一週間だから」

「へ？」

「本当に覚えてないのかよ。ゆうべ、NHKからテレビ東京まで、全部同じニュース流してたじゃないか。あと一週間で、地球に巨大な隕石がぶつかって……どう計算しても、助かるみこみはないって。あと一週間で全員死ぬってことになったら、電車運転するもの好きもいないよな」

「何だ。……じゃ、地球さんの余命がいくばくもないっていうの、あれ、夢じゃなかったのかあ……」

不思議な程のほほんと考える。

「ああ」

背中が妙にあったかい。思考がとまっちゃってるな。何か、そんなことしか考えられなかった。

あたしのよりかかっている、ドア。大介のよりかかっている、ドア。うすい木のぺなぺなの、ドア。ほんの板一枚へだてて、背中あわせの会話。

「ね、圭子ちゃん。中いれてくれない？」

「ん……」

と、返事はしたものの、あたし、ドアの鍵をあけなかった。もうちょっと、こうして。板一枚へだてて、背中あわせでいようよ。

地球の余命がいくばくもない。隕石がぶつかって、地球は壊れる。

ゆっくりそれを考える。

下手なSFの主人公になった気分だなあ。あたしも、死ぬのか。

うーん。これは、大変だ。

妙におっとりと考える。

大変だって、死ぬことが、じゃ、ない。死ぬ、という単語を手許《てもと》にたぐりよせることが。普通の生活をおくっていれば、死ぬって、おっそろしく、遠い遠い処にある言葉。知識として知っているだけの言葉。それの主語に〝あたし〟がなることはない。

おじいちゃんが死ぬ。いとこが死ぬ。友人の知りあいが死ぬ。友人のお父さんが死ぬ。こういう例文は、作れるのよ。わりと実感持って。それに付随するイメージもわく。おじいちゃんが死んだ。おばあちゃんが泣く。お父さんも泣く。あたしも、妹も、お母さんも泣く。重たいお葬式。親戚の人達。白っぽい、妙に明るい、死体にそぐわない木のお棺。菊の花の黄。ぶくぶくとふくれた死に顔。口の中の綿。その白さがどぎつい入れ歯。

友人のお父さんが死んだ。クラスの重い空気。担任の先生がホームルームで言う前に、みんな、それを知っている。クラスでお香典《こうでん》を集める。なぐさめる。気をおとさないでね。同情する。あの人のお家《うち》、これから大変だろうなあ。

あたしが死ぬ。

これは——どういうことなんだろう。

朗が、死ぬ。

これは、悲しい。ひどいと思う。何で二十二で？　何で、朗が死ななきゃいけないの？　判んないよ、そんなの。

そう。朗が死ぬんだって、あたしには、判んないんだ。

なのに。

あたしが、死ぬ？

大介も。死ぬ。

お母さんも、死ぬ。

みんな。

判んないよ、そんなの！

☆

大介は、あたしの髪をなぜていた。優しくなぶるように。

「泣くなよ、圭子ちゃん。——圭子。おい」

あたしは、ずっと、泣いていた。知らなかった。あんまり判んないことが多すぎると、泣けるんだ、目一杯。それこそ、目が溶けて、なくなってしまう程に。

「けいこちゃん。けいこ！　泣くなっつうに」

駄目よ、大介。

思っている。

駄目よ、こんな風にあたしの髪なぜちゃ。この広い世界の中で、あたしの髪をそんな風になぜていいのは、朗だけなんだから。

でも、言葉にならない。

いいよね。

今、あたしは、それこそ何も判らない、無知な、かよわい女の子なんだから。狭いアパートの中で泣くしか能のない女の子なんだから。そんな女の子って、何もしゃべんなくていいんだ。きっとそう。

「おまえ、さっき……地球がアウトだって聞く前、何で泣いてたんだ？」

「別に……」

ねえ、大介。駄目なんだってば。かよわくて、頼りなくて、どっかへ飛んでってしまいそうな女の子にしゃべらせちゃ。こう思ってから、ふと気づく。今のあたしのうけ答え、朗にそっくりだった。

「なあ……俺達に残された時間って、あと、一週間っきゃないんだぜ」

あたしは黙って泣き続ける。

「一週間ずっと泣いて暮らす気かよ。もったいないと思わない？　せっかくの一週間、七日、百六十八時間がさ」

あたしはただただ泣き続ける。

「おい、圭子ってば……」

「ほんとに……？」

ようやく声をしぼりだせた。

「本当に、本当なの？　大介、すっごい時期はずれのエイプリル・フールやってんじゃない？」

「本当に本当だよ。……何でこんな嘘つかなきゃいけないんだ。……何なら、TVつけてみたら……？　ニュース、やってっかどうか自信ないけど」

ぱちん。大介が、TVつける。ガーガー音がして――ああ、耳障りな音だ――画面はまっ白。チャンネルをまわす。次も白。次も白。次も白。最後の審判の日がきたのです。どっかのチャンネルでは、セットも何もない、だだっぴろくうすら寒いスタジオの中で、ひげを生やしたおじさんが叫んでいた。悔《く》いあらためなさい。NHKへまわす。あたし、ちゃんと受信料、払ってんだからね。何とかしなさいよ。何か映してよ。あ……映ってる。

完全に寝不足の目をした紳士が、表を示して何か説明していた。それから巨大な望遠鏡。隕石のサイズは……これはかつて地球上に落ちたどの隕石とも比較にならぬ程大きく……いずれにせよ地球の運命は……。聞きたくないよ。こんな台詞。

「ね……どうして？　どうして、大介」

「何が」

「どうして隕石なんかがぶつかるのよ」

「……隕石に聞いてくれ」

「冷たい台詞ね」

「……俺だってね、そうそう冷静で悟りきってるって訳じゃないんだ。嫌だよ、死ぬの」

大介の手が、髪からはなれた。そのままあたしを押し倒す。

「やだ！　何すんの！」

「俺さ——当分言う気なかったし、あんたも聞く気なさそうだったけど、本当に、おまえにほれてたんだぜ」

彼をひっぱたこうとしたあたしの右手を、左手でつかんで床におしつける。重い。重いよ。のっかんないでよ。

「それが何だって……まだまだ人生が続く筈だったんだ？　なのに何だって、もうおわりなんだよ！」

大介の右手は、あたしのブラウスのえりをつかむ。ひっぱる。とぶ、ボタン。

「昨日、ＴＶがさんざわめいてたろ。で、俺……やっとの思いであんたにうちあけたのに。……そんなに俺が嫌いかよ！」

「だって朗が……」

「朗、朗って言うけどな。俺はおまえのそばにいるんだぜ。森田は鎌倉だろうが」

「鎌倉にいようが北海道にいようが北極にいようが朗は朗よ！」

いたっ！　胸、つかまないでよ。うー。

「やめて！　やめてってば！　やめてよ！　人呼ぶわよ！」

「誰も来やしないよ」

「朗が……」

「鎌倉まで声が届くかよ」

頭を左右にふる。大介の唇をさけて。ごん、と鈍《にぶ》い音がして、あたしの頭は床にぶつかった。いたい。力が抜けそう。

あたしは半ばあきらめたように、溜息をつき、目をつむった。やわらかい、ぶよぶよした大介の唇。あ、ちょっとなめくじみたいだわ。なつかしい印象。そう——はじめて朗と唇あわせた時も、そんなこと思った。

朗。ふいに、彼の顔が頭の中いっぱいに浮かぶ。朗——そう、朗！

ゆっくり目をあけた。至近距離にいるので、大介の顔、不気味な程のアップ。

一呼吸おいて、あたしは大介を睨《にら》みすえた。

そうよ。鎌倉にいようが、北極にいようが、右手がなくなろうが、死ぬかもしれなかろうが、朗は朗よ。あんまりこの圭子さんをなめて欲しくない。すんなりあきらめて、大介の思うがままになるようなあたしだなんて、思って欲しくない。

あたしは、思いっきり歯をたてて、大介の肩にかみついた。歯をかみしめる。皮膚をひっぱる——くいついたまま。

いたあい。大介の、胸をつかむ力が、強くなる。いたいっつうに、この莫迦！

とにかく思いっきりかみ続ける。かたいものが歯にあたる。きっと、骨だ。しょっぱい味が口中にひろがる。おいしくない。

何とか自由になった右手と左手を組みあわせてげんこを作り、思いっきり大介のほおをはたいた。嫌な音がして、大介はのけぞり、机の角《かど》に頭ぶつけた。

「何よお。その目つき」

大介の下から体をひっぱりだす。

「どうせあと一週間でアウトなら、怖いものなんか何もないんだからね！　これ以上何かしたら、舌かみきってやる！——言っとくけど、あたしの舌じゃないからね！　お宅の舌よ！」

「圭子……」

「寄らないでよ。本気なんだから」

じりじり後退する。右手で破れたブラウスをあわせる。足に椅子があたる。

大介は、でも、おっかけてくる気力もうせたみたいに、ぺたんと床に坐りこんでいた。あたし、そろそろと、椅子にかけてあった上着をつかみ、それを着る。前のボタン、全部とめて。

朗の為に貞操を守ろうって訳じゃ、なかった。大介が嫌いって訳でも、なかった。ただ、あたしは——あたし、今——もっと何だか他にしなきゃいけないことがあるって気がしていた。

「圭子……そんなに俺が嫌いか？」

大介がのろのろと聞く。そんなことじゃなくてね。そんな問題じゃなくて……。

「あなたが好きとか嫌いとかって問題じゃないのよ。あたしは、朗が、好きなの。朗じゃなきゃ嫌だ。別にあなたじゃなくたって——あなたが嫌いって訳じゃなくて、朗じゃなきゃ駄目なの」

「朗じゃなきゃ朗じゃなきゃって言うけど、森田は鎌倉なんだぜ。電車動いてないし、どうせ会えないじゃないか。その点、俺は、ここにいるんだ。……俺……死ぬんだぜ！　せめて想い出の一つくらい……」

「大介」

ゆっくりと、言う。あたしは、かなり精神的なゆとりをとりもどしていて――あるいは。張り、みつけたみたい。あたしは、今――そう、泣いているだけじゃなくて、泣いてるだけじゃどうしようもなくて、泣くなんてことより、もっとずっとしたいことがあるんだった。首をこころもち左に傾け、立ちあがる。腕を組んで大介を見おろす。

「それ以上言う気なら、お宅、男やめちゃったら？　いーい。あたしも、死ぬのよ。何であたしがあなたの想い出になってあげなくちゃいけないの」

ゆっくり、ゆっくり、一つの意志が形成されてゆく。

「あたし、あなたの人生の恋人役じゃないんですからね。あたしの人生の主人公なんだから。……それに、電車が動いてないと、何で鎌倉に行けないのよ」

すっと前を見る。

「神様が、あたしにもちゃんと二本くれたわよ。あ・し」

「歩いて……鎌倉まで……行く気か？」

大介、呆然と口をあける。

「行って行けない距離じゃないもの」

とん。まっすぐに立つ。

「あなたが、あくまであたしの意志を無視して想い出作る気ならやってごらん。断固、抵抗してやる」

朗。会いたい。

あなたの右腕がなくなってしまう。その上、死んでしまうかも知れない。そう聞いて、あたしの舌はこおってしまった。まるで動かず、一つとして言葉を吐き出せず。

放っといてくれ。行ってくれ。そう言われたら、もうそれ以上、くいさがることはできなかった。ただ黙って、行ってしまうあなたを見ていただけ。

でも。今なら、あたしの余命だって、あと一週間よ。何の遠慮もしない。ためらいもしない。下手な思いやりもしない。今なら、あたしの舌は、きっと動いてくれるだろう。昨日あなたに言えなかった言葉をつむぎだす為に。

「……すまん。悪かった」

大介は、ぼそっと、言った。

「俺。どうかしてたんだ。頼むから、さっきのことと、さっきの台詞、忘れちまってくれ。……悪かった」

何か、すごく、うちひしがれているみたい。でも。いくら何でも、今、彼に優しい言葉をかけてあげられる程、あたし、人間ができてない。

くるりと大介に背をむけると、彼を、視野からおいだした。髪を束ねる。それから、Gパンとシャツ持って、お手洗いへ。大介の目の前で着替えるんじゃ、あんまり挑発的だと思ったからこうしたんだけれど、うちひしがれた、ぼろくずみたいな大介の視線は、床より上にあがらなかった。

ちょっと考える。男物の上着。木綿《もめん》のシャツ。Gパンはいて、サンダルつっかけて、髪一つに束《たば》ねて。これがいつものあたしの格好なんだけど……。朗との最後のデートにおもむく格好にしては、あんまりだって気がするな。

とっておきの茶のワンピース。あれ着てみようかな。それとも、赤茶のこまかい花散らしたツーピース。うん。あっちの方がいい。えんじのベルトに、同系色のハイヒールはいて。

「ふ……ん」

ためしに、鏡の前でハイヒールをはいてみる。もう、大介のことは、ほとんど考えていなかった。

かつん。ハイヒールの音。

昔、子供の頃に、この音にあこがれた。大人の女の象徴みたいな、鋭い、かつんって音。でも、いざ成長してみると、これ程歩きにくい靴もない訳で……そのうち、ハイヒールはいて歩こう、そのうちってやってるうちに、いつの間にかそのうちは来ないことになってしまったのだ。だから、最後に、そのうち、を。

でもなあ。ハイヒールはいて、練馬《ねりま》から鎌倉まで歩くっていうのは、無謀……よね。

けれど。とっておきのツーピースで朗の前に立つ自分の姿を断念するのは、残念すぎた。

いいや、もう。

あたしは、一番大きな紙袋をひっぱりだすと、そこに、ハイヒールだの、ツーピースだの、ストッキングだの、ベルトだのを放りこんだ。これ、かついでっちゃおう。鎌倉についたら着替えればいい。

「……圭子」

ふいに、部屋の隅が口をきいた。あ、大介。

「ん？」

ふりむく。

「おまえ……本当に行く気か？」

「うん」

「外、あぶないぞ」

「あぶないって？」

「みんな自暴自棄になってるから、誰に何されるか、判ったもんじゃない」

部屋にいたって、何されるか判ったもんじゃないじゃない。そう思ったけど、さすがにそれを口にするのははばかられた。

「けど、部屋の中で、一週間後を待ってたって、仕方ないでしょ」

さりげなく、こう言って。

「……俺がいても？」

「残念ながら」

大介は、のろのろと笑った。

「あんまり残念だって口調じゃないね」

「そお……？」

「ああ。……どうしても行くの」

「うん。どうしても、大介が何いっても、何があっても行くの」

大介の視線は、のろのろと、さながらかたつむりのように空中をはって、あたしの目までたどりついた。

「……森田がうらやましいな」

「朗の為に行くんじゃないもん」

ショルダーバッグからお財布だして、上着につっこんだ。それから、少し考えて。一応、登山用のナイフを、別のポケットにおしこんだ。

「あたしの為に行くのよ。……あたし、朗に会いたい。どうしても会いたい。……やっぱり、朗を放っとくなんて、できないもん……」

「森田に会ったら」

大介の視線は、再びのろのろと、空中をはって床へ降りていった。

「伝えといてくれ。おしあわせに――変、かな」

「あん？」

「おしあわせに」

大介は、少し大きな声でこう言うと、あたしから顔をそむけた。

「行けよ」

「うん」

少し考えて、ゆるく笑って。

「ありがとう」

ドアを開けると階段を降りる。鉄の門が風にあおられ、がちゃんと鳴った。それから、ゆっくり、南を向いて。とにかく、南西の方角へ行けばいい筈。

ゆっくりと、足をしっかり地につけて、歩きはじめる――。

世田谷　由利子──あなたの為《ため》に　チャイニーズスープ

白い、バスルーム。壁にはられた、大きな正方形の白いタイル。つややかな、バスルーム。水を弾《はじ》く、みがきあげられた部屋。白い、幾何学《きかがく》的な部屋。

北向きの窓からでも、夏の陽《ひ》ざしはさしこんでくる。明るく、暑い──ああ、本当に、何て暑いんだろう──夏の陽ざし。

「ふう」

由利子《ゆりこ》は、手で額《ひたい》の汗をぬぐう。びっしょりって感じ。暑い。そのうえ、この重労働ですもの。これでもう二時間近く悪戦苦闘しているのに。ようやく、右腕が切れただけ。

バスルームの、白いタイル。ところどころ目もあやな赤。まっ白と、まっ赤。美しいコントラスト。それ程の出血だったのだ。

少し、もったいなかったかも知れない。

由利子は、転がっている死体──明広《あきひろ》に、申し訳なさそうな視線を向ける。

この血液、いたずらにバスルームの床《ゆか》になんて流さないで、何かでうけておけばよかったかしら。ゼラチンでもいれてかためたら、きれいなゼリーができたかも知れない。ストロベリーゼリーの着色された赤なんかよりずっときれいな、天然の赤。血液ゼリー。

「ごめんなさいね、あなた」

そっと言ってみる。勿論《もちろん》、死体は返事をしない。

「でも……許してくれるわよね。わたし一人じゃ、あなたをここまでひきずってくるだけで、もう精一杯だったんですもの」

そろそろ硬直しだした死体をなぜる。

「あなた、少し太りすぎなのよ。ね？　だから、減量しておけば良かったのに」

閉じたバスルームの中は、むっとするほど暑い。おまけに、成人二人にはせますぎて。

一人――全裸の死体は、バスタブの中に、かなり体をおりまげた不自然なポーズではいっていた。全裸――中途半端なはだか。右足には、まだ靴下がまとわりついている。胸にはまっ赤なさけめ。よくよく見ると、それは、血が、やわらかくかたまった、ゼラチン様の池であることが判《わか》る。心臓に達し、その動くやわらかい器官を切りさいた、深い深い赤の池。

口は、何かを叫ぶかのように半ば開き、鼻腔《びこう》がふくらんでいる。ただ、目だけが妙に――そう、妙に死体とそぐわなく、やわらかい印象。まるで、ほほえんですらいるような。

左手は、奇妙な方向にねじまがり、右手はだらんとバスタブの外にたれていた――さっきまでは。由利子が必死で包丁をたてて、今、ようやくその作業がおわったところ。右腕は、ごとんと重く床におちる。最後まで切られることに抵抗していた、骨の白い切り口を見せて。

実際、由利子には大事業だったのだ。その右腕を切りおとすというのは。骨の、いたんだ切り口が、彼女の悪戦苦闘の様《さま》をよく伝えていた。あちらこちらに包丁のすべった跡が残り、最終的には、包丁の背でたたき壊された骨。

腹部から足にかけては、黒く太い毛が密生していた。その腹部に、これは割と浅い傷。ついっと一直線に、由利子の憎しみそのままに、由利子の愛情そのままに、浅くきれいに切られた跡。

由利子は、今、トイレの白い容器の上に腰かけていた。荒い呼吸。エプロンをつけた胸が、速く上下に動く。

おとなしそうな、純日本風美人の顔だちをした由利子。ストレートの黒髪を長く伸ばし、化粧は口紅を塗っただけ。アイラインはひいていない。肌はまっ白でなめらかで、さながら日本人形のよう。

ただ、その右手は、しっかりと血に染まった包丁を握りしめ——まるでにかわか何かでくっついているみたいだわ——あまり力をこめすぎたため、指が白くなっている。花柄のかわいいエプロンは、きれいに朱《あけ》に染まっていたし、手も赤くなっている。そして、つめ。マニキュアをほどこしたかのように見える、赤いつめ。

手についた血は、決しておちはしないだろう。何となく、由利子はそう思っていた。組織の奥底へ沈んでゆきそうな血。そのなまあたたかさ、ぬめっとした感じ、酸味のあるにおいに、由利子は明広を感じていた。

皮膚をどうしよう。休みながら、由利子は悩む。皮膚は、やっぱり、食べられないかしら。

はいで捨てるべきなんだろうか――捨てる！　とんでもない。にんじんの切れ端や、お茶がらにまみれて、生ゴミいれの中にうずくまる明広の皮膚を考えることは苦痛だった。

約束したもの。わたし。明広さんに。あなたを愛しているのよ。望んで望んで、ようやくあなたの妻になった。わたしはあなたのものだし、あなたはわたしのものよ。佐智子《さちこ》さんの処《ところ》へあなたを行かせるだなんて、そんなこと、できやしなかった。そんなこと、許せやしなかった。途中からわたし達の間に割り込んできた、あんな女《ひと》の処へなんか。妻でも何でもない、赤の他人の処へなんか。

だから、あなたをとめたんじゃない。行かないで下さい。どうぞわたしのそばにいて。わたしのそばに――隣なんかより、もっとそばに、あなたにいて欲しかった。ここに。わたしの――中に。

昔、あなたもお母さんから生まれたのでしょう。お母さんのお腹《なか》の中で、外にはどんなものがあるのかしらって、おびえながら楽しみながら暮らした十月十日。とってもしあわせだった筈《はず》よ。お母さんは、あたたかく優しくあなたを包んでいてくれた。聞こえたでしょう。お母さんの、心臓の音。それと一緒に感じた筈よ。心臓の音にあわせて、あなたの体に流れこんでくる、お母さんの愛情。優しい血液。

佐智子さんなんて、忘れなさい。今、わたしが、帰してあげるわ。あなたを、昔のユートピアに。髪の毛一本残さずに、食べてあげる。

あなた、トマトが好き。よく煮こんだにんじんも。

だから、一緒に煮てあげる。あなたはわたしのお腹の中で、にんじんと一緒にとろけるの。

そして、感じて。わたしの心臓の音を。そして、感じて。わたしの愛情……。

溶けるのよ。溶けなさい。お腹の中で。そして、あなたはわたしになる。あなたはわたしの
血液になり、あなたはわたしの内臓になり、あなたはそして、わたしになる。

愛していてよ。この世の中で、あなたを一番。誰よりも。

明広さん……。

☆

「問題なのは」

由利子、右腕を台所へ運ぶと、今度は左腕に挑戦していた。口に出して考える。

「髪の毛の食べ方と、皮膚の食べ方ね……」

考えこむ間も、手は休めない。包丁は、最初はずぶずぶと左肩にはいっていった。ぶちん。

包丁がのめりこむと共に感じる手ごたえ。おそらくは、筋肉の繊維が切断される手ごたえなの
だろう。明広さん、素敵だわ。発達した筋肉。男らしい。でも、これではおそらく——かなり
煮こんでもかたいだろう。

ううん、勿論、だからってあなたを残したりはしない。由利子は慌てて心の中で弁解する。

きれいに食べてあげるわよ。本当に。

がき。嫌な音をたてて、包丁がとまった。骨に達したせいだろう。

困ったわ。さっき、右肩を切る時に、包丁がはこぼれしてしまったの。こんなぼろぼろの包丁で、左も切ったら……。ええ、勿論、包丁の一本や二本より、明広さん、あなたの方が大切よ。でも……出刃《でば》包丁のスペア、ないんですもの。

菜《な》切《き》り包丁で右足と左足を切断することを考えると、少し、気が重くなった。それに、胴体とか首とかも残っているし。

そうだわ。ふいに思い出す。

のこぎり。あれ、使ってみましょう。

☆

三LDK。最初は、とっても嬉しかった。いいえ。今でも嬉しい。

白く塗られた六階建てのマンション。外装の、ざらざらした手ざわり。まるで、クリームをいっぱいつけた、大きなデコレーションケーキみたい。大きなお台所、大きな流し。冷蔵庫は、ツードアの大きいのを買いましょうね、あとね、おねだり、して、いい？　あのね、わたしね、ワゴンが欲しいの。

つやつや光るステンレス。おなべが三つ。ボールが二つ。まな板は白くま新しい。冷蔵庫はうす緑。

リビングルームに、このじゅうたんなんかどうかしら。うふっ、こんな会話、デパートに行くたびにかわしたのよね。あら、この応接セット、素敵じゃなくて？ ＴＶとかオーディオとか、あなたは電気製品にばっかり目がいって、わたしは木のテーブルとか棚とか、そんなものばっかり見ていた。

ほら、コーナーテーブル。あなたが中に、もらいものの洋酒をしまっておいた奴《やつ》よ。あれは、わたしの、ブライダル・ファッション見に行った時にみつけたのよね。ブライダル・ファッション。ウェディング・ドレスのことだってば。どうして舌かむの。うふっ。

リビングには、白い木の棚があった。切り口がまだ新しい。

由利子は、その棚の前に立って、小首を傾《かし》げる。棚の上には、山口に行った時買ってきたお人形と、京都のこけし。

これは、先週、明広さんが作ってくれた棚なのよね。あの時、彼、確かにのこぎりを使った。ということは、この家には、のこぎりがある筈よ。

明広さんにまかせないで、わたしがのこぎりをしまえばよかったわ。どこにおいたのかしら。

心あたりの場所を思い返してみる。と同時に、先週の日曜――彼が棚を作った時の情景が、あざやかに思い出された――。

☆

朝から明広は張りきっていた。

会社のある日は、七時半に、ねぼけまなこでベッドからはいだすくせに。それも、実に実に大儀そうに。

結婚する前、由利子には、理想の朝の風景というものがあった。

白い、ふちにレースのあるエプロンをつけて、由利子はキッチンに立っている。わかめとお豆腐のおみそ汁のにおい。だしはかつお。うちはかつおのだしだったし、明広さんの家もかつおだった。

本当よ。もし、明広さんのお家《うち》が、こんぶでだしをとっていたり、小魚でだしをとっていたりしたら、わたし、それを習うつもりだったの。でも、あなたのお家も、かつおのだしのおみそ汁で、嬉しかったわ。

一煮して、ガスをとめる。おみそ汁は、あんまり煮たてちゃいけない。

おたまで軽くおみそ汁をすくう。うふっ、上出来。

それからお小皿おいて。

「ねえ、あなた。朝よ。起きて。おみそ汁がとってもおいしく出来たの」

明広は、眠た気《げ》にもぞもぞ動く。それから、意を決して目をあけて。

「おはよう」

「おはよう、あなた」

朝のキス。由利子の口の中には、まだおみそ汁のかおりが残っていて、明広はゆっくり微笑《ほほえ》むのだ。

「本当だ。上出来だね」

ところが。現実は、実に見事に由利子の夢を裏切った。いくらゆすっても、名を呼んでも、明広は目をさまさず——やっと目をあけると、それはいつもぎりぎりの時間。ふとんをけあげると同時にだだっと洗面所へ駆けてゆき、歯をみがきながら髪をなでつけ、ひげをあたるのももどかしく、ワイシャツを着てネクタイをしめる。もちろん、朝のみそ汁をゆっくり賞味している暇のあろう筈もなく、ましてや、小魚の煮物だのサラダだのふっくらたきあがった御飯だのには目もくれない。

由利子はいつも、お膳の上でゆっくりさめてゆく御飯を、一人さみしく食べたものだった。

その明広が、寝おきの悪い明広が、先週の日曜日には、ほぼ由利子と同時にベッドを出たのだった。習慣であわただしく顔を洗いひげをあたる明広を、どれ程の幸福感を味わいつつ、由利子は見たことだろう。今日は、一人で朝食をとらなくてもいいのだ。なめことお豆腐のおみそ汁。明広と二人でゆっくり食べられる。

由利子の幸福感は、そのあと、陽が高く昇るまで続いた。

「今日、棚を作っちゃおうと思うんだ」

ゆっくりとした朝食の席で、明広がこう宣言したから。

小さな棚が欲しいわ。由利子がこう言ったのは、もう二か月くらい前のこと。

「棚？　何で」

明広は、読みさしの新聞から目をはなさず、面倒そうにこう言った。

「ほら、新婚旅行で買ったお人形とか、お友達にいただいたこけしとかが、まだボール箱の中でしょ」

由利子はこう答えたけれど、実際は、こんなこと、言い訳。ただ何となく見たかったのだ。棚を作る明広。日曜大工をする旦那様は、昔から、由利子の夢の家庭像のレギュラーだった。

「ふん……棚ねえ」

ただ、明広が露骨に面倒くさそうな表情をしたので、由利子としては、こう言わざるを得なかった。

「でも、ううん、すぐじゃなくていいの。あなたが暇になった時で」

それっきり、すっかり忘れていた棚の製作を、明広が自分から言いだしてくれた。

そのあとは、大さわぎ。

「メジャーあるか、メジャー」

「はい」

「ふん……さしわたし六〇センチくらいの棚でいいのかな」

「あなたの思うように作って欲しいわ」

「ここか、こっちか……。どう思う、由利子。TVの上の壁の方が見ためがいいんじゃないかな」

「あなたのいい方にして」

この台詞《せりふ》を聞いて、明広の眉は少し寄る。いつもこれだ。少々うんざり。〝あなたのいいようにして〟。この女には、自分の意志ってもんがないんだろうか。

「……由利子は、どう思うんだ？」

だめおしに聞いてみる。

「は？」

が、由利子には、明広の気持ちが判らない。

「おまえはどっちがいいと思う？」

「あなたはTVの上の方がいいんでしょ？　なら、わたしもそう思うわ」

本当は、ソファのうしろの壁の方がいいと思っていた。けれど、せっかく明広が作ってくれる気になったんだもの。それに元来、由利子としては、棚が欲しかったのではなく、棚を作る明広を見たかったのだ。たとえ彼が、ドアの内側に棚を作ると主張しても、由利子は異議をとなえなかったろう。

そのあと、明広は板を買ってきて。日曜大工のはじまりはじまり。

子供の頃から夢にみていたのと同じ情景だわ。

由利子は、そう思うと、そっと、くすっと笑った。

南向きの大きな窓。新婚——結婚して一年半でも、新婚っていっていいでしょう——の家庭。三LDK。新しいマンション、きれいなお部屋。日曜日に旦那様が棚を作る。妻たるわたしは、にこやかに笑いつつ、その情景を眺める。

「あ……」

のこぎりを引きだした明広を見て、由利子は小さく叫んだ。

「何だ？」

明広は手をやすめ、ふりむく。

下に新聞紙か何かしいて欲しい。直接じゅうたんの上でのこぎりかければ、木くずが床に散らばってしまう。でも——せっかく彼が棚を作ってくれているのに、そんなことを言って意欲を殺《そ》ぎたくなかった。

「いいえ。何でもないの」

微笑む。

「あなた、がんばってね」

「ああ」

明広は、眉を軽く上にあげ、くるりと向きをかえる。妻に背をむけて。またのこぎりに手をかける。口の中で、もごもごと呟《つぶや》きながら。

「がんばってね。なんて言われる程の重労働じゃないんだがな」

それから少し大きな声で。

「由利子、おまえは？」

「え？　わたしが、何？」

「おまえ、何すんだ？　俺が棚作るの見てたってしょうがないだろう。何かしてろよ、好きなことを」

「だって」

言われてから気づく。何も、することない。日曜日。旦那様が棚を作ってくれる間、自分は何をしているのか、その絵を考えておかなかった。

「あなたを見ていたいんだけど……お邪魔かしら」

「……いや」

こう答えながら明広がかすかに溜息をついたことに、由利子は、まるで、気づかなかった。

☆

物置がわりに使っているリビングの隅の棚の中から、のこぎりとかなづち、釘がでてきた。それからメジャーにドライバー。なたがあれがいいのにね。

あった。のこぎり。

時計が鳴って、時を告げる。ボーンンンン……。嫌な音。明広さんも、もう文句を言わないでしょうから、あの時計、とめてしまおうかしら。とめる――いいえ。そんなこと、しなくてもいいの。ねじさえ巻かなければ自然にとまるわ。

ボーンンンン……。嫌味な余韻を残して、三回めが鳴る。

あれから由利子は三時が嫌いになった。明広が棚を作ってくれた日から。

☆

二時少しすぎに棚は完成し、明広は由利子のいれたお茶を飲んでいた。満足気に目を細め。こうして由利子と二人だけのゆったりした時間を持つのは、久しぶりだ。棚を作ってやってよかったな。たとえ――それが、佐智子に関する罪悪感から作ってやった棚だとしても。

由利子は、楽し気に掃除機をとりだし、じゅうたんにこぼれた木くずを吸いとっている。

「あ……何か紙しいとけばよかったな」

「ううん。たいした手間じゃないのよ」

由利子は優しくこう答える。これで万事いい――筈だった。明広が、テーブルの上の古新聞を手にとりさえしなければ。

「あ……あなた、それ、違うの。今日の朝刊じゃないのよ」

「え……」

「ずいぶん前の――四月二十日と二十一日のよ」

「本当だ」

がさっ。明広は不快気に新聞をおしやる。

「どうしてこんなもんがこんなところにあるんだ」

こう聞きながらも、明広は、古新聞がそこにおかれている理由を理解していた。日づけまで知ってる――ということは、わざわざ古い新聞を選んだってことだ。この状態で古新聞の用途といえば、それはもう、一つしかない。

「おまえは……」

知らず、口調が不機嫌になる。

「え？」

「おまえはどうしてそうなんだ。どうして言わなかったんだよ。せっかく古新聞だしておきながら。それしいとけば、掃除機かける必要もなかった訳だろ」

「あの……だけど……」

由利子は泣きそうな表情になる。怒っている明広。どうして？　……こんな展開は、まるで予想だにしていなかった。

「だけど……ほら、もうおわるでしょ？　全然大変じゃないのよ、お掃除くらい」

明広は、黙って窓の外に視線を向けた。駄目だ。話にならない。由利子には、まるで判っていないのだ。何故《なぜ》明広が腹をたてたのか……。むけられた背中が、そのまま由利子への拒絶を物語っていた。

どうしてだろう。由利子はその背中を見つめたまま立ちつくす。無意識に掃除機を動かしながら。広がってゆく亀裂。何故？

わたしは、おとなしくて、口答えなんかしない、貞淑な妻の筈。なのに、どうしていつも……あの人は、わたしのやることが気に障《さわ》るのだろう。

一方、明広は明広で、判らなかったのだ。いつもおどおどして、言いたいこと一つも言わない妻。何故だ？　俺は、彼女にとって、そんなに怖ろしい存在なのだろうか——いや。心の中で、溜息をつく。彼女が、おどおどと、刺激すまい壊すまいとしているのは、〝俺〟

じゃない。結局、答えはいつもそこへ行きつくんだな。俺のうしろにかくれたもの——彼女の〝夢〟だ。彼女の描いた理想的な新婚家庭。

そして三時のかねが鳴る。ボーンンンンン……。緊張しきっている彼女の心臓は、突然の音に破れそうになる。ああ、嫌な時計。

ジリッリリリリ。ほとんど同時に電話のベル。由利子はびくっと——今度こそ本当に体をふるわせる。二度めのコール。電話のすぐそばにいた明広が、受話器をとった。

切れ切れに聞こえてくる会話。

「ああ……俺だ。うん……そう」

それから、聞きとれない程の小声で。

「家に掛けるんじゃないって言っただろう」

再び声がもとの大きさになる。

「……いいけど……いや……でも、日曜だぜ。そうじゃないよ。いや、違うって……どうせ人形だぜ……おにんぎょさん。ああ、そう……ちぇ、判ったよ、判りましたよ。……たくかなわないな。……OK。……ん。そうだよな。……ああ、仕事、だから、仕方ないって。じゃ」

がちゃん。

電話を切る音が、嫌に大きく聞こえた。体をかたくし、電話に聞きいっていた由利子、思わずとびあがりそうになる。

「あのね」

明広は急に優しい声になって。さっきまでの亀裂が、どこかへ行ってしまったような――まやかし。

「ごめんよ。急な仕事がはいっちまったんだ」

「出かけ……るの？」

「ああ。夕飯はいいよ」

でも。由利子、出かかった反論をのみこむ。もう、材料、買ってあるのに。あなたの好きなビーフシチュー。

それでも。それでも由利子は微笑んだのだ。もしかしたら、本当にお仕事なのかもしれない。佐智子さんからの電話だなんて……考えすぎ、よ。たとえ……あの人が、お人形さんと言ったとしても。

だとしたら。お仕事に行く旦那様を笑顔で送り出すのは、妻の役目だわ。

「あなた……」

「ん？」

変な話だな。さり気なく返事をしながら、明広は身をかたくする。俺は、心のどこかで期待しているみたいだ。行き先を詰問《きつもん》する由利子の声を。夫婦げんかを。そう――せめて、けんかくらいしたっていいじゃないか。せめて、日曜にふいに電話で呼び出され、行き先も告げずにでかける夫をせめるくらいのこと、したっていいじゃないか。いくら由利子が――お人形さんだとしても。

「行ってらっしゃい」

……は。拍子抜け。もの判りのいい、理想的な妻の返事だ。明広は、軽く失望する。判ってたのに。どうせこういう台詞だろうってことは。

由利子は、優しく夫に上着をきせかけてやる。横を向いた明広が、そっと溜息をついたことに——勿論、由利子は気づかなかった。

それから由利子は、三時が嫌いになった。

☆

のこぎりを入手してからは、仕事はずっと楽になった。左腕を切断する。

白い骨の切り口。のこぎりの跡。

あんまりきれいじゃないわ。でも、まあ、いいの。煮こんでしまえばどうせ煮とける。形も判らなくなる程、ぐずぐずに。

骨からスープをとった方が、いいのかしら。

いつもはコンソメを使っていた。骨から直接スープをとる方法を、由利子は知らない。

お料理の本。お嫁にくる時、持ってきておいて良かった。

でも。あれにも確か、カップ何杯かのお湯でコンソメを溶いて、なんて具合に書いてあった気がする。

血抜き。

唐突に、単語がうかんだ。

にわとりなんかの場合、しめた後で首切って、さかさにつるして血を抜く筈だった。そんな話、聞いたことがある。

抜かないといけないかしら。

明広さんの首切って、さかさにつるして。考えただけでも目がまわりそう。そんなこと、できるわけないわ。あの人、あたしより二〇キロも重いんですもの。

左腕を台所に運びながら、その問題を検討してみる。結局、両腕を、切り口を下にしてボールにいれることで、問題は解決をみた。こうしておけば、ボールに血がたまるでしょう。あとでそれを、ゼリーか何かにすればいいわ。胴とか足とか、大きな処は、切った後で考えよう。

それから、のこぎりに視線を走らす。赤い血の描く、模様。

このましまうと、きっとさびてしまう。でも、もし。のこぎりを洗ったら。

血の混じった水は、下水道へと流れてゆくだろう。下水道。おぞけを感じさせる単語だわ。ねずみだの、ごきぶりだのがうごめく所。お手洗いの水が流れこんでゆく所。明広さんの――わたしの明広さんの体の中を駆けめぐった血が、下水に混じる。

それはとても耐えられそうにない情景だった。あなた。心配しないでね。勿論、わたし、そんなことしないわ。

ぺろりと舌なめずりをする。そして、のこぎりを口に近づけると、目を細め、愛《いと》おしそうに、優しくのこぎりに舌をはわす。

しょっぱい血の味。それにまじって、のこぎりの鉄の味。

由利子は、半ば恍惚《こうこつ》とした表情をうかべると、ゆっくりのこぎりについた血をなめていった。軟体動物のようにうごめくピンクの舌。やわらかい唇《くちびる》。血のついたのこぎりと、口の端にこびりつく血。白い肌。

そんな由利子を、夏の陽ざしがつつみこむ……。

☆

見なければよかった。

まず、そう思った。

夕方、閉店まであと一時間を余すばかりのデパート。八階。冬物の衣類の放出大バーゲンをやっていた。八階の、バーゲン会場の逆はしにめがねや貴金属品の売り場があった。

由利子はその日、明広のネクタイ二本と、自分のブーツを買い、ひどく上機嫌だった。今年は、もうはけないけれど、この、カンガルーブーツ。これをはいて、白いマンションの前を歩く自分の姿。あの人は何て言ってくれるだろう。あの人——明広さんは。

……明広さん？

視野を、見慣れた背中が横切った。

明広は、若い女の肩を抱いていた。由利子とまるで正反対のタイプ。短い髪には、きつくパーマがかかって。パーマ——あれ、カーリーじゃない？　小麦色の肌に大きな目。シャドウは濃い青、ひときわめだって口紅の赤。軽く口紅を塗るのと、そのあまりに白い顔色をカバーする為《ため》、時々ほお紅を塗るだけの由利子から見ると、それは非常な厚化粧に思えた。ジーンズはいて、上着のそでをめくって。まるで男のように大またで歩いて、いきのよさそうなその女は――由利子の知っている人物。

確か、緑川《みどりかわ》さんっていったわ。由利子は思いだす。そう。緑川……佐智子さん。わたし達の結婚式に、来ていた筈。明広さんの同僚……そうよ。

何であの二人がここにいるんだろう。

由利子は、心臓が反乱をおこしたことに気がついた。ねえ、しっかりして、わたしの心臓。別に……何でもないのよ。そうよ、きっと。二人で、会社の用でここへ来たのよ。そうに決まってる。

けれど、いくら考えても、デパートの貴金属品売り場に、同僚の肩を抱いてこなければならない会社の用を、由利子は思いつけなかった。

柱のかげにかくれていた。由利子は思いつけなかった。無意識に。二人の会話に聞き耳をたてていた。いつの間にか。

「ねえ……由利子さんに悪いわよ。……本当にいいの」

佐智子はしきりにこう言う。

「ルビーって、一応、宝石なんですからね。……高いのよ。知らないわよ、あとで由利子さんにしかられても」

ルビーをどうしようというの。あなた。明広さん。

「いいんだ」

夫の声は、平生《へいぜい》聞き慣れているそれより、はるかに優し気だった。そう——まるで、結婚前のあの人のよう。

「どうせ由利子は人形なんだから」

「人形？」

「そう。おにんぎょさん。自分の意志なんて持ってないんだ。きれいな、ままごと用の家の中で、理想の夫婦やってる人形にすぎないんだから」

「まさかあ」

佐智子の声は大きくて、由利子にはひどく下品に聞こえた。

「まさかって、本当だぜ。何でも、〝ええ、あなたのおっしゃるとおり〟だぜ。……ちょっとやってらんないよ」

どうしても信じられなかった。あれが明広の台詞？　やってらんないって……どういうこと。

「いいんじゃない、別に、従順な奥様で」

佐智子の台詞は、一見由利子をかばうもののようにみえるけれど——でも、判ってしまう。由利子のことを、こころもち莫迦《ばか》にしたような言い方。

「ああいうのは、従順って言わないんだよ。……毎朝、朝飯作るんだぜ。……信じられる？　もう結婚して、一年半もたっているのに」

「え……あら、嫌だ。あなた、寝おきって、本当にどうしようもないじゃない。……それとも、何かな、由利子さんの作ってくれるお料理だと、朝御飯も食べられるのかな」

何で。何で、彼女が知ってるの？　わたしの主人が、朝、まるで駄目だってこと。何で。

由利子は、自分のよりかかった太い柱が、脈うっているのを感じていた。脈うつ柱。ゆれる柱。ゆれる世界――。

「まさか。何されたって、俺、朝は駄目だよ。救いがたい低血圧だもの。……問題なのは、おまえだってそれ知ってんのに、由利子が毎朝御飯をたくってことなんだ。ありゃ、無言の拷問だぜ」

「なあに？　由利子さん、毎朝責める訳《わけ》？　ごはんたべてけって」

「それならまだ我慢できんだよ。あいつ、せっかく作った御飯に、俺が見むきもしなくったって、笑って、〝あなた、行ってらっしゃいませ〟だぜ。責めてくれた方が、まだ気が晴れる」

「そりゃ我儘《わがまま》ってもんじゃない？　どうしても食べらんないんなら、言えばいいのに。朝御飯作るなって」

「言ったよ何度も！　そりゃ、言えばそのあと何日か、朝御飯は姿消すよ。……けど、一週間もたたないうちに、復活しちまうんだぜ」

「ううん……そうねえ……。判んないな。由利子さんの気持ち」

判んなくて当然よ。あなたになんか何が判るっていうの。由利子が心の中でそう佐智子を罵《ば》倒《とう》すると。明広が、まったく同じ台詞を口にした。

「判んなくて当然だよ」

哀《かな》し気に間をおき。

「おまえは人間の女で、由利子はお人形さんだもの……。つまりさ、あいつは、俺の女房じゃないんだ。あいつの、理想の妻なんだ。おままごとだよ」

「おままごと?」

「子供の頃、やったろ? 旦那役と女房役決めてさ、奥さんは朝御飯作って、旦那会社に出かけて、奥さん風呂たいて夕飯作ってどうのこうのって奴。あれと同じだよ。……あいつの心の中には、そういう――何ていうのかな、〝理想の家庭像〟つうのがある訳。で、それやりたかった訳。ところが、残念ながら。一人じゃ家庭できないだろ? ままごとには相棒が必要なんだよ。……で、俺と結婚したんだ」

「ふうん」

佐智子のうつあいづちは、段々、その意欲をなくした、うつろな声になってゆく。

「要するに、あいつにとって、ままごとの相棒は、別に俺である必要はなかったんだよな。誰でもいいんだ、一緒にままごとやってくれる男なら。……だから、あいつは俺の女房じゃないんだよ。俺ん家《ち》の、おにんぎょさん」

そうよ。昔から夢みてきたわ。柱のうしろで由利子、唇をかむ。

三LDKの、白い、デコレーションケーキみたいなマンション。芝生のあるお庭。南むきの大きな窓。陽あたりのいいお部屋。朝御飯作るわたし。お夕飯の用意しながら、あなたのお帰りを待つわたし。忘れずに、お風呂わかして。日曜日には、急造大工になる旦那様。子供ができたら動物園。肩車して、子供にパンダを見せてくれる優しい旦那様。

作文にも、書いたのよ。みんな——お父さんもお母さんも先生も、かわいくて女の子らしい夢だってほめてくれた。それの——かわいくて、女の子らしい夢の、どこがいけないの。

「で、まあ、田村《たむら》明広くんとしては、疲れる訳か」

佐智子は、まるで男のような口をきいた。なによ、あのひと。由利子、煮えたぎるような憎しみを感じる。なによ、あのひと。あの言葉づかい。心の中を染めあげてゆく、まっ黒な嫌悪感。

「そ。俺としては疲れる訳。……あさはかだったんだよな。あいつ、女らしくて、おとなしくて、かわいくて、日本人形みたいな女だと思ってた。……まさか、本物のおにんぎょさんとは思わなかった」

「……よしましょ、そんな話」

佐智子は明広の腕に手をかけた。これみよがしに。

「もっと明るい話、しましょうよ。あのね……」

☆

かちっ。ガスの火をつける。おなべに水をいれて。

赤いおなべ。ステンレスの。一年半、使ってきたけど、まだ新品同様よ。きれいにしておきたかった。一度使うたびに、自分でも神経質だと思う程、しつこくみがいた。

コンソメ、いれるべきかしら。

少し悩む。

骨からうまくスープをとれる自信、ない。でも、この骨を捨てる訳にはいかない。

……いいわ。コンソメ、一つだけいれよう。それから骨と。

腕をきれいに洗う。

少し考えて。

皮膚は、一緒に煮てしまおうと思っていた。でも——うぶ毛は？　これは……食べられるものなのかしら。あと、つめ。

うぶ毛とつめだけとっておいて、その用途は後で考えよう。

由利子は、バスルームにとってかえし、電気ひげそり機を持ってきた。うぶ毛って、ひげよりやわらかいでしょうし……これでうまくそれるかしら。

右腕をかかえ、ひげそりをあてる。案の定、うぶ毛は、全然、それなかった。仕方ないわね。今度はかみそりを持ってきて。自分の体じゃないから、あんまりうまくそれる自信、ないんだけれど。でも、少し皮膚を切っちゃっても、もう明広さんは痛がらないでしょう。

多少むらになりながらも、今度は段々、うぶ毛が消えていった。うん、これでいいわ。

それから腕をまな板の上にのせる。菜切り包丁で、つめのまわりを丸く切って。ちょっと切りにくいけれど、はこぼれした出刃《でば》よりましでしょ。包丁を、つめと指の間にいれる。そのまま、おして。てこの原理。

なかなかつめってはがれないのね。

つめと指の間から、また血がにじみだす。よいしょ。べり。つめがはがれると、指の先には血の池ができた。それを十本分。なかなか重労働だわ。おなべがもうしゅんしゅんいいだしてしまう。嫌ね、まだつめすらはがしていないのに。手順が悪いったらありゃしない。

ガスをとめる。お湯の中でコンソメは、すっかり溶けて、うすい茶色になっていた。それから、まな板の上の腕に、ゆっくりと横から包丁をいれる。骨から肉をはがさないといけない。

がりっ。ああ、嫌な音。骨を少し切っちゃったのね。菜切り包丁まではこぼれしちゃったら、それこそもうあとがない。注意してやらなくちゃ。そおっと、そおっと。

そおっと、そおっと……。

☆

そおっと、そおっと、破局は近づきつつあった。由利子は、目をつむって、近づいてくる破局を見まいとし、耳に手をあて、破局の足音を聞くまいとした。

何も言わずに、デパートの柱のかげから去った。明広が、佐智子にルビーを買ってやる処なぞ、見なかった。

そのあとも、決して明広を責めたりなぞ、しなかったのだ。いくら帰りが遅くなっても。用途不明のお金が増えても。由利子が出るとぷつんと切れる電話が掛かってきても……。

おばけが、いるとするじゃない。

夜。おばけは、わたしのベッドの脇をとおりすぎる。かさっとか、こそっとか、いろいろな音をたてる。わたしはとても怖くなる。わたし、とって食べられちゃうかもしれない。何か、ひどいことをされるかもしれない。

でも、怖がっちゃ駄目なの。見ちゃ駄目なの。叫んじゃ駄目なの。それこそ、おばけの思うつぼよ。

頭から、すっぽりおふとんをかぶってしまえばいいのよ。そうすれば、おばけの姿なんか、見えなくなってしまうもの。かさっ。こそっ。あんな音、聞こえない。聞こえないのよ。

そして、朝になれば。わたしはおばけに食べられてもいないし、何か悪さをされた跡もない。ほーら、おばけなんて、いなかったのよ。ね？

そんなものだと思っていた——思うことにした。

おふとんを、すっぽりかぶって、知らないふりをしていれば。そうすれば、この判らない亀裂は、消えてしまう筈。早く朝になって欲しい……。

何故って。由利子のみた夢には、旦那様の浮気とか、由利子以外の女にルビーを買ってやる旦那様とか、旦那様が朝御飯を食べないことを知っている女とかは、でてこなかったから。ないものは、ないのよ。おばけなの。あんなもの、あっちゃいけないんですもの。佐智子さんみたいなひと、いてはいけないんですもの。だからいないの。その筈なのよ。

が……が。

☆

フライパンに、油をひく。腕の肉を、皮をつけたまま、三センチくらいの角切りにする。塩とこしょうをふり、小麦粉をまぶす。軽く包丁の背で、肉をたたく。

ビーフシチューを作る時は、こうするのよ。でも。人肉のシチューの場合も、たたく必要があるのかしら。どのお料理の本にも載《の》っていなかった……。

二つあるうち、左側のガスコンロの上では、コンソメと、いくつかにたたき折った骨——ちょっぴり肉とか筋とかがついているのよ——が、ぐつぐつ煮えていた。お湯の中で、流れにのって、浮いたり沈んだりする骨。お湯の中を泳ぎまわる骨。おいしいスープがとれるといいな。

右側のコンロに、フライパンをのせる。

流しのところに、にんじんとじゃがいも、そして玉ネギ。

にんじんは、少し大きめのを煮るの。甘く煮るわね。舌でおすと、ぐずぐず溶けるくらいやわらかく。

じゃがいも、二つ。芽《め》はよくとっておかなければいけない。

玉ネギは、あとでいいの。だって、あれ、すぐ煮とけちゃうんですもの。

ぐつぐつぐつぐつ。骨とコンソメは、かなり煮つまってきた。おなべの内側に、茶色の線ができる。

トマトジュース、あったかしら。

由利子は、明広のシチューを、すっかりビーフシチュー風に作ることに決めていた。明広の好きなビーフシチュー。牛肉が高いから、あんまり作ってあげられなかったビーフシチュー。ビーフシチューなら、お肉にすこしタイムをふろう。これがあの人の好み。それから軽くお肉をフライパンでいためて。

スープの中に、トマトジュースをいれる。それから、お塩、こしょう、お砂糖少しと、クローブにタイム。にんじん、じゃがいも、それからお肉をいれて。

火を弱くする。これから、ゆっくり、ゆっくり、三時間くらい煮こむのよ。今、四時少し前。七時にはおいしいお夕飯ができるわね。

パンとサラダ、それからワインもそえてみようかな。何となく、うきうきしてきた。

冷蔵庫をのぞく。トマト、レタス、きゅうりにブロッコリイ。グリーンアスパラのサラダなんてのもいいな。

ワインだって、ちゃんと残ってる。モーゼルの白。

どっちだったかしら。赤ワインが、室温なのかな。白ワイン冷やして。それともその逆？いいわ、わたし、どっちにしろよく冷えたのが好き。

あと何か忘れたものは……あ、食後のコーヒー。大丈夫、ちゃんと、豆、あるわ。近くのお店のブレンド。明広さん、あそこのコーヒー、好きだった。あとはひいていれればいいの。フレッシュミルクもちゃんとあるし。

今日は、フルコースだわ。本式のフルコースにしましょう。

とすると、他には……あっさりとしたスープと、オードブル、それにデザートがいるわね。

メインがシチューなんだから……何のスープにしようかしら。

由利子が、しあわせに夢をみていると、ふいに電話がさわぎだした。鋭利な刃物のようにずぶずぶと、あったかいしあわせな夢を切りさく、電話のコール。

嫌だわ。わたし、電話のベルの音、嫌い。電話線、切っちゃおうかしら。

でも。ちょっと待って。

ひょっとしたら。

明広さんからの、電話かも、知れない。

そうよね。

由利子はあたりを見まわす。明広の姿はない。

くすっ。あたりまえだわ。わたしったら。何やってるのかしら。まだ四時ですもの。あの人は、今頃、会社でお仕事しているまっ最中よ。

そうよ。だから、明広さんは、いないんだわ。

何か、違うような気もした。何か、忘れているような、気もした。

でも。

由利子は、ゆっくり、電話へと歩いていった――。

確か、あの時も、電話がなった。あの時。今朝。由利子の、やわらかなあたたかい夢を、ずぶずぶ切りさくように。今朝。

☆

昨夜。明広と二人の、無口な夕飯の席で、突然TVが叫びだしたのだ。NHKから、東京12チャンネルまで。すべての放送局で、一斉《いっせい》に、番組をとりやめ、臨時ニュースを流した。

天文台の公式発表……隕石《いんせき》の衝突……今まで伏せておいたのだが、防ぎようのない事実であることが、本日未明確定……一週間後……地球の破滅。

意味が、よく、判らなかった。ただ、明広の口から、すいさしの煙草が落ちて、それがじゅうたんを焦《こ》がしてゆく様《さま》だけを、見ていた。

「あと……一週間？　嘘だろ、おい……何だって！」

明広は、煙草をおとしたことにも気づかず、無闇に大きく口を開けた。

「あなた」

「由利子、おい、由利子！　……何てこった……」

「あなた、じゅうたんが……」

「どういうことなんだ！　どうしてなんだ！　何故！」

「じゅうたんが……」

明広は、由利子の肩を乱暴につかみ、ゆすぶった。由利子が隕石を呼んだ訳でもないのに、そのすべての憎しみを、由利子にたたきつけるが如《ごと》く。

そう。ある意味では、この極限状況下で、明広は、由利子を——由利子だけを憎んでいたのだ。この——地球があと一週間で破滅するという時に、焦げたじゅうたんを心配する女。その能面のような顔。

が。由利子にしてみれば、他にどうしようもなかったのだ。

隕石と地球がぶつかり、人生がおわる。

まるで、まるで予想だにしていなかった結末。

明広の病死による終焉《しゅうえん》、由利子の病死による終焉、明広の事故死による終焉、由利子の事故死による終焉。

由利子の考えていた夫婦生活の終焉はこの四パターンだけで……そうよ、普通の生活をおくっていれば、この四パターン以外のおわり方がある筈ない。そう思っていたし、実際それ以外のことなど、思いつけもしなかった。

由利子の限界を超えていたのだ。こんな——隕石だの、何だのって、彼女に考えられるのは、もっと、身近なこと。たとえば、車にはねられて死んだ明広。たとえば、ガンになって死んだ明広。

だから由利子は、最も卑近《ひきん》な日常生活に戻ろうとしていたのだ。じゅうたんの、やけこげ。

そのニュースを流しおえると、TVは一斉に白くなった。何も映っていない画面。とりつくしまもないブラウン管。

ブラウン管の白い画面に見られたまま、明広は由利子をゆすり続ける。

「どうして！　何故こんなことになっちまったんだ！　嘘だろ、おい。おい！　由利子、何か言えよ！」

白いブラウン管が、じっと、わたしを見ている。

凍りついたような心の底で、由利子はただ、そんなことを考えていた。

白いブラウン管が、じっと、わたしを見ている。

由利子は、ブラウン管にまけまいと、白い無表情な顔を続ける。明広は、そんな由利子をゆすり続ける。そして。

そして、朝。電話のベルが鳴る。

久しぶりに、明広のベッドで、明広の体温につつまれて眠った由利子は、起きてまず、寒さをおぼえた。そして気づく。あの人が、いない。

いそいで服を着て、リビングへ行くと、明広は声高に電話と話していた。

「判ってる。……ああ。すぐ行くよ。そこ、動くなよ」

もう、こうなっては——あと六日でどうせ死ぬなら、今更、妻の目をはばかることもない。

明広は、そう思っていたのかも知れなかった。

「あなた……どこかへ行くの？」

「ああ」

「……佐智子さんの処？」

はじめてだ。由利子は、低い声で、初めて、夫の前で佐智子の名を呼んだ。

「由利子……おまえ……」

「どうして？　ねえ、あの人には、ルビーか何か、買ってあげたんでしょう？　あの人は他人じゃない。それで充分よ」

「由利子、どうして。おまえ……俺を尾《つ》けたのか？　私立探偵でもやとって、俺の素行《そこう》調査でもしたのかよ」

明広は、体があつくなるのを感じていた。これが、俺の妻か？　お人形さんの由利子か？　まるで、毒ヘビだ。しゅうしゅう音をたて、かま首をもたげ、いやらしく舌をだした毒ヘビ。何て陰《いん》にこもった、何ていやらしい……。

表面は、おとなしいお人形のような顔をしていて、裏でこっそり俺を調べていたのか。それで——佐智子のことを知っていながら今まで、何も言わなかったなんて。……何て女だ。

身勝手な考え方だと思う。が——明広は、浮気しながら、どこか——心のどこか奥底で望んでいたのだ。自分を責める妻の声を。お人形さんじゃなくて、生きた人間の妻を。

なのに、この女は——お人形さんじゃない、生きた女でもない……毒ヘビだ。

「ねえ、あなた。わたし……あなたの妻なのよ。佐智子さん、他人。どうして……。あと六日で地球がおわるのなら、どうして他人の所へ行くの」

あくまでも、おとなしく、優しい由利子の声。

もう駄目だ。もう限界だ。

明広は、ふいにそう思った。そして、急にいとおしくなる。人間の——佐智子。

「あああぁ、おまえは妻だよ、法律上の。法律上の妻っていうだけの他人だ。けど、佐智子は……あいつは、他人じゃないんだ。……そのとおりだよ、おまえのいうとおりだよ。あと六日ですべてがおしまいなら、他人のそばじゃなくて、自分にとって一番大切な人のそばにいるべきなんだ。だから、俺は行く」

リビングをつっ切って、明広は玄関にむかった。由利子は、走って、その前に立ちふさがる。リビングから、キッチンを抜け、玄関へ。いつの間にか、するりと包丁を握っていた。

「そうなの。あと六日ですべてがおしまいなら、自分の一番大切なひとは、そばにおくべきなのよね……」

「由利子……」

明広、由利子の握りしめた包丁をみて、思わずあとじさる。

「あなたは、わたしの一番大切なひとなのよ」

由利子は、明広のおびえた様子など、まるで斟酌《しんしゃく》せず、歌うように続けた。

「だからわたしは、あなたをそばにおくべきなんだわ。わたしの隣なんてところより、もっと、ずっと、そばに」

「由利子、おまえ……」

「わたしの中にいれてあげる。お腹の中に帰してあげるわ。……愛しているのよ、明広さん。あなたのことを、誰よりも一番。だから……」

ピンクの、作りものじみた舌が、形のよい唇をなめる。

「だから、食べてあげる。髪の毛一本残さずに、あなたを、全部」

「由利……おい、由利子！　ちょっと待てよ！　おいってば」

するすると、まったく自然に、由利子は明広に近づく。すっと、包丁を横にはらう。真一文字に、浅く、腹が切れる。

「おい！　ゆりこ！」

明広は、顔をゆがめ、叫ぶ。けれどその目は……。

口は、恐怖の叫びを吐き続けても、小鼻は空気を求めて大きくふくらんでも、けれど、その目は。その目は、恐怖とはまるで違う何かの色をたたえていた。ねじまがって屈折した……愛情のような、何か、この場に似合わぬ色を。

　そこを、一突き。

包丁は、きれいに心臓に達した。崩れる明広を眺めつつ、由利子、にっこりと微笑んだ。ひとりごと。

「ね、あなた。わたし……お人形さんなんかじゃなかったでしょう……」

☆

「もしもし」

「…………」

ようやく由利子が電話をとると、返ってきたのは、沈黙。

「もしもし？　田村ですけれど」

「もしもし……」

ようやく、電話から声が流れてくる。怯《おび》えた女の声。

「……あの、私、緑川と申すものですが……明広さんは……」

「ああ、緑川佐智子さん。結婚式にいらして下さいましたわね」

「ええ。……あの、明広さんは……」

「主人は、今、会社に行っております。帰宅は七時頃になると思いますが、もう、電話はしないで下さい」

「は？　会社？」

「わたし、電話のベルの音、嫌いなんです。ですから、もう、電話はしないで下さい」

「あの、由利子さん、あなたはTVのニュースを……」

「さよなら、佐智子さん。あなたは他人で、わたしは田村の妻なんです。もう電話はしないで下さい」

がちゃん。電話を切る。

あなたは他人でわたしは妻。……どこかでよく似た台詞を聞いたような気がする。

どこかで。……どうせ、お昼のTVドラマか何かだわ。いずれにせよ、わたしには関係ない。

と、また、電話のベル。

しつっこい人ね。緑川佐智子さん。あの人は……確か、会社の同僚。ええ、そうよ。いつか、会社の用で、明広さんと一緒にデパートの貴金属品売り場へ行った人だわ。それだけの人。その人が、何だっていうんだろう。急ぎの仕事かしら。会社へ電話すればいいのに。

台所から、包丁を持ってくる。ぶちん。電話のコードを切って。

それから、ゆっくり、台所へとって返す。

ビーフシチュー、作っている処なのよね。そうよ。そうだわ。

今晩は、正式な、フルコースにするの。あと、スープを作って、サラダを作って、デザート考えて。

鼻歌まじりに台所に立つ。レタスをむしり、トマトをくし形に切って。それから、きゅうりの輪切り。

椅子《いす》に座って爪《つめ》を立て
莢《さや》えんどうのすじをむく

何とはなしに、口ずさむ。松任谷《まっとうや》由実《ゆみ》の〝チャイニーズスープ〟。

莢がわたしの心なら　豆はわかれたおとこたち
みんなこぼれて　鍋《なべ》の底
煮込んでしまえば形もなくなる
もうすぐ出来上がり

わたしも、いろいろなものを煮こんでいるのよ。

歌いながら、考える。くすっと笑う。

わたしの場合、煮こんでいるのは、別れた男達なんかじゃない。明広さん。あなたへの想い。愛していてよ、明広さん。この世の中で一番、誰よりも。髪の毛一本、残さぬ程に……。

髪の毛一本、残さぬ程に。自分の異常な表現に、いささかぎょっとする。変な言い方だわ。嫌ね、どうしてこんなこと、思いついたのかしら。

あなたのために、チャイニーズスープ
今夜のスープは　チャイニーズ

あなたのためのビーフシチューが、もうすぐできあがるの。ビーフ……シチュー。お肉は——ちゃんとビーフにしたかしら？　何だか……違うような気がする……。ううん、そんな。ビーフよ。ビーフに決まってる。そう。だって。塩こしょうして、小麦粉ふって、たたいたもの。ちゃんとタイムもふった筈。

遅い帰りを待つときは
プティオニオンのみじん切り
涙のひとつも流したら
少し気にしてくれるでしょ

ねえ、明広さん。七時までには帰ってきてね。帰ってきてくれるでしょう？　だって、今日は——何だったかしら、とにかく特別の日なの。ちゃんと、フルコース、作るのよ。だから。

そろそろ、陽が沈む。夕暮れ時になると、台所の窓からは、西陽がさしこんでくるのだ。朱《あか》い——どういうわけか、血の色を連想させる、西陽。

由利子は、レタスをむしる手をやすめた。そして、ぱちん。台所の電気をつけて。こうすればいいのよ。ほら、ね、もう大丈夫。部屋の中が明るくなれば、西陽の朱い色に、由利子の体がうかびあがって見えることもない——。

それから、また、流しの前に戻って。鼻歌まじりに、レタスむしりを再開する。とてつもなく大量のサラダができそうだった。比較的大きめのレタスが、そろそろ芯《しん》だけになってしまう。それでも由利子は、レタスをむしり続ける。なべの中で、シチューが、しきりにぐつぐつ自己主張をする。

ああ、そうだ。そろそろ玉ネギをいれなきゃいけないわ。

玉ネギをきざみだす。こと、こと。まな板にあたる包丁の音。それにあわせて、歌は続く。

　煮込んでしまえば形もなくなる

　　　　　　もうすぐ出来上がり

あなたのために、チャイニーズスープ

今夜のスープは　チャイニーズスープ

あなたのために、チャイニーズスープ

今夜のスープは　チャイニーズ……

……

練馬――世田谷　圭子

何か、体がだるくなってきた。

変だなあ。そんなに疲れる筈《はず》、ないのに。肩にかついだ紙袋が重い。そんな莫迦《ばか》な。はいっているのは、ツーピースとストッキング、ベルトに靴。これだけなのに。

環状七号線ぞいに、ずっと、歩いてきた。このまま洗足《せんぞく》まで行って、洗足から目蒲《めかま》線の脇を歩き、田園調布《でんえんちょうふ》から東横《とうよこ》線の脇を歩こう。横浜《よこはま》についちゃえば、鎌倉《かまくら》まではすぐよ。

少し遠まわりになるけど、このルートが一番確かだわ。練馬《ねりま》――鎌倉間の地理に詳しい訳《わけ》じゃないんだから、いたずらに近道しようなんて考えないで、最も安全な道をゆこう。遠まわりでも何でも、大きな道路とか線路ぞいがいい。迷子になるよか、ずっとましだもん。

そう思って、ここまで来たのよ。なのにい！　ほぼ一日かかって、まだ世田谷《せたがや》区！

確かに大介の言うとおりだった。道路事情がえらく悪い。たとえば環状七号線。ここ走る車、みいんな、暴走してるんだもんね！

見てるとせつなくなってくる。目的のない暴走。

これがね、東京に大地震がおこるとかって時の暴走だったら、まだ、見られると思うの。東京から出てゆく為《ため》に、一斉《いっせい》に走りだすマイカー族。

　でも。今回の場合、被害をうけるのは東京だけじゃないでしょう。日本全部、世界全部。逃げ場がない処《ところ》を暴走してる。

　環状七号線。ふっと思いつく。もし、字のとおりだったら、大きな環になってる筈なのよね。
(実際は、このネーミングは、少しおかしくて、輪になっていないんだけど)

　でも、わざとそう考えてみる。東京をめぐる大きな輪。行き場もなしに、その輪の中をぐるぐるまわる車達。あはっ、これが本当のどうどうめぐりって奴《やつ》じゃない。……せつないね。でね。別に、車が制限速度はるかに超えて走りまわってるだけなら、歩行者には実害はないわけ。歩道歩きながら、「わ、あぶない、わ、速い!」ってやってればいいんだから。けど。車達の暴走は、そんないいもんじゃなかった。

　ハンドル切りそこなって、ガードレールにぶつかるなんて、まだいい方。信じられない速度でガードレールと衝突し、車ぐちゃぐちゃにしながら歩道にのりあげ、近くの家につっこんで炎上なんて、しょっちゅうよ。誰も信号なんて守んないんだから、道渡ることは自殺意味してるし。(まさか、この時の為に、歩道橋なんて作った訳じゃないでしょうね)で、大破した車にさらにつっこんでくる阿呆《あほう》な車が山程。結果としては、大破につぐ大破で、道は火の河。かと思うと、壊れた車をさけすぎて、対向車線上にのっかっちゃう莫迦もいる。するってぇと、あっち側でまた、大破につぐ大破、炎上よ。

　それでも車は走っていた。他の車の死骸をさけて、対向車にぶつかることをさけて。

今、環七を三十分以上走り続けられるドライバーは、きっと、大抵のカーレースで優勝できちゃうよ。何か、そんな気がした。

かといって。大通りぞいの歩道をさけて、普通の道にはいることはためらわれた。何故《なぜ》って、そっちの方がもっと危ないんだもん。ドライバーさん達、みんなして、歩行者が見えない特異体質に変身しちゃってるのよ。人をひき殺して遊んでる車がいる。そうとしか思えない、轢死《れきし》体《たい》の数。ガードレールに守られていて、車が走れる幅のない分だけ、大通りぞいの歩道の方がいい。ガードレールにつっこんでくる車にだけ、気をつければいいんだから。

かわりに。こっちには、変なもんが走ってんの。バイクに自転車の暴走族……このへんは、まだ、まとも。ごくまれに、練馬——世田谷間で一つ見かけただけだけど、三輪車。それから、大八車《だいはちぐるま》に家財道具つんで運んでる家族。

何故みんな、走りたがるのかしら。

判《わか》らないでもない。ちょっと、そう思う。

今、環七《かんなな》で、命がけのカーレースを展開している連中は、少なくともその間は、地球の破滅を考えなくて済むもの。ほんの一瞬でも気を抜いたら、確実に死神の手におちる。そんな、地球の破滅なんて考えている暇がない極限状況に、自分からどっぷりとつかってんの。

そんな中で、あたしはとぼとぼと、ツーピースいれた紙袋かつぎ、恋人に会いに歩いてゆく。

何か、空《むな》しくて……喉、かわいた。

別に、空しさが喉のかわきを誘った訳じゃないと思う。そんなもんに誘われなくたって、あたしには喉がかわく立派な理由が二つもあった。

まず、二日酔いでしょ。これは大体、喉がかわくことになってるじゃない。それから、練馬——世田谷間を歩いてきたっていう、運動量。それも、普通の日の、練馬——世田谷間じゃないもんね。車がみんなしてガードレールにつっこみ、大破につぐ大破なんてのを繰り返してる日の、練馬——世田谷間。

どうしよう。何か飲みたい。それに、何か食べたい。

人間って、うえ死にするのは割と大変らしいけど、かわき死にするのって、割とすぐみたいじゃない。それに、何か飲むなり食べるなりしなきゃ、とても鎌倉まで、体力がもちそうにない。

飲むんだったら、駅のそばへ行けば——いや、そんなとこまで行かなくても、割とあちこちに、コーラやコーヒーの自動販売機がある筈。でも、食べる方は？

カップヌードルの自動販売機って、時々、あるのよね。でも、それはあくまでも、〝時々〟だし、〝時々〟っていうのは、本当に必要な時には、まず見つからないってこと。こんな状況下じゃ、レストランは勿論《もちろん》、パン屋さんだって営業してないだろうし……。

結局のところ、非常事態で役に立つのは、機械だけ。か。ま、こんなもんよ。こんなもん、か。

何となく哀《かな》しくなりながらも、環七から道をそれる。車に気をつけながら、とにかく、何か飲みものの自動販売機を探す。

と。
角《かど》をまがってしばらく行くと、何っていいのか……ひどく、場違いな音が聞こえてきた。音――声。声――歌……かな。
「煮込んでしまえば形もなくなる
　　　　　もうすぐ出来上がり
あなたのために　チャイニーズスープ
今夜のスープは、チャイニーズ……」
あ、知ってる。これ。荒井《あらい》由実の――松任谷由実っていうべきなのかな、いいや、この歌作った頃は彼女はまだ荒井だった――チャイニーズスープ。
耳をすますと、その歌は、左側の小さなマンションの一階から聞こえてきていた。白い、デコレーションケーキにつける、生クリームぬったくったみたいな、壁。歌っているのは、まだ若い女のよう。時々、かすれたりとぎれたりする。混じるトントンって音は、きっと、まな板の上で包丁使っている音なんだろう。
新婚の奥さんだろうか。何となく、そんな気がした。今の生活がしあわせいっぱいで、地球が亡びるって時になっても、とりたてて他にすることがなく、現行の生活をそのまま続ける、奥さん。
うらやましいような、哀しいような、何とも言いがたい感情におそわれて、あたしはずっと耳をすます。最後の一週間――正確には六日なのかな――を、旦那様の為にお料理してすごすいる中で、その奥さん一人、何だかとっても優し気《げ》で、安定しているような気がした。

この環境の中で、歌をくちずさみながらお料理をする奥さん。まわりがこれだけ殺気だって
かなり厚かましいとは思いながらも、あたし、そう決心していた。

あそこで、お水もらおう。もしできたなら、何か食べさせてもらおう。

彼女の姿が、ありありとうかんだ。

☆

ドア・チャイムを鳴らす。

田村　明広
　　　由利子

郵便うけの表札を見て。ほら、やっぱり夫婦だった。

と、ドアが細めにひらく。のぞく女の顔。

「明広さん、早かったのね……あら？」

純日本風美人が立っていた。長い、ストレートの黒髪は腰まである。色は白くて、肌はなめらか。優しくておとなしそうで、まるで日本人形みたい。

想像していたとおりの人だわ。……ただ、一点をのぞいて。中にチェーンがかけてあるので、ドアは細めにしかひらかない。だから……よく判らないんだけど……でも。エプロンに、べっとりとくっついているのは……あれは、血ではなかろうか。

「どなた？」

女は、エプロンの血を、まるで隠そうともせず、にこやかにこう聞いた。それは実に彼女に似つかわしい仕草で、夫の帰りを待ちながらお夕飯の仕度をするしあわせな新妻そのものの仕草で……とっても、日常。

あたしは一瞬、混乱を覚える。ひょっとして、あと六日で地球が亡びる云々《うんぬん》って、あれ、嘘じゃないだろうか。外で暴走している車の群れは、何かの間違いじゃなかろうか。それに、この、エプロンの血も、何か特別なものじゃなくて、日常なんじゃないだろうか。たとえば——とてもそうとは思えないんだけど——赤いペンキがついただけ、とか。そんな気すらおこさせる、女のかかえた〝日常〟。

「あの……通りすがりのものですが……山村圭子と申しますが……すみません、お水を一杯、頂けないでしょうか」

彼女の〝どうしようもなく日常〟にひきずられて、あたしはとっても恥ずかしくなる。通りすがりの若い女が、見も知らぬ家に水をもらいに寄るだなんて、これはあんまり非日常だもの。

「お水？」

女は、無邪気ににっこりと笑うと、目の前のドアをばたんと閉めた。それからむこう側で音。あたしがあっけにとられていると、また、ドアが、今度はかなり大きく開いた。

「ごめんなさい、チェーン外していたものですから。……あら、あなた、どうしたの。すごい格好よ」

言われて、あらためて自分の姿を見直す。確かに——すごい格好。交通戦争の環状七号線の脇を通り抜けてきただけのことはある。Gパンはところどころ破け、ブラウスの左腕には、どこでついたのかべっとりと油。……つくづく、ツーピース紙袋にいれてきて良かったわ。

「すみません、本当に」

日常の生活を営む平凡な家庭に、どこか異次元空間から非日常をひきずって来てしまったような気がして、あたし、何度も〝すみません〟を口にする。それから、弁解したい衝動。

「恋人が鎌倉に住んでいるんです。あたし、ひとめあの人に会いたくて……で、環状七号線ぞいに、今朝からずっと歩いてきたものですから」

「……大変ね」

女は、うしろにさがった。

「どうぞおあがりになって、ソファでくつろいでらして。今、お水くんできますからね」

嬉しくなかった、と言えば、完全に嘘になる。

あたしは喉がかわいていたし、女は水をくれると言う。あたしは完全に疲れきっていたし、女はソファでくつろげと言う。

でも。気にならなかった、と言えば、これも完全に嘘なのよね。

エプロンの前面に、べっとりとついた血——あるいは、血とおぼしきもの。それをまったく気にしていない女。

結局の処、あたしは水の誘惑に勝てなかったんだけれど——お部屋にあがって、ふたたび呆《ぼう》然《ぜん》とする。何これ、これ何！　玄関から点々とついている赤い汚点は……血じゃないの！

一か所、大きな血だまりがあった。無意識にそれをさける。

「あのう……」

お台所からお水くんできた女に聞く。

「これは……？」

「あら？」

女は、初めてその血だまりに気づいたような表情。

「嫌だわ、じゅうたんが……。あなた、怪我《けが》してるの？」

「いえ」

何だあ？　彼女としては、あの血、あたしのだと思ってる訳？　じょおっだんじゃないわよ。いくらぼろぼろの格好してたって、いくら非日常性かかえてやってきたからって、それはない。あんなに出血してたら、今頃死んでるもの。

……今頃死んでる？　思ってから、自分の考えにおびえる。だとすると……この血を流した人は……今、どうしているんだろう。

「あなたじゃないの」

「ええ、あたしじゃありません。それに……あなたのエプロンにも……何だか、血みたいなものがべっとりとついているでしょう……」

「え？　あら、嫌だ。どうしたのかしら。……今、ビーフシチュー作っているのよね、そのせいかしら」

……絶対違う、と思う。そりゃ……人の家の事情は知らないけど、まさか、この田村さん家《ち》って、牛一頭殺してシチュー作る訳じゃないでしょ？

「変ねえ」

彼女もしきりに首をひねる。ということは、彼女もこの血については知らないのだろうか。そんな莫迦な……でも、そうみたいだし。ぞわっ。何か、不気味だ。

「シチュー用のお肉って、最近、こんなに新鮮だったかしら」

「……どんなに新鮮でも、こんなに血は出ないと思いますよ」

「……昨日、お魚のお料理したから……」

でも。お刺身にしたって、こんなに出血するものかしら。それに、それだけじゃ説明できない、玄関の血だまり。

「余程《よほど》……血の気の多いお魚だったんですね」

「あじのひらきなんだけれど……」

じゃ、それも違う。どこの世界に大量出血するあじのひらきがあるもんですか。

「嫌だわ、わたし、怖い……」

けれども。女は、本心からおびえているように見えた。ということは、彼女はこの大量出血の元を知らないということで……このせまい家の中で、自分のエプロンについた血の出所を知らないのはあまり不自然だし……どういうこと……なんだろう。

「……ねえ、山村さんておっしゃったかしら」

女は、泣きながら声を出す。保護欲をかきたてられるような声。

「はい」

「しばらくいて下さる？　主人が帰ってくるまで。……わたし、怖いわ」

「ええ。……一時間くらいなら。……でも、こんな時に、御主人はどこへ行っていらっしゃるんです？」

「あら、会社よ。どうして？」

「会社⁉　あの……ひょっとして、田村さん、TVのニュースを見ませんでした？」

ひょっとして。あたしが間違ってるのかしら。今朝からのこと、全部夢で……ううん。そんな筈ない。けど……。

「TVのニュース……ねえ。さっき、佐智子さんも、電話でそんなこと言ってたわね……」

女は、頭を抱えて考えだした。電話で。その台詞《せりふ》を聞いて、あたし、ちらっと電話に目を走らせる。と……。電話線が、切断されている？

「あの……電話機が……」

「え？　ああ」

女は、平然と、あたしの台詞をうけながした。

「さっき、切ったの」

「え？」

「さっき、切ったの、わたしが。……電話のベルって、うるさくない？」

のみかけていた水を、あたし、思わず気管の方に吸いこんでしまい、咳こむ。そりゃ、確かに電話のベルは耳障《みみざわ》りかもしれない。だけど、だからといって、普通の人が電話線を切断するだろうか？

ぞくっ。日常という仮面に、亀裂が走る。どこか、とっても基本的なところで、くいちがっている世界。

女は、同意を求めるように、じっとあたしの顔をみつめていた。白い、日本人形みたいな顔。……狂っているのだろうか、彼女。少なくとも、普通じゃ、ない。

一体どうしたらいいんだろう。

あたしは、一所懸命、考える。

朗が、ガンになる。右腕がなくなってしまう。あたしにとって、とっても非日常的なできごと。

あと六日で地球が亡びる。非常に、非現実的な世界。

玄関から奥へ、点々と続く血。血だまり。エプロンにべっとりと血をつけて、平然とほほえむ女。電話線を切断する女。

まるで……何もかもが、悪い夢のようだった。早くさめて欲しい。でも、そう思う時に限って、決してさめてくれない悪夢。

怖かった。女の、まるで日常そのものの顔が。

まだ、あたし、死ねないもの。朗に会わないうちには。こんなところで――気の狂った女に殺されるわけにはいかない。

殺される。嫌だ、なんだってこんな単語がうかんできちゃったんだろう。血だまり――エプロンに血をつけて平然とほほえむ女――殺人者。このラインがつながってしまうからだわ。

「ねえ、山村さん」

女は、優しそうな顔をして話し続ける。その優しそうな顔が、また、怖かった。

「あなた、おなかすいてません？　わたし、お昼まだ食べてないの。よかったら何か食べませんこと？」

あたしだって、おなかは――すいてる。でも。今、何か、食欲を満たすに適した状況じゃないような気が、すごく、する。

「でも、ごめんなさいね、ビーフシチューは駄目なの。あれは明広さんが帰ってきたら一緒に食べるから……。かわりに、トーストでもいかが？」

「いえ、結構です。どうぞおかまいなく」

胃袋の執拗な抗議の声を無視して、こう言う。何となく……毒をもられそうな気がした。

「そうお？　じゃ、失礼して、わたしだけ頂いてよろしいかしら」

「どうぞどうぞ」

こら、胃袋！　さわぐんじゃないの！　物事はあきらめが肝心なのよ。

女は、厚切りのトーストにチーズとハムをのせた奴を作って来た。おいしそう……。

「……あら」

うわっやだ、恥ずかしい。こら、あたしのおなか！　音なんかたてるんじゃないの！

「あなた、やっぱりおなかがすいているのね？　遠慮することなんてないのに。……いいわ、わたしの、半分あげる」

「あ、あの、でも……」

「待っててね。今、切りますから、これ。あら、本当に遠慮することないのよ。わたしはあんまり食べちゃいけないの。明広さんが帰ってきたら、一緒にお夕飯にするんだから。ね？」

女が包丁をとりに台所に消えた後、あたしはこっそりとトーストの向きを逆さにした。まさかと思うけど、女がことの成り行きを予想して、あらかじめトーストの片側に毒を塗っておいた時の為の予防策。

なまじ女が日常そのものって顔をしているから、余計にこちらは非日常的に心をくばらなければいけない。そんな気がした。

☆

そのあとは、たまらなかった。とまってしまったかのような時計。全然すすまない、時間。

彼女が狂人であるか否《いな》かはおくとしても、できるだけ、彼女を刺激したくなかった。なるべくさからわずにいたかった。

だから一時間。

あたし、彼女と一緒に、彼女の旦那様を、一時間くらいなら待つって言ったじゃない。それだけ時間がたったら、何だかんだ言いつくろって、出てゆこう。それまでの間は、下手に帰るとか言って、彼女を刺激しない方がいい。

試練の時間は、四十二分、続いた。かっきり四十二分と三十五秒後、ドア・チャイムが鳴ったのだ。

「あ、明広さんだわ」

女は立ちあがる。

「じゃ、あたし、そろそろおいとまします。本当にいろいろと」

あたしも立ちあがる。で、二人してはずんだ足取りでドアに向かい。

女がドアを大きくあける。失望の溜息。

そこに立っているのは、背の高い、わりと男っぽい感じの、カーリーヘアの女性だった。

☆

「あら、緑川佐智子さんじゃありません。どうかなさったんですか」

女の声の感じから、その客が、あまり歓迎されていない人物だということが判った。

「お電話、どうかしたんですか？　いくら掛けても掛からないから……」

「電話線、切ったんです。もう、電話は掛けないで下さいって申しましたでしょ」

「あ！　……由利子さん」

客は、その頃、ようやく女のエプロンに気づいたようだった。

「あなた、その血は……」

「ビーフかお魚。いずれにせよ、あなたには関係ないでしょう」

「だってその血は……まさか、明広さんを！」

「緑川佐智子さん。あなたは、田村の会社の同僚だっていうだけの他人でしょう。あなたに、そんなに気やすく〝明広さん〟なんて呼んで欲しくないわ」

「明広さんはどこ？　彼をだして」

「明広さん、なんて言わないで欲しいわ」

「どこなの、明広さん、あの人は。……あの人は、言ってたわよ。あなたは、法律上の妻だっていうだけの他人だって。かざりものの日本人形だって。今朝、あの人はあたしの処へ来る筈だったのよ！　あの人を出して！」

……嫌だなあ。これは、ひょっとして、痴話《ちわ》げんかではあるまいか。いくらあたしが鈍《にぶ》くても、それくらいは判った。その、明広さんという人物をめぐって、彼の妻である由利子さん、彼の愛人である佐智子さんの三角関係。そんな図式。

それから。いかに鈍いあたしでも、もう一つ判ることがある。これは、第三者たるあたしの聞く会話じゃないってこと。

ところが。ドアをはさんで、由利子さんと佐智子さんがあらそっているんで、あたし、外へ出られない。三分もあらそうと——どうやら、肉体的な力においては、佐智子さんの方が上だったみたい――ドアは内側へあいた。靴も脱がずに佐智子さん、家の中にはいってくる。

「血！　何これ！　由利子さん！」

「やめて……やめて、お願い。出ていってよ！」

「何で！　どうして！」

佐智子さんは、あたしみたいに、血を見て怯《おび》えてなんかいなかった。ずんずんと血の跡をたどり、家の奥へとはいってゆく。

「駄目ってば……」

由利子さんは、床《ゆか》に、崩《くず》れるように坐《すわ》りこんだ。スカートの端《はじ》が血の池にはいるのを、まるで気にしていない。あたしは思わず、数歩奥へとしりぞいた。……なるべく、彼女の半径一メートル以内には……いたくない気分。

「駄目なのよ……洗面所の方へ行っちゃ……あそこには、見てはいけないものがあるんだから……」

と、由利子さんの台詞に呼応したかのように、洗面所の方から、もの凄い音量の悲鳴がきこえてきた。あれは多分……佐智子さんが、見てはいけないものを見てしまった、悲鳴。そしてあたしは……その、見てはいけないものが何であるのか、おおよそ判ってしまって……さらに数歩、あとじさった。

「あなた！　明広さん！　何てこと！　何てことなの……」

泣き声の混じった叫びが聞こえてくる。そして。

ばたん。かっかっかっかっ。

床にヒールの音をひびかせ、佐智子さんが戻ってきた。手に、べっとりと血がついている。

「由利子さん！　あなた！　何て……何て……。何てことをしたのよ！　どうして！　どうしてよ！　あの人があたしの処へ行くって言ったから？　何で、何だって、あの人を殺したのよ！」

「殺してなんて……いないわ……」

由利子さんの表情が、徐々に、徐々に、ゆるんできた。口許《くちもと》がゆるみ――さながら、微笑のような表情。

「殺してなんて……いないのよ。……わたしは……あの人を……帰してあげるつもりだったのよ……。そうよ。そうだわ。わたしは、あの人を、昔あの人がいた理想境に――生まれる前にあの人がいた世界に、帰してあげるのよ」

「腕は！　腕はどうしたの！」

由利子さんの、歌うが如《ごと》き声。対する佐智子さんの声は、とがった刃物さながらで……完全に金属質で、耳に障った。

「腕をどうしたの！　どこへやったの！　この……気狂い！　殺人狂！」

……うで？

ゆっくり、ゆっくり、佐智子さんの声が耳にひびいてきた。腕は、肩についている。それを……どこへやった、ですって？　ってことは……腕が……ないの？　肩についてないの？

バラバラ死体。そんな単語がうかぶ。腕を切り、足を切り、首を切り……。死体をかくす為に。

「あなたって人は、由利子さん、あなた、あの人を、あたしのあの人を殺しておいて、それを隠そうとしたのね！　腕を……どこかへ捨てたのね！　あたしのあの人を返してよ！　完全な体にもどして返してよ！　あたしの明広さんを！」

「わたしの明広さん、よ。あなたには、髪の毛一本もあげない」

由利子さんは、意外にも、かなりはっきりした声でしゃべった。

「あなたは〝あたしの明広さん〟なんて言う権利はないの。……それにね、わたし、あの人の腕を捨てたりなんかしない。大切なあの人の体ですもの。……そうよ、わたし、仕事の途中だったんだわ」

ゆるやかに立ちあがる。さっきまであたしの坐っていたソファの前をとおり、包丁を持つ。

佐智子さんの息を飲む気配。あたしも体をかたくすると、ドアまでの距離を目で計った。

「わたしは……そうよ、勿論、あの人を捨てたりなんてしないの。そうだったわね、わたしったら、何、間違ってたのかしら。わたし、お料理の途中だったのよ。……あの人の肉は、わたしの中でこなれて、わたしの肉になるの。あの人の血は、わたしの中でこなれて、わたしの血になるのよ。髪の毛一本だって、残したりしないわ」

耳を疑った。今、何を言ったんだろう、由利子さん。ごく――ごく、素直に、今の台詞を解釈すれば……この人が作っているシチューは……旦那様の腕。

一方、佐智子さんの方といえば。眼球が、眼窩《がんか》からとびだしそうな表情をしていた。凍った、おどろきの――そして、恐怖の表情。

「あの人はねえ……わたしの明広さんはねえ……」

しあわせそうに、まどろんでいるかのように、由利子さんは続けた。

「嬉しそうだったの。わたしの包丁が、あの人の胸にはいってゆく時……」

「何が、何が嬉しいものですか！」

「あの人はね、ほんのさっきまで、わたしのこと、意志を持たないお人形だって思っていたのよ」

佐智子さんのとがった声は、由利子さんのおだやかなまどろんでいるかのような声に、何故か迫力まけしてとぎれた。

「意志を持たないお人形……それがはがゆかったんでしょうね。だから、あなたと遊んだりしたの」

「遊ぶですって！」

「そうよ。あの人が愛していたのは、わたしだけなんですもの。……見てごらんなさい。あなた」

由利子さんの表情は……歓喜に満ち……いくぶん佐智子さんをあわれんでさえいるようにも見え……。

「お判りでしょう。あなたは、〝わたしの反対のもの〟なの。あるいは、〝鏡の中のわたし〟。

……わたしを愛していて、わたしだけを愛していて、そして愛するわたしをはがゆく思っていたあの人は、〝わたしと反対のもの〟と遊んで、欲求不満の解消をしていたのよ。それだけの存在だったのよ、あなたは。でなかったら、何であの人があなたを選ぶの。わたしと、何もかもがまるっきり正反対のあなたを。……要するにあなたは、〝鏡の中のわたし〟だったのよ」

「だから……だから明広さんは……あなたが、まるっきりのお人形さんだったから、生きた女を選んだんじゃない。あたしを選んだんじゃない。あなたとまるで反対の」

「ほおら、佐智子さん。あなたも認めるでしょう？　あなたがあの人に選ばれたのは、わたしとまるで正反対だからなの。見えるでしょ？　あなたを選んだ明広さんの心の奥に、わたしが。鏡に写ったわたしの姿が」

何て自信なのだろう、それは。その自信故《ゆえ》に、二人の女の位置関係が決まる。勝った女と、負けた女。

「明広さんは、わたしのあの人は、最後に知ったのよ。わたしがあの人を刺した時に。わたしは、お人形なんかじゃない、生きた女だって。だから、あなたはもういらないの。最後の瞬間、実像と鏡像は一つになったのよ。だから、あの人、あなたの処へ行かなかったでしょう」

「何いってんのよお！」

髪をふり乱し、泣き顔で、佐智子さんは叫んでいた。

「あなたがあの人を殺したから、だからあの人は来られなかったんじゃない！　そうじゃなきゃ、今頃、あたしはあの人の腕の中よ」

「判らない人ね、鏡の中の佐智子さん。鏡の中におもどりなさい」

微笑《ほほえ》みながら佐智子さんをみつめる由利子さんは――何だか、何だか、無限の優しさと慈《いつく》しみを内包した聖女のように見えて――あたしは必死で目をこすった。

「ねえ、佐智子さん。あなた、どうしてあたしがあの人を刺せたと思うの」

「何言ってんのよ！　刃物を持っていれば……」

「あの人は男よ。わたしは女。……本気であらそえば、あの人の方が強いのよ。……あの人はね、わたしが生きた人間の女になったから、あなたに――〝鏡の中のわたし〟に会いに行く必要がなくなったんじゃない。だからおとなしく、わたしの中にはいることに同意してくれたんだわ」

「違う！　違うわよ！　そんなの嘘よ！」

佐智子さんは、狂ったように由利子さんにむかって突進していった。包丁が宙をきる。佐智子さん、殺されちゃう！

あたしは、目を閉じようとした。必死で。が――まぶたはとてもかたくて――あたしは、黙って、ことの成り行きを見ていた。信じられないような――逆転の、構図。

由利子さんの包丁は、確かに、佐智子さんを刺したように見えた。実際、刺せる筈だったのだ。

ところが。あとちょっと、という処で、不自然に由利子さんの手はとまる。その手から、白い、日本人形のようなたおやかな手から、包丁をもぎとる、小麦色の指。そして、次の瞬間、由利子さんの胸につかまではいっている包丁。

佐智子さんは、両手で包丁を握りしめていた。胸板深くまで包丁をつきたてながら、なお包丁を握りしめ、叫び声をあげる佐智子さん。顔はひきつり、口は丸くあき。意味をなさない絶叫。

包丁の下で、由利子さんは、疲れた笑いをうかべていた。とぎれとぎれに呟《つぶや》く。

「駄目よ……どうしてわたしを刺すの……わたしが死んだら誰があの人を帰してあげるの……」

「何よ！　何よ！　この！　この！」

佐智子さんは、機械人形のような手つきで、ひたすら由利子さんの胸深くに包丁をつきたてていた。ふるえる手。……まだ、この人、力をこめているんだわ。つかが、胸の中へはいってゆくよう。

「刺したり……しなかったわよ……わたし……あなたを」

断末魔の由利子さんは、それでもにっこりほほえみをうかべ、ぼそぼそ何かしゃべっていた。

「この包丁には……あの人の……血が……あの人を刺した……包丁なんですからね……あの人の血と……あなたの血なんて……絶対……混ぜてあげない……」

この台詞を聞いて、佐智子さん、叫んだ。もの凄い、狂ったような大声。敗者の叫び。人間って。

由利子さん、あなたは。

人間って、どこまで残酷になれるの。

あたしは、いつの間にか、駆けだしていた。白い、デコレーションケーキのマンションをあとにして。もう、サンダルなんかどうでもよかった。はだしで。

目的も何もなく、ただただひたすら走り続けるドライバーの気持ちが、ようやく少し判った気がした。

あの、夢のお城――マンションで。二人の女は、まだ続けているのだろうか。叫び声をBGMにした無言劇。

由利子さんは――自分の死をもって、今や完全な勝者となった由利子さんは、勝者の笑《えみ》をうかべつつ。佐智子さんは、敗者の叫びをあげ続け――。

☆

街は、無人だった。少なくとも、あたしの走っている通りは。おそらく車にはねられたのだろう、犬の死骸が一つ。

朗。朗。

助けに来て。早く。このままじゃ、あたしも狂っちゃう。

朗。朗ってば。

どうしてあなた、ここにいないの。

走って、走りながら泣いて。石につまずいて、転んで、ひざをすりむいた。

そのままべそべそ泣く。足は、無意識に環七を探していた。

朗に会いたい。朗に会いたい。朗に会いたい。

考えられるのは、それだけ。

それから、あたしは、のろのろと左の肩を見る。

いつの間にか、紙袋をかついでいた。無意識に、こんなもの持ってきちゃったのね。ツーピースのはいった紙袋。

汚れたGパン、油まみれのブラウス。こんな格好、朗に見せたくないもの。

胸の奥から笑いがこみあげる。嘔吐《おうと》にも似た笑い。

あたし、持ってきちゃったのね。この紙袋。あんな状況だっていうのに。

デコレーションケーキのマンション。夢の城。あそこから退場するにあたって、あたしはこんなもの、かついで来ちゃったんだわ。あたしの夢の……。

よく判んなかった。

ううん。

全然判んなかった。あたしの気持ち。判りたくなかった。何だってこんなに、気がふれたみたいにけたけた笑っているんだろう、あたし。

全然判んなかった。由利子さん。判りたくなかった。

あたしだって、子供の頃は夢にみたのよ。今だって時々、夢にみる。

広いお台所。お茶の間。おこた。旦那様。TV。巨人―阪神のデイゲーム。五月には新茶。

夏にはビール。秋口には日本酒なんてお燗《かん》しよう。おこたの上に、すすきなんかおいて。

それがどうして——あの人の夢のお城がどうして、あんな風になっちゃうんだろう。

お料理。誰かの為に、お魚に包丁いれる。

この間、かつおのたたきの作り方、おそわったんだ。かつお、三枚におろして、長ネギ切って、レモンしぼって、しょうがと大根おろして……。

どっか一つ、歯車が狂っただけで、かつおを三枚におろすかわりに、旦那様の胸に穴あけちゃうんだろうか。包丁。あんまり身近すぎて気づかなかったけれど、あれ、立派な凶器なんだわ。

頭の中は、今朝以上に完全に迷路で、考えをまとめるどころのさわぎじゃなかった。今判っていることは、ただ一つ。

朗。あなたに会いたい。しっかり抱きしめてもらいたい。

由利子さんも、こんな気分だったんだろうか。狂った、霧のかかったような、ひょっとしたらあたし以上に迷路になってしまった頭の中で。判っていることはただ一つ。旦那様を食べてしまうのだ、ということ。

あん、もう。何考えてんのよ、あたしってば。

あたしとあの人は違う。あたしは、単に、朗に会いたいだけ。朗を食べたいだなんて思ってないもの。

思ってない。思ってない。

必死で自分に言いきかせる。自分が――怖くて。

そしてあなたはわたしになるのよ。

由利子さんの無茶苦茶な理屈、理性ではまるで判らなくても、どこか心の奥底で――おそらくあたしも判っていたから。

違う！　違う！　そんなことない！

必死に理性が抗議する。そうよ理性。それをとりもどそう。あたしは朗に会いたいだけ。

でも。今、そんなことをして何になるんだろう。

人が何とかとりもどしてあげたのに、理性の奴は、平気で人の感情を逆なでにするようなことを考える。

彼女が、旦那様を食べることには、何の意味もない。彼女がどう思っているのかなんて知らないけれど、でも、胃の中にはいってたからって、旦那様が生き返るわけじゃないし、まして彼女が旦那様になれる筈がない。

あたしが朗に会いに行くことは、何の意味があるんだろう。何故、あたしは朗に会いに行くのだろう。

まるで、判らなかった。

朗と会っても、事態はこれっぽっちも変化しない。それは、判る。

でも。あたしの足は、決してとまることなどせず、左右交互に前へ出ていた。理性なんて無視して――どっか、心のずっと奥の方から、体のずっと奥の方からわきあがってくる衝動にあやつられ。

朗に会いに行く意味なんて、判んない。

ただ。このまま、朗に会わずに死んでゆくことだけは——どうしても、できなかった。

会いたい。抱きしめてもらいたい。

それだけ。たったそれだけ。そうよ、それだけ。

脳が全部どっかいっちゃって、かわりに生クリームがつまっているような気がした。

とにかくあたしは歩き続ける。ようやく環七をみつけ、はだしのままで。肩には夢のツーピースかついで——。

目黒　真理——走る少女

それはちょっと、ないと思うな。すっごく理不尽だと思う。もうお金納《おさ》めてあんのに。

ぷっとほおをふくらませて、定期と、進学ゼミの夏期講習券を、破って捨てた。四つになった紙きれ二枚は、風にのって真理《まり》の足許《あしもと》にまとわりつく。

ゼミもゼミだわ。あたしの世界史の夏期講習の費用、どうしてくれるんだろう。いくら隕石《いんせき》がぶつかるからって、何で授業しないのよ。これじゃ、まるで、詐欺《さぎ》じゃない。

JR、私鉄、これもいけない。何だって電車、走らせないの。六か月定期、まだ半分も使ってないのに。

それに、図書館。平日なのに、月曜でもないのに、何で開館しないんだろう。ここまで徹底されちゃうと……あたしの受験勉強はどうなるのよ、もう。家《うち》じゃできないんだし……。

そう、家《うち》！　お母さん、ひどいね。お父さんも。

真理。おまえはわたし達の自慢の種《たね》だよ。よく勉強するし、家のこともよく手伝う。先生にもほめられたよ。おまえ、またクラスでトップだって？　ぜひとも国立にはいっておくれ。おまえなら大丈夫だって、先生も保証してくれた。

ついこの間までのこの台詞《せりふ》は、どこ行っちゃった訳《わけ》？　このおいこみの時期に受験勉強させてくれないなんて、あんまりじゃない。

ねえ、お母さん。もうそろそろ死ぬからって、ふとんかぶってふるえていても、仕方ないんだから、ふとんかぶってふるえていても、誰も助けに来てなんかくれない。

うふっ。あたしはね、昔から判《わか》っていたの。台風は、ふとんかぶってふるえてたって、逃げてくれない。受験だって、ふとんかぶってふるえててもなくならない。そうなのよね、隕石だって、消えてくれたりしないんだから。

何とはなしに、駅へむかって歩いていた。通りなれた通学路。

かんっ。

ジュースのあきかんけったら、本当に忠実な音がした。びんけったら、びんって音がするかしら。まさかね。

いつも右に折れる処《ところ》を左に折れる。ここから先は、未開発領域。さて、何がでてくるでしょう。単なる住宅街か、商店街か、袋小路か。あ……公園だ。

さいわい、子供は一人もいない。ここでいいか。

なるべく直射日光があたらない処を選んでベンチに坐《すわ》る。それから真理は、ずっと抱えてきた世界史の参考書をひろげた。アヘン戦争の項。いくら二度めの復習だからって、高三の夏にまだアヘン戦争やってるようじゃね。少しピッチをあげないと。

☆

坂本《さかもと》真理、十八歳。高校三年生――もっとも、本人および周囲は大学受験生だと思っているが。身長一五二センチ、体重四五キロ。髪は短く、顔はちょっと可愛い。性格、真面目。賞罰なし。血液型O。両親と、三つ違いの妹、かおりの四人家族。

真理について何か書こうなんて思ったもの好きな人は、ここまで書いてきた処で、ちょっと困るだろう。何故《なぜ》って――他に、何も、書くことがないから。何も特徴のないのが特徴のような娘。

いや。一つだけ、非常に珍しい特徴があるのかも知れない。

性格。あくまでも真面目。

あるいは。

真面目という単語だけでできあがっている信じがたい人間。

あるいは。

性格――何も、な、い、し。

☆

小さい頃は、わりと普通の子だったと思う。母親は、そう思っていた。ちょっと内気で、人見知りする点をのぞけば、どこにでもいるような平凡な娘。

いや、今でも普通といえば普通なのかしら。私の言いつけは本当によく守るし、お手伝いもよくする。いじめっ子でもなく、いじめられっ子でもない。先生方のうけもいい。

母親は、真理について考えるたび、いつもちょっと判らなくなるのだ。これが普通なのかしら――別に直したい点もないし――でもお隣の潤子《じゅんこ》ちゃんに較《くら》べるとあんまりいたずらをしなさすぎる――だけど、いたずらはしないにこしたことはないんだし。

そうだわ。妹のかおりが生まれてからよ。もともと、あまり手のかかる方ではなかった真理が、完全に手のかからない子になったのは。お姉さんになったっていう自覚のせいなのかな。だとしたら、いいことだわ。

ただ。あまりにも手がかからないことに手がかかるといえばかかる。少し矛盾しているけれど、これは真実。

たとえば、外で雨が降っていたとする。すると、その間、真理はずっと雨を眺めているのだ。窓にぺったりと顔をおしつけて、放っておけば二時間でも三時間でも。

妙なもので、家事をしながら、母親は罪悪感を覚えるのだ。何だか、彼女が雨を降らせて、外へ出たい真理を窓にはりつけているような気がして。無言で、じっと雨を眺める真理には、それだけの威圧感があった。

そこで母親は提案する。

「真理ちゃん、積み木でもしたら？」

すると真理は、ずっと積み木で遊び続けるのだ。放っておくと、陽《ひ》が暮れるまで。それも、実に単調に。積んでは崩《くず》し、積んでは崩し。

母親は、またまた罪悪感にとらわれる。全然、楽しくなさそうに遊ぶ真理。まるで、母親が、他のことをしたい真理に、無理矢理積み木をおしつけたよう。

ようやく雨があがる。そこで母親、また提案。

「真理ちゃん、お外で遊んだら？」

また、こんなこともあった。

かおりがそろそろ四つ——つまり、真理が小学生の頃のこと。

「真理ちゃん、ちょっとおつかい行ってきてくれる」

「はい」

真理は、ごく素直にうなずく。

「じゃ、これ、メモね。カレー用のぶた肉二〇〇グラムとにんじんよ。あ、にんじんは二本でいいわ」

真理は、その小さな体に不釣合なかごをさげ、とことこおつかいにでかけてゆく——が。六時になっても帰ってこない。七時になっても帰ってこない。

もしや事故でも……。心配になった母親が家のまわりを探しだす頃、ようやく真理は帰ってきた。

「真理！　どうしたの。おつかいにこんなに時間がかかる筈《はず》がないでしょう！」

安心すると母親、急に腹がたってくる。

「ごめんなさい……」

小さな真理は、素直に謝る。が、その目つきが、どこか、反抗的——いや、違うな。どうして怒られたんだかよく判らないと言いたげな、妙な目つき。

「判ったんならいいわ。今度からおつかいたのんだら、まっすぐ帰ってらっしゃいね」

「はい」

「こんな……三時間もかけずにね」

母親としては、これでお説教をやめるつもりだったのだ。真理が〝はい〟と言いさえすれば。が……何故か真理は、うつむいたまま。

「真理ちゃん、お返事は？」

「…………」

「真理ちゃん、お返事は？」

段々、語気が荒くなる。と、うつむいていた真理、やっとこ決心をかためたって風情《ふぜい》で顔をあげる。

「あの……けど……判んないけど、またこれくらいかかるかも知れないの」

「どうして」

予想もしなかった真理の反抗。

「おっしゃい、真理ちゃん、どこへ寄ってたの、今日は」

「どこも」

「どこにも寄らずにこんなに遅くなる訳がないでしょう……あら？」

母親、ようやく気がついた。これ——真理の買ってきた野菜。この紙袋は、家の近くのお店のじゃない。このスーパーは……隣町じゃないの。

「……真理ちゃん？」

優しく問いただす。

「これは隣町のお店ね？」

「はい」

「……何でそんな処まで行ったの」

「だって……なかったの。駅前のスーパーのにんじんは、五本はいって売ってたの。八百屋さんのお皿の中には三本あったの。駅のむこうの八百屋さんは、六本だったの。……二本で売ってたの、ここだけだったの」

「………」

母親は、絶句する。まさか、〝二本でいいのよ〟を忠実に実行すべく真理が八百屋を探しまわり、結果、帰りが遅くなったとは思いもよらなかった。

とたんに母親は、またもや罪悪感にとらわれるのだ。八百屋を探しまわっている真理の姿が目にうかぶ。その小さな体に不釣合な買物かごをひきずって、隣町まで歩いてゆく真理。その真理を怒ってしまった私。

と、同時に。悩みもした。

いくら何でも真理は素直すぎる。素直——莫迦《ばか》正直——あまりにも応用がきかない。どうしたらいいのかしら。これでこの先、世の中を渡っていけるのかしら。……考えすぎ、よね。まだ七つ。そのうち段々応用がきくようになるわ。

母親は、そう考えて、自分で自分を納得させた。その為《ため》彼女は、考えてみもしなかったのだ。何故、真理がこんな女の子になったのか。

それに。妹のかおりの問題もあった。かおりは真理とは全然違う性格で——陽気で、社交家で、気が強くて、わがままで——真理の数倍も手がかかった。母親が、かおりの相手で手一杯になってしまっても、それはおそらく責められないこと。

何といっても真理は、あまりに手のかからなすぎる子だったのだから——。

☆

「読書かね、お嬢さん」

ふいに声をかけられて、真理、びくっとする。顔をあげると、もうそろそろ七十に手の届きそうなお爺《じい》さんが、隣のベンチに坐っていた。息が荒いし、トレーニングウェアを着ている。

「はい。……あの、お爺さんは、ジョッギングか何かしてらっしゃるんですか？」

目上の人には言葉づかいは丁寧に。母親の台詞が耳をよぎる。

「健康の為に五年くらい前から始めたんだが、やみつきになってしまってね。いや、走るっていうのは、実際気持ちがいいもんじゃよ」

走るっていうのは実際気持ちのいいものよね。真理にも、それは、よく判る。

「あと六日で死ぬと判っていても、やはり五年来の習慣は変えられんものじゃね」

しゃべりながらも、老人の呼吸は、段々落ちついてきたようだった。小さなベンチに浅く坐ったまま、深呼吸をする。

「それにしても、他の――大の大人が半狂乱になっているというのに、読書とはいい心がけじゃな。……どれ、何を読んでいるのかね？」

ずいぶんとなれなれしいお爺さんだわ。勉強を中断されることをあまり好まない真理、不承不承表紙を見せる。あーあ、早く行ってくれないかな。

「ほう……〝受験に出る世界史〟？　ずいぶんと変わった題の……ああ、参考書か」

「ええ」

老人は、何やら急にいたずらめいた表情をうかべて、真理をじろじろ眺めた。

「そんなもの、今更読んでどうする気だね？　今年は――いや、これから先、永遠に受験なぞないぞ」

「お爺さん、ジョッギングは五年来の習慣だっておっしゃったでしょう？　あたしの受験勉強は、その倍――十年くらい前からの習慣なんです。今更、やめられません」

そうよ。加速もついちゃったし。それに――それに、本来の用途も、しっかり果たしてくれたわよ。ねえ、お母さん。

「十年」

老人は、目を細める。するとそれはさながら糸のようになり……。下手をすると、顔に刻まれたしわにまぎれてしまいそうな、細い目。

「おまえさんは今、十七、八だろう。すると人生の半分以上かね……。可哀想《かわいそう》にな、今の子供は」

またこの台詞だわ。真理、心の中で軽い溜息をつく。今の大人って、この台詞しか言えないのかしらね。

「あら、どうしてですか?」

ひややかな——いささか軽蔑のこもったような口調で聞いてみる。

「え……いや、そんなに若いうちから、無理矢理受験なんかと取り組まざるを得ないのは可哀想だと……」

「無理矢理じゃありませんよ」

真理、ごく自然に反発する。

「嫌だったらこんなことしてません」

「いや、そんなことはないだろう? それをしないと、上の学校へ進めないから仕方なしに……」

「そんなことありませんよ。今、高校も大学も結構いっぱいあるんですから。自分の能力にみあった処を高のぞみせずに志望すれば……普通の成績とっていれば、どこかはいるとこありますよ。受験戦争だの何だのっていうのは、いい学校に無理してはいろうって人の話でしょ」

「だがやはり、人間であれば誰でも、少しでもいいところへ行きたいのだろうし……大体、何を学びたいのか決めれば、おのずと学校も決まってしまうものだろうが」

「うふっ」

真理、笑う。何を学びたいのか決めて、で、志望校を選ぶ。それが普通なのかしらね……多分、そうでもないわ。あたしの知っているのは、自分の成績にみあうかちょっと上かの大学を選ぶ人ばっかり。それに、少なくともあたしは、何か学びたいことがあって大学へ行くんじゃない。

「お嬢さんは、大学へはいったら何をするつもりだったのかね」

「さあ……」

聞かれても困る。

「何をしたい、というのはなかったのかね」

「そのようです」

「それでは、何故、大学へ行こうと思っていたのかね」

しつこいお爺さん。

台風。

真理、少し考える。あたしが大学へ行きたかったのは、台風をさける為であり、ゴールのテープを切る為であり、人生に対する復讐の為だった。大学へはいることそれ自体が目的で、はいってからはそのおまけ。でも、こんなこと……初対面の人に話せることじゃないし、大体、判ってもらえないだろう。

真理がじっと黙りこんでしまったので、老人は、所在無げに屈伸を始める。それから。

「すまなかったね、変なことをいろいろ聞いて。しかし……残り少ない人生を——あと六日で死ぬことが判っているのだから——もう少し、何だね、やりたかったことをやってすごしたら……」

「だからやってます」

「ああ……そうか。……じゃあ、どうも、邪魔して悪かったね」

老人は、何だか白けたような顔をして、ゆっくりと駆けていった。真理、その背中を見送りながら、ほっと溜息をつく。

はっ。行っちゃった。

何故かずしっと疲労感。

やりたかったことをする、か。嫌な言葉だわ。

どうして今までしばってきたの！　お姉ちゃん見てよ！　あれじゃ、一種の気狂いじゃない！

想い出していた。昨夜からの、一連の台風。嫌なもんよね、肉親が争うのを見るのって。

ま、いいわ。

とにかく今は、アヘン戦争——。

☆

台風をまきおこしていたのは、妹のかおりだった。

現在中学三年生。真理風に言えば——高校受験生。

「べんきょお？　やってますって」

かおりはいつも、勉強の〝お〟の字を、強く強く発音した。さも、嫌そうに。吐いて捨てるが如《ごと》く。

確かにかおりは、宿題はちゃんとやっていた。中三になってからは、一応、問題集も。だが、常人はずれた勉強量の姉、真理に較べると、それは〝やってない〟と言われても仕方のない量だった。

かおりにとって不幸なことに、母親は、真理の勉強量を見慣れていた。お宅の真理ちゃんは、本当によくお勉強なさって。御近所の人が、判でおしたようにこう言うのだから、真理は平均以上には勉強するのだろう。母親の認識はこの程度だった。ここにおいて、母親とかおりとの間に、勉強量の基準のいちじるしい喰《く》い違いが生ずるのである。

かおりの認識においては、勉強とは次のようなものだった。一、宿題はする。二、英語と数学の予習はする。三、中三なんだから、それの他に一時間くらい問題集なぞやってみる。それで充分。

母親の認識で、勉強の基準になるのは、真理だった。真理の一日とは、こういう一日。

まず、授業がおわるや否《いな》や、学校から帰ってくる。机にむかう。夕飯まで勉強。夕飯後はあとかたづけをし、そのあとまた机にむかう。入浴まで勉強。入浴後、また勉強。そして就寝。人間としての生理機能を維持する為の行為——眠る、たべる、入浴する——と、学校への行き帰りの時間以外は、すべて勉強にあてている、真理の一日。

かおりにとってそれは——自分で毎日見ていたにもかかわらず——とても信じられない光景だった。

お姉ちゃんはどっかおかしいんだわ。異常、よ。とても人間とは思えない。

できすぎた姉を持った妹の悲劇。友達はよくこう言ってなぐさめてくれるけど、それは実情を知らないからよ。本当ならこう言うべきなんだわ。化物《ばけもの》の姉を持った妹の悲劇。

かおりは、学校の帰りに友達と遊びたかった。TVも見たかった。たまに映画もいい。おしゃべり大好き。電話はときに一時間におよび、雑誌やまんがも買ってくる。小説だって、時々、読むのよ。デパート歩きまわるの好き、時には——本当いうと、できれば毎日、山岸《やまぎし》君とデートできたら嬉しいな。こっそりお母さんの口紅塗ってみたり、思いついて美容体操はじめたり。コンサートもいい。CD、もっと欲しい。

中学三年生のあたりまえの女の子なら当然このくらいのことはする。かおりはそう思っていた。が、たったこれだけでも、母親は相当かりかりしていたのだ。真理に較べれば、あまりにも勉強しなさすぎて。

けど。あたしに言わせてもらえればね。かおりはいつも思うのだ。お姉ちゃん、どうして生きてるんだろう。果たしてあれでしあわせなのかしら。

およそ、世間一般の楽しみ、という奴《やつ》を何もしない。趣味がない――それとも、勉強が趣味なのかな。クラスメート全員から〝坂本さん〟と――愛称も何もなく、〝坂本さん〟と呼ばれる。クラスの連絡網以外に電話がかかってくることもない。誰も遊びに来ない。誰の処にも遊びにいかない。

かおりは、時々、うなされた。夢にまでみるのだ。真理――いや、真理の皮をかぶった化物のこと。お姉ちゃんがいる。何故かはだか。白いお腹がゆれる。何だか不気味にゆれる。白い波。そして。ふいに白い波はさけるのだ。見ていてかおりは悲鳴をあげる。お姉ちゃん！　が、みなれた赤い血はでてこない。かわりに、腹の中から出てくるのは、青い、透《す》きとおった、ぬめぬめした、寒天質《かんてん》の……異形《いぎょう》のもの。それが――さながら、蝶がさなぎからかえるように、お姉ちゃんのお腹をさいて孵《ふ》化《か》してくるのだ……。

怖かった。汗にまみれて、ベッドからとび起きる。そして、右の壁を見て。

隣の部屋で。もう……寝ているのかしら、お姉ちゃん。ふとんをはがせば、ピンクのパジャマにつつまれたお姉ちゃんの姿があるだろう。ピンクのパジャマを脱がせれば、白い肌。そして、その下には……。

本当に、あるのだろうか。人間の、内臓器官。ひょっとすると、機械がつまっているのかも知れない。

いや。機械だったら、まだいいのだ。

夢にでてきた、あの異形のもの。ぬめっと光る、寒天質の、うすい青の……ぶよぶよとした、なめくじのような……。

そして。この夏。母親のいらいらは頂点に達した。かおりは、中三の夏に、この大事な夏に、受験まであと半年だというのに、真理にはるかに及ばない成績だというのに、毎日泳いでいるのだ。

かおりは、水泳の——クロールの選手になりたかったのだ。そりゃ、オリンピックなんて論外よ。でも……このままがんばれば……高校へ行って、インターハイに出て……それなりの成績、おさめられるかも知れない。

いや、本当をいえば、インターハイも記録もどうでもいいのだ。かおりは、ただ単に、泳ぎたかったのだ。

優しい水。あたたかい水。あたしを包んでくれる水。

それを感じるようになるまで、どれ程苦しかったことだろう。はげしく波うつ胸、肺がやぶれるような苦しさ。とにかく前進することをこばむ水の壁。

が。ひとたびそれを越えて、水の優しさにふれてしまえば。水は魔法のフレアをひろげ、もう、かおりはそこから離れることができない。空気が重く、ねっとりと体にまとわりつくように感じるまで、かおりはしゃにむに水のフレアの中を進む。

「かおりちゃん、いいこと。水泳なんて、高校にはいってからでもできるでしょう。今、あなたには、もっと大切なことがあるんじゃなくて」

いくら母親が説教しても、かおりはプールがよいをやめる気にはなれなかった。何といっても、かおりは泳ぐのが好きだったし――それに、かおりは知っていたのだ。母親の台詞は、高校にはいってからも、繰り返されるということを。

「体がなまっちゃうもの。それに……お姉ちゃん見てれば判る。高校にはいるまでなんて言ってときながら、高校にはいっちゃったら、大学にはいるまでって言うのよ」

「だってかおり……おまえ、高校へ行かないつもり？」

「行くわよ」

かおりのあげた志望校の名は、母親にとって、全然満足のいくものではなかった。確かに水泳のレヴェルは高いのかも知れない。確かに今のかおりの実力なら楽にはいれるだろう。だが、学力の点では、真理の高校より二段か三段下。それでは大学へ行く時が大変だろう……。

「ね、大学って、何で行かなきゃいけないのよ。義務教育じゃないんでしょ」

「だっておまえ、それじゃいいところに就職が……」

「何なの、それ。……小学校の時はいい中学行く為に勉強して、中学校の時はいい高校行く為に勉強して、高校の時はいい大学行く為に勉強して、大学はいったらいい会社に就職する為に勉強して、いい処へ就職したら高給とりの旦那みつけて家庭にはいる訳？」

「だって……おまえの為にそれが一番……」

「……人生ってね、保険かけるためにあるんじゃないでしょ。いつまでもやりたいことを我慢して、人生が安定した頃には子供ができて、子供が安定する頃にはお婆さんよ。そしたら孫の心配でもして、で、気がついたらお墓にいるのね」

「そんなことは言ってないでしょう。とにかく高校にはいらなければ」

「だからはいるって！」

「あんな三流校！　かおりちゃん、それは逃避よ。つまりあなたはお勉強したくないのね？　だから」

「違うって！　どうして勉強だけが人生なのよ！」

「かおり、誰もそんなこと言ってないでしょう。ただ、お勉強も満足にできないような人が、他のことをできる訳が」

「何で勉強が基準になるのよ！　あんなもの、人間のいろんな能力のうち、たった一つじゃない！」

「学生の本分はお勉強でしょ！　お姉ちゃんをごらんなさい。こんなに真面目に」

「お姉ちゃんは人間じゃないわ！　ママの言うとおりにしか動かない、いい子のロボットよ！」

「かおり！　何てこと言うんです！」

ここに真理が介入した為、事態は決定的に紛糾《ふんきゅう》した。お皿を洗いながら母と妹の争いを聞いていた真理、いい加減嫌になってこう言ったのだ――あるいは。あるいは、無意識のうちに、かおりへの嫉妬《しっと》が作用したのかも知れない。母親と対等に言い争いをするかおり。真理にはとてもできない芸当。

「お母さん。やめたら？　つまりかおりは泳ぎたいのよ。いいじゃない、泳ぎたい人は泳がせておけば」

この台詞は、いたくかおりのプライドを刺激した。つまりお姉ちゃんはあたしには泳ぐしか能がないって言いたい訳？　あたしのこと、莫迦にしてる訳？

真理には、かおりを莫迦にする気はなかったのだ。ただ、母とかおりの言い争いをやめさせたかっただけ。母と言い争えるかおりに妬《や》いただけ。だが、人とあまりつきあったことのない真理は、人間の心理という奴にひどくうとく——その結果、もろにかおりを刺激するような言葉を吐いてしまう。

「いいじゃない、無理矢理受験勉強なんかさせなくたって。人間には向き不向きっていうものがあるんですもの」

かおりは不向き。勉強には不向き。人間としての質が違うのよ。

こんなことを言われたような気が、かおりは、した。一段、下に見られたような感じ。それがたまらなく口惜《くや》しかった。

「そうよね。お姉ちゃんは御立派ですよお、だ。お勉強に向いてるもんね」

「ええ」

真理、かおりの気持ちにはまるで気づかず、平然とこう言う。

「あたし、他にやりたいことがないんですもの。だから、あたしは勉強すればいいのよ。かおりは泳ぎたいんでしょ。だからかおりは泳げばいいのよ」

他にやりたいことがない。その台詞は、かおりにはまさに想像もつかないもので——故《ゆえ》に、かおりは、まっすぐそれを信じることができなかった。その為、さらにひねくれる。

お姉ちゃんには、たとえ他にやりたいことがあったとしても、それを我慢できるだけの精神力があるのよ。かおりにはそれがないでしょう。だから無理なの。あきらめたら、お母さん。

そんな風に解釈してしまったのだ。

かおり、ぷい、と立ちあがる。そのまま、母親と真理に背を向ける。

「かおり！　どこへ行くの！」

背から母親の声がおいかけてくる。

「二階！　勉強すんの！」

この台詞が二人に届く頃には、かおりは階段を登っていた——。

けれど。勿論《もちろん》、かおりは、勉強が好きでそれで勉強にとり組んだ、という訳ではなかった。もっぱら、できすぎた、異常にも見える姉、真理への反発から。故に能率があがる訳もなく、やっていて楽しい訳もなく、いつも心に台風が吹きあれていた。いらいらかりかりしてすごした、中三の夏半分。

そして。天から起爆剤が降ってくる。あと一週間で地球にぶつかり生きとし生けるものすべてをぶち壊す巨大隕石。

このニュースを聞いた時、かおりの精神は弾《はじ》けとんだのだ。

〝高校へ行ったら〟。こんな文句は、もう存在しない。〝高校へ行ってから泳げばいいでしょ〟。

この約束は、完全に、実行されぬうちに反古《ほご》になる。

と、同時に。残酷な好奇心もわきあがっていた。姉、真理。今までの人生を、全部、母親の言いなりの良い子、先生の言いなりの優等生ですごしてきた人。他にやりたいことがない。真理は、こう言った。でも、こんな台詞、信じられる訳がない。とすると、真理は、どうするのだろう。今までの一生が――受験の為の一生が、まるで無意味だったということが判ったら。

かおりは、狂ったように叫ぶ姉を見たかった。

あたしの人生を返して！　あたしの人生を返して！　あたし、何の為に生きてきたの！　受験だけで――ありもしない受験だけで、あたしの一生、おわっちゃうじゃない！

父にともなく、母にともなく、天にともなく、こう叫ぶ真理を見たかった。それを見ることによって初めて、かおりは真理を姉と認めることができると思っていた。それを見ることによってようやく、かおりは姉の皮を喰い破って出てくる異形のものの幻《まぼろし》からのがれることができると思った。姉を人間だと思えるようになると期待していた。

が。

が！

真理は、何もしなかったのだ。

狂ったように叫びもしない。泣き崩れもしない。母親を責めもしない。かといって、あきらめきった目をして、坐りこんだりもしない。

淡々と、実に淡々と、世界史の暗記を続けるだけ。

……狂ってる。

かおりはようやく気づいたのだ。

かおりが反発した姉は、人間じゃなかった。うすい青のぬめぬめした化物。あれは——幻じゃなかった。真理は、人間とはちょっと違う〝何か〟だったのだ。

そして、想い出す。自分が失ったものの大きさを。この夏半分を、人生最後の夏を、この青い異形のものに反発することでなくしてしまったのだ。

もう二度と、いくら望んでももう二度と、あたしは泳ぐことができない。隕石におしつぶされて、肉片が——あるいはそれすらもとどめないちりになって、宇宙空間をさまようだけ。

手のひらに水をすくう。いくらぴったり指をあわせても、いつの間にか、ついっと指の間からこぼれ、したたり落ちる水。決して、手のひらに残ってはくれない水。

最後の夏をこぼしてしまった。指の間から。せめて、指をはりつける努力だけでもしたかった。なのにあたしは、無意味な——ようやく判った。本当に無意味な——反発心にひきずられて、自分から指を開いてしまったのだ。

一方、母親も、真理の異常に気がついた。はじめて。

今まで、本当に手のかからない、素直ないい子だと思っていた真理。だが、いつの間にか——いや、ひょっとしたら最初から——この娘は、私の娘は、狂っていたのだ。もうそろそろ死ぬというのに、どこの大学でもこの先、決して入試はしないだろうに、淡々と世界史の暗記をする娘。

いつかの威圧感がよみがえる。雨の日。いつも、じっと、窓にはりついて雨を見ていた真理。あの時、母親は、彼女が雨を降らせて真理を家の中に閉じこめたような気がした。そんな罪悪感。

私が受験制度を作って、そこに真理を閉じこめた訳じゃない。

母親は、心の中で叫ぶ。誰も聞いてくれない自己弁護。

私は何もしていない。私の子供の頃から試験はあったのだし——それに、私は、真理に関する限り、嫌がっているのを無理に勉強させたおぼえはない。

なのに。なのに、真理は、ひとっこともそんなことを言わずに、背中で責めているのだ。私を。そして私は理不尽な罪悪感を覚える。そう、あの雨の時さながらに。

と。母親にとって、まったく思いもしなかった方向——かおりから、反抗の火の手があがる。

「時間を返して！　あたしの夏休み！」

かおりは泣いていた。

「泳ぎたいのよ！　せめて、泳ぎ続けて、それで死にたかったのよ！　泳ぎたいのよお！　今、あたしがしなきゃいけないことって、受験勉強なんかじゃなかったじゃない！　いい高校へはいる為、いい大学へはいる為って、そんな保険、意味なかったじゃない！　返してよ！　返して、あたしの最後の夏休みを！」

「かおり……そんな……お母さんは、ただあなたの為を思って……あなたによかれと思って……」

「結局、あたしの為になんか、ならなかったじゃない！　全然！　……そうやって、あなたの為を思ってって台詞、繰り返して……それでお姉ちゃんをこんな風にしちゃったんじゃない！　こんな……お化けに！」

真理をこんな風にしたのは、私じゃない。せめて、そう思いたかった。私だって、こんな──死ぬ直前まで、受験という制度がなくなってまで、受験勉強を続けるような娘にする気はなかったのよ！　でも……でも……。私のどこが間違ってたの。私の、どこが……。

母親は、混乱する。妹は、泣き叫び続ける。父親は、何もできない。

こんな──この家庭模様を見るのが嫌で、真理は家を出てきたのだ。世界史の参考書を抱えて。こんなんじゃ、とても集中できないじゃない。本当に……台風よ。

そう。本当に……台風だわ。

☆

その日は、台風だった。

少なくとも、台風だったと思う。あるいは、三歳児の真理にとっての台風。

実際は、ちょっと雨が強くて、ちょっと風が強くて、かみなりが叫ぶだけの日だったのかも知れない。あの頃の家はかなりたてつけが悪く、少し風が吹いただけで、雨戸ががたがた鳴った。

けれど。真理の意識下において、あの日は台風だったのだ。もうはるかに昔の──ほとんど記憶の断片も残っていない、かおりが生まれた日。

真理は、少し、未熟児だった。体重が二キロちょっとしかない。平均よりも、だいぶ下。真理をみごもってすぐ、一度母親は、流産しそうになったのだ。あれが原因だったのだろうか。元気なお嬢さんですよ、何、平均なんてのはそうそうあてになるもんじゃありません。お医者さんのそんな言葉も、あまり信用できなかった。

だから。二人目の子がお腹《なか》にいると聞いた時、母親は必要以上に神経質になったのだ。この子は、元気で大きな子であって欲しい。この子は。

真理にとって、ひどく不満なことに、胎児の健康第一の母は、ほとんど真理をかまってくれなくなったのだ。ボール投げもしてくれない。積み木のお家も作ってくれない。

おまけに。真理が、「まま、あそぼ」と言っても——以前は、この台詞が凄く嬉しかったようなのに——全然嬉しくなさそうなのだ。そのかわり。うっとりとした目で、ふくらんできた下腹をなぜて。

だだをこねるたびに、さとされた。

「真理はもうすぐお姉ちゃんになるんでしょ？」

お姉ちゃんになんか、なりたくなかった。母親の下腹の中のものなんか、いらなかった。母親にかまって欲しかった。

そして。台風の日。

真理は、凄く、怖かったのだ。

降る雨。屋根をたたく雨。降りしく雨。窓ガラスをたたく雨。昼だというのに暗い外。しっかり母親に抱きしめてもらいたかった。怖いのだ。雨。雨。雨の音。いつか屋根もこわれてしまう。屋根をうち壊しそうな雨。

風。ふるえる窓ガラス。がたがたがた。ふるえる家。このまま家が風にさらわれてしまったら。

怖かった。母親に抱きしめて欲しかった。

「まま……」

少しべそをかきながら、家の中をこまごま動きまわる母親の後をおいかける。

「まま……」

母親はボストンバッグの中に、ねまきだの何だのつっこんでいた。入院の準備。

「なあに、真理ちゃん。ママはね、今、いそがしいの。ちょっとあっちへ行ってらっしゃい」

「ままあ。怖いよお」

「ほら、真理ちゃん、あなたはもうすぐお姉ちゃんになるんでしょ。お姉ちゃんがこんな風くらいで怖がっていたら、赤ちゃんに笑われますよ」

だって怖いんだもの。だって怖いんだもの。真理、心の中でこう繰り返して。でも、この時はまだよかったのだ。母親の姿を見ているだけで、ある程度、落ち着けた。

「ああ、腰が張ってしかたがないわね」

母親は、何やらそんなことを呟《つぶや》きながら、リスト片手に荷物を作る。

「あと、母子手帳と……生理用品はいれたわね……」

「ねえ、まま。怖いよお」

真理は、ちょこちょこと母親のまわりを歩き、訴え続けた。怖い——本当は、そんなに怖くなんかなかったのかも知れない。ただ、かまって欲しかった。

「ほら、真理ちゃん、駄目よ邪魔しちゃ。パパの処へ行ってらっしゃい。ね」

今日は日曜日。父はTVを見ているか本を読んでいるか……とにかく二階にいる筈だった。別に何が何でもママじゃなきゃ駄目ってこともないし——パパにかまってもらっても、いいことは、よかった。

けれど。ママに邪魔者扱いされている。それが——その事実が口惜しかった。パパじゃなくて、ママにかまって欲しかった。

ごろごろごろごろ。

突然、妙な音がした。あ……かみなり。

「まま！　怖い」

思わず真理、母親にしがみつく。大地がないたのかと思った。

「あ……あ」

同時に、母親は妙な声を出し、お腹をおさえる。

「まま、怖いよ、まま」

まだ小さい真理が精一杯せのびして母親にしがみつく。手が届くのは——母親の下腹のあたり。

「真理、おなかおさないで！」

母親は、とがった声をだすと真理をおしのけた。

「ままあ」

思わず身をひき、精一杯あまったれた声をだす真理。こうすれば——いつもならこうすれば、母は優しく真理を抱きしめ、ほおずりしてくれる筈だった。なのに、母親は。相変わらずひきつった——とっても怖い顔をして、そのまま、真理にかまわず、玄関の方へ歩いていってしまう。

「まま？　ままあ……」

とことこ真理がついてゆくと、母親はお手洗いにはいり——真理の前で、ばたんとドアを閉める。

ぴかっ。

玄関先が、急に明るくなる。古い玄関。強くなる雨の音。

そしてまた暗くなって。ごろごろごろ。地面は再びなき、お手洗いの木のドアは、暗くしずんで真理を拒絶していた。

「まま……ままあ」

ぎい。お手洗いの戸があいて。そしてまた、一つ、かみなり。あかりがななめから照らしだした母の顔は——青ざめ、ゆがみ、さながら鬼婆《おにばば》。

まま。真理の台詞は、舌の上でこおった。すがりついてゆくにはあまりに怖い、けわしい顔をした母親。

「真理ちゃん、パパを呼んできて」

母親は低い声で言った。

「まま……だって……」

ようやく真理の口からもれる言葉。

「パパを呼んできなさい！」

生まれてはじめて、真理は母親を……本当に本当に怖いと思った。

☆

そのあとも、ずっと悪夢が続いた。外、大雨が降っているというのに、かみなりがおち続けているというのに、風が家をひっこ抜いてたおしそうだというのに、パパも、ママも、全然真理にかまってくれなかった。早期破水とか、先生に連絡とか、車をひろうとか、とにかく真理を守ってくれる為の言葉じゃないむずかしい言葉を繰り返して。あまつさえ、母親は、この雨の中を出かけようとさえしたのだ。

「まま！　まま！」

真理は、だんだんヒステリックに叫びだす。母親の腕をつかむ。

「まま！　やだ！　ここにいて」

「真理！」

真理がヒステリックになるにつれて、母親もヒステリックになってくる。

「ママは今大変なんだから。少しはおとなしくしていなさい」

「まま！」

腕をゆする。

「真理！　あんまり聞きわけのないことを言わないで」

「ままあ」

母親の、大きいお腹をゆする。とたんに母親は、今まで見せたこともない、怖ろしい顔で叫んだ。

「真理！　おなかを押しちゃだめ！　ママの言いつけをきけないような、そんな悪い子はうちの子じゃありませんよ！」

——これが怖い夢なら早くさめて欲しい。何度そう思ったろう。けれど、その夢はなかなかさめず——二日ばかりも続いたのだ。タクシーをつかまえた父親は、母と真理を病院へ運んだ。そしてそのまま真理を祖母の家にあずけ、また病院へ行ってしまったのだ。

おばあちゃんの家で、台風とたたかいながら、真理は心底おびえて泣いていた。

ママ、怖い。

風、怖い。

それから、さらにじりじりとわきあがる恐怖。

うちの子じゃありません。ママはそう言った。あたし、捨てられちゃったんだ。ママはもうあたしがいらないんだ。

一晩、泣いて。泣いて。

その日も次の日も、母はむかえに来てくれなかった——。

☆

次の次の日は、一昨日の雨が嘘のような上天気だった。青い空の下、やっとむかえにきてくれたパパに連れられ、真理は病院へ行く。〝いもうと〟が待っているという。

母親は、もう、いつもの母親だった。何やら白いものを着て、ベッドの上に横になっている。

「まま……」

真理がとことこ歩いていくと、母親は真理を抱きあげ、いとおしそうにほおずりする。よかった。ママ。怒ってない。

それから。やっぱり白い服を着た女の人がきびきびと妙なものを抱いてくる。白い布につつまれた、嫌に赤い、猿のような気味の悪いぶよぶよしたかたまり。

と。母親は——そんな、生ゴミのような気持ちの悪いかたまりを抱きあげ、真理にしたように、さもいとおしそうにほおずりしたのだ。

「ほおら、真理ちゃん、いもうとよ。何て名前にしましょうかねえ」

いもうと？　この、赤い、気味の悪いものが？　しげしげ見ると、確かにそれは人間の形をが？

していた。が――この、赤い気持ちの悪いものがいもうと？

「どうだ、真理。かわいいだろう」

父親も、目を細めて、その赤いものを見る。かわいい――これが？

「お母さんに似て、きっと美人になるわねえ……」

おばあちゃんも、じっとその赤いものを見る。嬉しそうに。でも――美人になる？　これが？

真理には、とてもそんなこと、信じられなかった。この、赤い、しわのよった、猿のようなものが、いもうとで、かわいくて、美人になるの？　ただただ気持ち悪いだけじゃない。そんなことより。真理には、母親に訴えたいことがあったのだ。きのうとおとつい、いかに真理がさみしかったか。いかに真理が怖かったか。

「まま……あのね」

真理が舌たらずに母親に話しかけると。母親は、はじめて――そう、こんなことは、一昨日のあの鬼婆の顔以外でははじめてだ――真理の台詞にとりあおうとしなかった。

「真理、どう、かわいいでしょう、妹は。名前は、理香《りか》か、かおりにしようと思うの。どっちがいいと思う」

「まま、あのね」

「かおり、の方がいいかしら。坂本かおり。坂本理香。かおりがいいわね」

「まま！　ねえ、まま」

「真理ちゃん、駄目よ、そんな汚《きたな》いお手々で赤ちゃんにさわっちゃ」

真理は——心底、妹を憎んだ。この場の話題を一人でかっさらっている妹。真理が必死で母親に訴えようとしているのに、それをさせない妹。赤い、猿のような気持ちの悪いかたまりのくせにみんなに愛されている妹。

「真理ちゃん、お姉ちゃんになってよかったねえ」

なのに。おばあちゃんは平然と真理の神経を逆なでにする。

「お姉ちゃんになんかならないの！」

「ならないって……ほら、赤ちゃん、かわいいでしょう？」

「ゴミみたいじゃない」

「そんな真理……」

「赤ちゃんなんかいらないの！」

腹だちまぎれに——そしてまた、自分は母親に捨てられなかったという安心感から——真理は、ベッドの上の母親をたたいた。軽くおした。

と——あたりどころが、凄く悪かったのかも知れない。母親はベッドの上で軽くよろけ——母親の手に抱かれていた妹は、リノリウムの床《ゆか》の上におっこちた。

「まり！」

まり！　世界は、母親の怒声《どせい》でいっぱいになった。

まり！　何てことするんです！

赤ちゃんの泣き声。火のついたような泣き声。耳がいたくなる泣き声。

真理の心は、一瞬、空白になった。何も考えられない。何も、何もできない。

その様子は、ちょうど、ふてくされているのとそっくりに見えた。母親はますます怒る。はじめて――生まれてはじめて、真理は母親になぐられた。

時間の観念が奇妙に狂っていた。

おとといの台風。がたがたなる雨戸。母の顔。母の怒声。ひっぱたかれたほお。泣き叫ぶ赤いみにくいかたまり。心底怒っている母。怖い母。台風から真理を守ってくれない母。

「真理！　あやまりなさい！　何ふてくされてるんです！」

母親の声と、怒っている様子だけがよく判った――が。真理は、かなしばりにあったように、どうしても動けなかった。何か言わなくちゃ。何か言わなくちゃ、もっと怒られる。けれど、真理はどうしても動けなかった。

おふとんかぶって寝ていたい。

まっ白になった心のどこかで、真理、ふと考える。

おふとんかぶって寝ていたい。きのうも、おとといも、一所懸命、おふとんかぶって寝たふりしたのよ。とっても、とても、怖かったけれど。

でも。おふとんかぶっても駄目。おふとんかぶって、台風を我慢できたのは、こうしていればきっとママが助けに来てくれると思ったから。今、この――まっ赤になって本気で怒っている怖い怖い女の人からおふとんかぶって逃げても、決してママは助けてくれない。何故って……怖い、怖い女の人が、ママだから。

——結局、かおりは無事で、この事件はすぐに忘れさられた。母親からも、父親からも。もちろんかおりが覚えている筈はない。あまりに小さい頃のことだから真理もそれを忘れてはいた。が。

たった一つ、真理の心が覚えている事実。

いつもは優しい母。あれは——お面なのだ。あの、優しいお面をはずすと、下にあるのは。まっ赤になって怒った、怖い、怖い女の人の顔。台風の時、どんなに真理が怖がっても決して助けてくれなかった女の人の顔。おふとんをかぶっても、決して逃げることのできない、怖い女の人の顔。

母親が、いかに優しい顔をしても、真理はその母に甘えていても、でもやはり、どこか怖かったのだ。どこか怖い——母。

それはそのまま心の底に残って。たまに、台風の日がくると、意味も判らず真理はおびえた。どこか——怖いのだ。

そして真理は、完全に手のかからない子になった。

☆

「おーい、まあり」

ようやっとアヘン戦争がおわりに近づいた頃、ふいに声をかけられた。この呼び方。若い女の声。クラスで真理のことを名前で呼ぶただ一人の人。

「小坂《こさか》さん?」

「はろっ、元気ぃ?」

小坂美樹《みき》。同級生。とにかく、珍しいくらい人なつっこい人。入学式の日から、クラス全員を名前の方で呼び、全員の親友みたいな顔をしてる人。

「小坂さん、どうしてここへ?」

肩で息してる。走ってきたみたい。彼女が、近所に住んでいるってことは知っていた。でも――どうしてここへ?

「うちのおじいちゃんがきたでしょ、ここに」

「あ、ジョッギングしてた人?」

「うん。日課のジョッギングから帰ってきたお爺ちゃんがあきれてしゃべってた。公園で妙な女の子に会ったって。……お爺ちゃんくらいの年になれば、多少人生って悟っちゃってるところがあるから、一週間たらずで死ぬって判ってても、何となく日課繰り返しちゃうんだって。それが、最近は受験勉強なんてものを通して、そんな風に悟りきっちゃう女の子がいるもんだって」

悟っちゃう。――少し、感じが違うんだけれど。

「でね、話聞いて、すぐぴんときた訳。この辺でね、こんな時になってまで世界史の暗記続ける女の子って、真理っきゃいないだろうって。あたったたな」

ずかずかと、真理の隣に腰かける。

「ね、真理。あんた判ってんの？　あと六日で死ぬのよ。受験なんて、ないのよ、今年」

「うん」

「成程《なるほど》なあ。判ってても続ける訳かあ……。やっぱ、あたしの見込みって、あたってたな」

「何？　見込みって」

礼儀上、一応聞く。本当は少し苛々《いらいら》していたのだけれど。今日は、何か、徹底して勉強できない日らしい。もう、本当に、邪魔ばっかはいって。

「ん？　うちのクラスで一番面白い人間はお宅だろうって見込み」

「あたし、つまんないわよ。ろくな話もできないし、話題にとぼしいし、大体、人と話したりするの好きじゃないもの」

真理は、暗にこう言ったつもりだった。だからあなたと話してたくないの。悪いんだけど行ってくれない。が、美樹は、真理の台詞に一向かまわず、続ける。

「ううん、そういうんじゃなくてね……何つうのか、珍しい、サンプルになるような人間ってこと。……あ、ごめん。気に障《さわ》った？　あたし、まんが描《か》いてたりするじゃない。ユニークな人間見んのって、おもしろいし勉強になんのよね」

「ふうん」

美樹は、高く足を組み、セブンスターをとりだした。マッチをひっぱりだし、火をつける。セブンスターくわえ、そこに火を運んで。大人っぽい容姿、すらっとした足。妙に似合って、妙になまめかしい。真理、美樹を見ながら、ふとそんなことを思った。それから急に真顔になって。

「およしなさいよ、小坂さん。みつかったら退学か停学よ」

「ほらほら」

美樹は、ほがらかに笑った。

「今時そんな心配する人って、あなたくらいっきゃいないわよ。地球が亡びるって時に、退学の心配だもんねえ」

台詞と一緒に煙が出てくる。ちょっと信じられないな。真理、こっそりとこう思う。小坂さんが不良だなんて知らなかった。何となくいつもへらへらして、多少軽薄な感じはしたけど、いつも成績は抜群だったし。

「ね、真理。でもさあ、お宅、これでいいの？　何かしたいことって、ないの？」

ほおら、おいでなさった。心中ひそかに、真理はこの台詞を期待していたのだ。あのお爺さんの孫だし、小坂さんって割とそういうこと言いそうな人だもの。

「うん。他に特にやりたいことってないのよ」

ほんのちょっぴり、ほこらしそうな顔をして、こう言う。

「それは嘘よね」

すんなりと、こう言われた。真理、ちょっとむきになる。

「ううん！　嘘じゃないわよ。本当にやりたいことってないのよ」

「まあまあ、そう大声を出さないで。そんなねえ、自慢できることでもないでしょうが。……でも、ま、やりたいことがないっていうのは、そうでしょうね。けどさ、〝他に特にない〟って言うと、まるでお宅が勉強好きみたいじゃない。あたしが嘘だっていったの、そのこと」

びくん。驚いた。この人、単にへらへらしてるだけじゃないんだわ。

今まで、誰もそんなことを言わなかった。これだけしつこく勉強する真理見て、で、なお、勉強が好きじゃないだろう、なんて。けれど本当に——真理は、勉強が好きではなかったのだ。

「……人間って、いろんなタイプがいるのよね」

美樹は、真理をちらっと見て、続けた。

「たとえば、良子《よしこ》ね。あの子も、お宅くらいよく勉強するじゃない。けど、あの子も勉強は好きじゃないのよね。……何つうのかな、彼女にはつねに、〝何かを犠牲にして〟っていう感じがあるんだな。本当にやりたいことは他にあるのに、〝大学はいるまで〟ってんで、ひたすらそれ我慢してさ。……可哀想に、あの子今頃半狂乱だろうなあ。……でね、久美子《くみこ》なんかの場合ね——あの子もお宅くらいよく勉強するでしょ。でも、あの子の場合は、ちょっと異質なのよね。あの子、勉強、好きだもの」

へーえ。勉強好きな人なんて、いる訳? 今更ながら、真理、驚く。

「感動するんだって。時々。……たとえばね、人類の発生が二百万年前で、農耕がはじまったのが一万年前、いわゆる有史時代は五千年前、なんて書いてあるとするじゃない? とね。あの子はね、教科書の前で感動するんだって。まず、有史の五千年って時間に感動してさ、それから、その五千年の長さすら判んないのに、それらのさらに四百倍も昔から人類が——自分の血脈が続いてきたのかってって、わくわくして。……お父さんがいて、お爺さんがいて、ひいお爺さんがいて……で、二百万年も昔の人がいて、その人の血が自分の中を流れているのかなんて考えて……するってえとね、自分の体をしっかり抱きしめてあげたくなるほど、自分をいとおしく感じるんだって」

「へえ……」

そんな風に考える人もいるのかなあ。

「その点ね、お宅は……我慢してるって訳でもないし、好きだって訳でもない、なのに必死でしょ。何か目標があってそれにむかって進んでるって訳でもなさそうだし。……だからね、一番、おもしろいの」

「どこが」

「あたし、判んないもん」

「ふうん……」

ずいぶん自信家ね、小坂さん。自分に判んないことはおもしろい、か。

しばらく気まずい沈黙が続く。真理は、仕方なしにのろのろしゃべりだす。美樹は、その沈黙を少しも気にしていないようだった。

「小坂さんはいいの」

「何が？」

「やりたいことをやらなくて。……お家へ帰って、まんが描きたいんじゃないの」

「ううん。……まあ、そう、追い払いたがんないでよ。いずれ行っちゃうから。……あのね、あたしがまんが描きたかったのはね……人間見んのが好きで、で、好きだよってこっそり言ってんの、聞いて欲しかったからなの。だからさ……聞いてくれる人がいなくなっちゃったら、描きたくもなんもないわよ」

「ふうん……」

「……正直言っちゃうとね、すっごく口惜《くや》しい訳。何で――何であたしが死ななきゃいけないのか――本当に、ほんっとに、口惜しい訳。……でもね、それ、ストレートに出すには、いささか人格が屈折しすぎてんのよ。素直に、口惜しいとか死にたくないとか言えないのよね。でさ、一人でいるとおちこんできちゃうから、人みっけちゃしゃべってんの。……けどね……何か、ようやく、判ったみたい。あなたが、何だってまたあんなに勉強すんのか」

「ふうん、何故？」

「逃げてんのね」

あ、少し近い。でも……ちょっと、違うな。

真理は、ゆっくりこう言うと、微笑《ほほえ》んだ。

「あのね、そうじゃないのよ。あたし……走ってるの」

にっこりと、ゆったりと、せつない溜息をつくような表情で微笑む。そして、それから。その表情は、ゆっくりと、ゆっくりと――無上のしあわせを手にいれた人間のような、本当に満ちたりた、幸福そうな表情に、変化してゆく。

「あたしは、ね。走ってきたの。走ってんの。ずっと。もうすっかり加速がついちゃったの。だから、とまれないの……」

ゆっくりと、いろいろな情景が心をよぎっていった。

妹のかおり。叫んでいたかおり。

あたしの時間を返して！　せめて泳いでいたかった！

だから、言ったのに。あなたは泳げばいいのにって。あたしは、走るから。理解できなかった。かおりの叫び。本当に泳ぐのが好きなんだったら、誰が何と言おうと泳ぎ続ければよかったのよ。それをしないでおいて、あとで人にやつあたりなんかしたって、仕方がないでしょう。

もっと判らないもの、いっぱい。

TVにうつる、したり顔の人達。解説する。今の子供は可哀想だ、小さな頃から受験、受験、で。

あんなこと、言うだけ言って、で、どうなるっていうのよ。それに、残念ながら、少なくともあたしは、可哀想なんかじゃないわよ、全然。

校内暴力とか、家庭内暴力とかのニュース。

社会が悪かろうが、制度が悪かろうが、いったんおこっちゃったものは仕方がないじゃない。悪人探しして、で、結局、抽象的な、社会だの環境だのに罪おしつけて、どうする訳？　お母さんが、そんなニュースを聞いてから、あたしと何か機会があるたびに、一所懸命、親子の対話っていうのしようとするの、あれもおかしい。

お爺さんも、小坂さんも。他に何もやりたいことがないのか、これで死ぬんだぞって、わざわざ言いに来たりして。あたしだって、日本語は判るし、耳もついてる。言われなくても、TVのニュースの意味くらい、判っている。

荒れてしまった街。気の狂ったように泣き叫ぶ人々。手あたり次第に物壊してまわる人々。あんなことしたって、何になるの。隕石のコースが変わる訳じゃあるまいし。それとも、何なのかしらね、地球の人々が狂いまわっているのを見て、で、隕石さん、あ、ここは何か妙な星だからぶつかるのよそうって思うのかな。うふっ。

真理。私はあなたを、こんな風な子に育てるつもりはなかったのよ。もうそろそろ死ぬっていうのに、冷静に、そんな何でもないって顔をして、勉強を続けるような子になんか。ね、判ってるの。もう、もう、受験はないのよ。そんなことやっても、意味ないの。おねがい、真理ちゃん、もっと、普通の人がするようなことをして。そうでないとお母さん、何だかとってもつらいわ。

お母さん。そんなふうに泣かれても、困っちゃうのよ。やっても、もう意味はない。お母さんはそういうけどね。受験勉強なんて、もともと意味ないでしょう。そんなこと、今更言われなくたって、最初から知ってる。

ねえ。こんなこと言うのって、生意気かも知れないけど、ごめんなさい、言っちゃう。

あのね。お母さんね、勝手よ、すごおく。今、あたしが受験勉強するの見てるとつらいって、ついこの間までは、かおりが勉強しないの見てるのつらかったんでしょう？　あたしも、かおりも、お母さんの罪悪感をとりのぞく為に生きてる訳じゃないのよ。

それに、そう。これだけはみんなに言っておかなくちゃ。

あのね。あたしね。

強制されて受験勉強してた訳じゃないの。本当に。やめたくなったら、とっくにやめてる。けど。お勉強、好きだって訳でもないのよね。こんなの好きな人って、どっかおかしいんじゃないかと思う。

だけど。だけどね。走りだしちゃったから。加速がついちゃったから、今更とまんないの。今更とめられないのよ。それだけ。

「真理！　まあり！　どうしちゃったのよ！」

耳許《みみもと》で叫ばれて、ふいに真理の心は現実にひき戻された。ふと見れば、美樹は、何だかとても怖そうな顔をして真理を見ていた。

「どうしたって、何が？」

ゆっくり聞き返す。美樹は、ぶるっと体をふるわせる。

「何で——何だってそんなに怖い顔するの。怖い——っていうのか、何か……不気味よ。あなた……まるっきり、しあわせそうなんだもの」

「あら」

小坂さん。あなたも、意外と、判ってないのね。

「あたしね——おそらくあたし——地球が亡ぶってニュース聞いて、この世の中でただ一人、しあわせなのは、あたしだけだと思うの。ほんっとに」

夕暮れ時の夏の風。髪をなぶられ、ほおをなぶられ。

かすかに、ベンチがゆれる。一ブロック先の大きな道で、交通事故があったか、大型トラックが走り抜けたか、したのだろう。

ベンチの脇の柿の木。大きめの、緑色の葉。夕陽に透けて、葉脈が見える。……あの中を、水とか養分とかが、動いてゆくのだろうか。まさか、脈うつことはあるまいが、でも、きれいで、神秘的ですらある、白っぽい緑の筋。

「お宅……今……まさか……しあわせって言ったの？」

ふるえている美樹の声。とまったような時間の中で、真理の口がきゅっと動く。笑みをうかべる。

「そうよ。あたしは、しあわせなの」

ざわざわざわざわ。

風が吹き、木の葉が鳴った——。

世田谷——目黒　圭子

「そうよ。あたしは、しあわせなの」

ふいにそんな台詞《せりふ》が、耳をうった。

あの、白いデコレーションケーキのマンションを後にして。走って、走って、ようやく走るが歩くになり、のち、再び黒い夕闇の手をのがれるように走りだして、しばらくした頃。

目黒《めぐろ》。いつの間にか、電信柱についている住宅表示板は、目黒区になっていた。とすると――少なくとも、基本的な方角は、間違ってない。

「ねえ……何でそんな不思議そうな顔するの？　あたしがしあわせだっていうの、そんなに変？」

ああ。あの公園だわ。

環七《かんなな》から、ほんの一ブロックくらい離れたところ。閑静《かんせい》な住宅街に囲まれて、小さな公園があった。坂地にある公園。砂場。その砂に鼻をつっこむようにして、象の形のすべり台。ブランコ、ジャングルジム、そしてベンチ。

ベンチには、二人の少女が坐《すわ》っていた。おかっぱの素直そうな表情をした、くりっとした目の女の子。それから、ちょっと大人びた、長い、巻いた黒髪の少女。

あたしは、しあわせなの。

どうやらその台詞は、おかっぱの少女の口から出たようだった。

あと六日で死ぬっていうのに……何て、何て、しあわせそうな口調。

信じられなかった、あたし。平然とあんな台詞を言う、自分より年下の少女。そんな存在が。

ほとんど、走るのに近い速度で歩いてきたものね。もうそろそろ、陽《ひ》が落ちるし。あのベンチの上に坐って、少し休もうかな。少し休んで、さりげなく聞き耳をたてて。あの二人の会話、聞いてみたい。この極限状況でしあわせという少女。

誘蛾燈《ゆうがとう》にさそわれる虫みたいなもの。そう思ってはいた。さっきの、由利子さんの一件で、判《わか》ってはいた。この状況では、普通の人がおかしくなって当然で……今普通に見える人は普通でないってこと……。けれど。

あたしは、よろよろと――実際、それくらいの余力しかなかった――少女達のベンチの脇へ行き、腰をおろす。黒髪の少女が、ちょっと驚いたような目をしてこちらを見たけれど、おかっぱの少女は、あたしに全然気づかなかった。そのまま、まっすぐ前の方を見つめ、話し続ける。

☆

「あのね、小坂さん、あたしね、ものごころついた時からずっと走ってきたのよ」

「走る……?」

「うん。最初は、中学の受験だった。もともとあたし、あんまり頭のいい方じゃなかったんだけれど、一応、毎日、宿題の他に予習と復習していたのよね。だから、小学校じゃ、わりとできる方だったの。でね……先生が誤解しちゃって。この子なら、私立のいい中学へ行けるんじゃないかって思ったらしいの」

そんな経緯《いきさつ》で中学を受験したというわりには、少女の目は、不思議にその頃をなつかしんでいるようだった。

「お母さんもその気になっちゃったのよね。で、それくらいの経済的余裕はある家だったから……。それでね、あたしに聞いた訳《わけ》。〝真理ちゃん、がんばってみる?〟って」

「で、がんばっちゃった訳?」

黒髪の少女は、セブンスターをとりだすと火をつけた。

「うん。……笑わないでね、割とあたしにとって、お母さんのいうことって絶対なんだ。何でだかよく判んない――お母さんはいつも優しいんだけど……何か、ふいに怖くなる時がある。とっても。何ていうのか……すごおく大事な時に見捨てられそうな気がして。だから……思うわけ。この人の言うことをきいておけばいいんだ、そしたら間違いない。そしたらこの人は、何かあった時に助けてくれるって……。で、まあ……お母さんは、もう、口癖みたいに言うのよ。〝真理ちゃん、あなたは本当に素直でいい子でお母さん嬉しいわ〟って。特に、あたしの場合、妹がかなり自我の強い子でね。お母さんが妹に手をやいているの知ってるから、余計、あたし、いい子でいなくちゃいけないって思っちゃうのよ」

「ふうん。……それでその頃からずっと、お母さんのいいなりのいい子でとおしてきた訳？　それはまた何とも……可哀想《かわいそう》なもんね」

黒髪の少女は、平然とかなりきついことを言う。皮肉めいた目つき。でも、おかっぱの少女の方は、言われたことを、全然、気にしてもいないようだった。軽くほほえんでうけながす。

「可哀想なんかじゃないのよ。むしろ、楽だった」

「どうして？　お母さんが認めてくれるから？」

黒髪の少女は、あいかわらず皮肉めいた口調で言う。

「ううん。何もしなくていいから」

何もしなくていい。その言葉は、不思議な程、安堵感に満ちていた。

「あたしね、小さな頃から、創造力とか、独創性とかいうものが全然ない子だったのよ。……あのね、覚えてる？　高校で偶然一緒になっちゃったけれど、あたし、実は、小坂さんと幼稚園一緒だったのよ」

「ん……と」

黒髪の少女――小坂さん、ていうのか――は、少し考えこむ。

「同じクラスだった？　花組？」

「ううん、星組。でも、小坂さん、めだってたからよく覚えてる。ちょっと信じられなかったわ、あなたって人の存在。あなた、あたしじゃとても考えつけないような、凄く妙なおままごとのリーダーだったでしょ」

「え……ああ」

小坂さんって子、少し恥ずかしそうにくすっと笑う。

「ほら、あれ。無人島のおままごとっていったっけ？　普通のみたいに、お父さん役だのお母さん役だの決めないで、みんなで無人島に流れついたんだって設定でやる奴《やつ》があったでしょ。あれ、おもしろそうだったわ、食糧集めたり、お家《うち》作ったりするところから始めるのよね」

「うふっ……なつかしいな、言われてみれば。いろいろやったのよね、他にも。お庭に穴掘って、地底に、ありみたいにお家作るんだ、とかね」

「そうそう。ああいうのって、誰でも持っている創造力でしょ、子供なら。……ところがあたし、駄目なの。ああいうの、全然できないのよ」

「できないって……嫌だな、単にあれ、ロビンソン・クルーソーの絵本のまねしただけよ。それにあたし、別に誰かを仲間外れにしたって覚えないよ。言ってくれれば誰でもまぜてあげた……と思うけど」

「うん、まぜてもらったわよ、一度だけ。でも……駄目だった。ついていけなかったのよ。みんなが、幼稚園の裏庭をこっそり探険して、古いスコップをうさぎにみたててうさぎ狩りしたことがあったじゃない。あれ、あたし、どうしてもできなかったのよ。スコップはどうしたってスコップにしか見えなくてね……。みんながうさぎに気づかれないよう、足音ひそめてスコップに近づくでしょ。あたし、ずかずか歩いていって、スコップ握っちゃうの。みんな、しらけちゃってた」

「ふう……ん」

「だから、駄目なの。あたし、他の子と遊べなかったの、どうしても……。人の見ているところで、人に言われたとおりに遊ぶことならできた。でも、それだけなのよね。それにそういうのって、遊んでるって言わないでしょう……」

こう言う時のおかっぱの少女の目は、とっても哀《かな》し気《げ》で——とても、昔をなつかしんでいるって感じじゃなかった。

「それで、小学校にあがって……そのうち高学年になったのよね。嬉しかったなあ。先生が、宿題の他に、予習と復習もやりなさいって言ったの」

「どこが？」

「正直言ってね、遊びにさそわれるのって、苦痛以外の何物でもなかったのよ。でも……なかなか断われないし……他にすることないじゃない。悩んだりもしたのよね。あたしって、異常なんじゃないかって。……でも、先生に言われたとおりに勉強してれば、断わる時も気が楽になったし……何もすることがないのに断わるのと、何かすることがあって断わるんじゃ全然気分が違うのよ。そのうち誰も誘ってくれなくなったし、自分が異常じゃないかなんて悩む暇もなくなった。……それでね、あたし、走り出したの。中学受験ってゴールにむかって」

本当に——肉体的に走っていて、で、むかい風がきついかのように、目を細めてみせる。

「中学にはいったら、高校受験の為《ため》に走り出したの。高校にはいったら、大学受験の為に……。

走っていれば、他に何もしなくても、まわりの人は許してくれた。ううん、むしろ、ほめてくれたのよ。あたしにしたって、決められたことを決められたとおりにするのが一番楽だったし……。でね。あたしが何を一番怖れていたか、小坂さん判る？」

にっこり笑う、おかっぱの少女。にっこりと――本当にしあわせそうに。

「大学にね、うかっちゃうことだったの。あるいは、時間が進んじゃうことかな……。まず、あたしは絶対ストレートでいい大学へ進まなきゃいけなかったのよ。いい子の真理さんとしてはね。でも、これは――かなり傲慢《ごうまん》な考え方だろうけど――できると思ってた。でね……うかっちゃったら、その先よ。ものごころついた時から走ってきたでしょう。今更走るのやめたって、あたしに他に何ができるの。でも、うからなくちゃいけない、それにおそらくうかっちゃう……。これは実に見事な袋小路の構図じゃない？」

「だってそんな、真理。他に何がってあなたね」

「ずっと走って来たのよ。ずっと。走る以外のことって考えもしなかったし――考えたくないから走ってきたのよ。考えることができないから走ってきたんじゃない。もう走らなくていいよって言われたって……困るんだもの」

「それこそ好きなことすればいいでしょ」

少し強くなる風。それに負けまいと、黒髪の少女は声をはりあげる。

「その好きなことがないから言ってんの……。そりゃ、途中で悩んだりもしたのよ。決められたことをすることしかできないなんて、あんまり自我がないじゃないかって。でも……高校生くらいから、そんな基本的な人格上の欠点悩んだって、それこそどうしょうもないじゃない。それに、そんなことぐじぐじ悩んでたら、あたし、いい子じゃなくなっちゃうもの」

「………」

「だからね。だからあたし、決めたのよ。復讐しようって」

ひどくおかっぱの少女にそぐわない台詞。復讐？

「あたしの――この、人生に。あたしの為にレールをしいてくれたお母さんに。……ずっとレールの上だけを走ってきた女の子がどんな人間になっちゃうか、生きたサンプルを見せてやろうと思った」

「そんな……好きなことがないだなんて……自分を駄目にしてみせる復讐の人生だなんて……そんなのって、最大の不幸だわ。そうよ、あまりにも不幸よ！　そんな……生きるはりも目的も何もないじゃない！　生きがいって奴も！」

「何で不幸なの」

おかっぱの少女の平然とした声。

「他の人のしていることだって、大同小異じゃない。泳いだりまんが描《か》いたりって、そんなに幸福なことなの」

「だって……人から強制されたんじゃない、レールを走ってるんじゃない、自分で選んだ道ですもの」

「あたしはレールを走ることを自分で選んだのよ」

「けど……レールがなくなっちゃえば、それでもうあなたの人生おしまいじゃない」

「そうよ。でも、それのどこが不幸なの。年をとれば泳げなくなるわ。事故か何かで手の神経切れちゃったら、まんがだって描けなくなるわよ。どうせ、おそかれはやかれ終わってしまう生きがいなんだもの。……ね、今度は逆に、あたしから小坂さんに聞きたいわ。もし、あなたの右腕が使えなくなったら……そのあとあなたはどうするの」

黒髪の女の子は、ぴたりと動かなくなった。前髪が風にゆれる。煙草《たばこ》のむらさき色の煙がまっすぐ上にのぼる。息もしていないような数秒間。

「あきらめるわよ、その時は。……自分で考えて、自分で選んだ道ですもの。先に何が待ってたって、決して後悔しないわよ」

「自分で選んだと思ってる道、でしょう。結局、そういうのって、何だかんだ言ったって、環境が決めるのよ。そうじゃなくて？　結局、自分の身近にあるものしか選べないのよ。プールのない処《ところ》の人は、泳ぐことを自分の生きがいには決してしないだろうし……。プールや川があって、泳いだ経験があって、それではじめて水泳にとり組もうって気になるんじゃない、ね？」

「でもそれは……他にいろいろな可能性がある中で水泳を選んだってことでしょ」

「あたしは他にいろいろな可能性がある中で受験勉強を選んだのよ。復讐の人生を」

「……好きでもないのに」

「みんな言ってるじゃない。バレーボールの選手にしたって何だって、練習は本当につらいって。何度、途中で挫《くじ》けそうになったか判らないって」

「それとこれとは」

「どこが違うの」

どこが違うの。こう言いきったおかっぱの少女の顔には、どこか異様な自信がみなぎり……あたしは、つくづく、彼女と相対している黒髪の少女が可哀想になった。

「だってね、小坂さん。あたしは――あたしは、笑って死んでゆけるのよ。今、地球がほろべば、あたしの袋小路はきれいにかたづくじゃない。大学に受かったあと、どうしようもなく人生をすごして人生に復讐するんじゃなくて、今、走り続けて笑って死ぬことで人生に復讐できるのよ。うふっ……。ずっと走ってきたわ。そして、走り続けたまま、おわるのよ」

「い……」

異常だわ。黒髪の少女は、そう言おうとしたに違いない。けれど舌は凍りついて。それを言わせないだけの迫力が、おかっぱの少女にはあった。

「そ……それじゃ……それじゃ、あなたの生きてきた意味なんて、ないじゃない」

十秒あまりも沈黙したあと、ようやく黒髪の少女は言葉をしぼりだした。

「じゃあ、あなたの生きてきた意味は？　さあ、小坂さん、言えるものなら言ってごらんなさいよ」

「…………」

「ね？　言えないでしょ。そんなものなのよ。人生なんて、もともと意味のあるものじゃないのよ」

あたし、しあわせなの。

笑って死んでいけるのよ。

人生なんて意味のあるものじゃないの。

彼女の言い方は、はっきりと断定的で――おそらく彼女は、本当にそう信じているのだ。しあわせだと。笑って死んでゆけるのだと。人生に意味はないのだと。そしてそれは――彼女の人生においては、真理《しんり》なのだろう。

叫びたかった。

二十歳のあたしは、十七、八の彼女に、ぜひ反論したかった。あたしは違うと思うのだ。が。声にならない。思考にもならない。

何故《なぜ》って。彼女は本当にそう思っているのだろうし、確信している人間に反論をとなえても意味ないし、彼女の人生に関する限り彼女の確信への反論の余地はないし――そして何より。十八歳の少女に反論できる程の確信を、二十歳のあたしは持っていなかった。

そんな莫迦《ばか》な……。そんな筈《はず》ない……。でもそう……。

呆然《ぼうぜん》として眺めていた。おかっぱの少女。

風が吹く。彫像になった、少女達。風が吹く。背後に柿の木。風が吹く。木の葉がゆれる……。

☆

その、あやうい、気の狂いそうな沈黙は、まったく唐突に破り捨てられた。ふいに音がしたのだ。耳障《みみざわ》りな、巨大な四つ足獣の不気味な鼓動にも似た、バイクの排気音。

公園の中を、黒い大きな単車が走っていた。飼主――間違ってるとは思うんだけど、このくらいの単車《くるま》になると、何となく大型四つ足獣のイメージ――が平生余程《へいぜいよほど》大切にしていたのだろう、きれいにみがきあげられた銀色のエンジン、マフラー。

四〇〇ccクラスだな。うん、そう。通りすぎた時ちらっと見えた。スズキのGS四〇〇Z。ヘッドライトが本当に肉食獣の眼のようだ。

乗っているのは、十八、九の男の子。スポーツマン・タイプというのだろうか、がっしりとしたたくましい体つきで、結構重いだろう四〇〇ccを、軽々扱っているように見える。で。別にね。どっかのオートバイ愛好者が公園の中でバイクを乗りまわしているだけならば、それはそれで問題はないのだ。が。その少年の眼――うすく閉じられた、にぶい、何を考えているのか全然判らない眼――に、殺意がほのめいたとしたら……これは、ちょっと、ものすごい問題なのよ。

バイクは、いったん公園の出口まで行きかけた。そこから方向を転じて。エサを目の前にした、ライオンの軽いうなり。夕陽を反射して赤く輝くバックミラー。

そしてバイクは、そのまま少女達二人の坐っているベンチの真横を走りすぎた。

「きゃ！　あぶない！」

黒髪の少女、大仰《おおぎょう》に悲鳴をあげ、慌てて足をひっこめる。間一髪。あやうい処で、彼女の組んだ左足は、四つ足バイクのエサになるところだった。

「何すんのよ！　やめてよ！」

黒髪の少女、立ちあがってバイクの少年を睨《にら》みつける。おかっぱの少女との、やりきれない気持から解放された嬉しさが、ほんの一瞬ほおをよぎり――そして次の瞬間、彼女の顔は、本当に恐怖の化身となる。

なんとなれば、少年は少しも謝罪の色をみせず、そのまま きれいにバイクをあやつり、一直線に少女へむかってつっこんできたから！

次の瞬間のあたしがどれ程卑怯《ひきょう》だったか、それはあたしがよく知っている。あたしはそれを制止するでなく、黒髪の少女を助けるでなく――メデューサに睨まれ石になった女の如《ごと》く、ひたすら黙って、まったく動けず、眼前の光景を傍観していた。

悲鳴をあげつつ、身を翻《ひるがえ》す少女。つっこんでくるバイク。不気味なうなり。終始無言の少年。はねとばされる女の子。

少女は右足をおさえて転ぶ。赤い血の色。どう見ても不自然な――折れたとしか思えない方向へまがる足。タイヤにつく赤。丸く開いた口。もれる――いや、そんなものじゃない、口をひきさくようにしぼりだされる悲鳴。あまり音が大きすぎ、それ故《ゆえ》何も聞こえないような、妙な感覚を抱かせる悲鳴。

少年は、再び、バイクの向きをかえた。もはや動けぬ少女へ向かって。逃げられない獲物をもてあそぶネコ科大型四つ足獣。

と。その時。

あたしは、まるで信じられないものを見たのだ。

おかっぱの少女が、本を閉じた。まるで、普通の――図書館の中にいるかのように。そして、立ちあがる。驚いてもいない、慌ててもいない、平然とした――むしろ、優しくほほえんですらいるような、表情。そして、おだやかな――図書館でちょっとうるさい子供を注意する司書のようなおだやかな声。

「およしなさいよ。小坂さん、痛がっているじゃない」

四つ足獣にうちまたがった少年は、微妙にその単車の向きを変える。もはや逃げられない手おいの少女より面白い獲物をいたぶることにしたらしい。

「ねえ、おやめなさいよ、あなたのやっていることには何の意味もないんだから」

説得――する気なのだろうか、この狂った少年を。いや、違う。まったくそんな――説得してやろうなどと気おった処は一つもない、隣人に話しかけるような口調。

「きゃあ!」

あたしの方が、絶叫してしまう。おかっぱの少女へむかって走ってゆく単車。平然とそれを見つめるおかっぱの少女。右手には参考書を持って。

走りだしていた。ようやく、呪縛《じゅばく》がとけた。体が動いてくれる。

少女の方へむかって、走った。ほんの数メートルっきゃ離れてない。すぐたどりつける。でも――遅すぎる。

おかっぱの少女は、まるで逃げる様子も見せず、じっと少年の目をみつめていた。迫力まけして、少年、思わずスピードをおとす。それが――余計――悲惨な結果をまねいてしまった。

少年のバイクは、おかっぱの少女をはねとばさなかった。かわりに――おかっぱの少女の上を通過してしてしまったのである。

「うぐっ」

思わず、吐くような音を出してしまったのは、あたしと黒髪の少女の方だった。体に、縦にタイヤの跡を残し、口から血をたらし――おかっぱの少女が即死だったのは、ほぼ確からしい。

「な……何てことするの……」

すっかり怯《おび》えきった黒髪の少女、はいずってその場を逃げようとする。目は、すいつくように、単車の少年にすえられたまま。

少年は、また、車のむきを変える。黙ったまま。目には何の表情もうかんでいない。

今度は、あたしだ。向きからいってもそう。

それが判っても、不思議に怯えなかった。そんなものよりずっと強い感情があたしを支配していたから。ずっと強い感情――怒り。

許せない、この少年。

それは倒錯した怒りだった。無抵抗の少女を残忍に殺したことへの怒りじゃない。何ていったらいいのか――。

あたしは、あの少女を、しあわせなまま殺したくはなかったのだ。何だかんだいっても、土壇場では死をおそれて欲しかった。あんな――人格欠損者のまま死なせたくなかった。本当に、生きていたいと思ってから、死んで欲しかった。だから、彼女にそれをさせないうちに――生命への執着を感じさせないまま、あっさりと殺してしまった少年が憎かったのだ。

ひょっとすると――言いかえれば、あたしは少女に嫉妬《しっと》していたのかも知れない。

手が、近くのゴミ箱の中をあさる。コーラのあきかん二つ。目は少年を見据えたまま。彼がもしあたしにむかってつっこんできたら、すぐさまベンチの上に立つ気だった。あたしとバイクがぶつかったら、あたしの方が死ぬだろうけれど――バイクとベンチがぶつかったら、両方被害をうけるのではなかろうか。

エンジンのうなり。重たい音。

バイクがつっこんでくる。

あたしは、その前輪のまん前に、コーラのかんを転がした。運が良ければ、バイク転んでくれる筈。

が、あんまり運は良くなく、バイクはコーラのかんをつぶし、そのままこちらへつっこんで来た。慌ててベンチにとびのる。どこかでひどくふとももを打ったけれど――これはあざになる程度。

バイク、またもや向きを変える。挑発するような音。

どうしたもんだろうか。ちょっと考える。ベンチの上に立っている以上、バイクはあたしに手だしできないだろう。が——黒髪の少女の問題がある。彼女がベンチの上に立つのは、物理的に不可能。

あまりいろいろ考えこんでいる時間はなかった。ので、反射的にベンチからとびおりてしまう。

案の定、バイクはひたすらあたしめがけて走ってきつつあった。つっても、人間とバイクでは——やっぱ、後者の方がずっと速いよ。

オーレ！　頭の中で、闘牛士のかけ声。ひかれそうになったところで、牛のつのをかわす闘牛士さながら身を翻し。左手がバイクにぶつかる。血が出てくるのが判る。

少年はそのまま公園の逆端まですすみ、再び方向転換した。わ、またくる。

必死になって走った。いつとはなしにポケットを探っていた。登山ナイフ。あれだけだわ。あたしの武器。でも——登山ナイフで何ができるだろう。

オーレ！　再び、バイクをよける。よけながら盲滅法登山ナイフを振りまわして。

「うっ」

声を出したのは、あたしではなくてバイク少年の方だった。うしろも見ずに、手近なゴミ箱の方へ走る。ゴミ箱のうしろで、ようやく人心地ついて眺めると、少年の右足のジーパンが切れて、点々と赤い汚点ができていた。

「やりやがったな」

手おいの獣になってしまった少年は、低い低い嫌な声を出す。

「やったら何だっつうのよ」

あたしも叫ぶ。あたしの手、あんたの足よりひどく怪我《けが》してんですからね。これ、あんたがやったんですからね。それ位やったから何だっつうの。

「この野郎」

近づいてくるライオンの声。バイクのうめき声。神様。

あたしは思わず目をつむり、前にあった大きなゴミ箱を、少年へむけて思いっきりけとばした。これで運が良くあってくれれば。

次の瞬間嫌な音がして、バイクはゴミ箱にのりあげ、横だおしになった。車輪が空《むな》しく宙をまわる。

あたしは運が良かった。

☆

「大丈夫？」

小坂さんっていったかしら、黒髪の少女の許《もと》へ、慌てて駆け寄った。バイク少年の方は——知らん。勝手に死んでくれ。

「ええ……何とか」

小坂さん、気丈《きじょう》にも半身をおこしてみせる。口許が妙にゆがんでいる。

「………」

「何？」

彼女が何か言いかけたので、あたし、慌てて彼女の口に耳を近づける。

「真理……本当に笑って死んでいったのね……」

それから。涙のまじった、高笑い。

「坂本真理は、死んでも参考書をはなしませんでした」

本当だ。おかっぱの少女の手には、まだしっかりと参考書が握られていた。

「不思議だったのよ。あの人――道歩いてても車よけないんだもの」

小坂さんは、もぞもぞと、しゃべり続ける。

「今、判った。あの人、死にたかったんだわ。昔から。それも――自殺なんかしないで、あくまで〝いい子〟のまま。だから事故死にあこがれてたんでしょうね。彼女は全然悪くない、不可抗力の事故死……」

また、けたけたと笑う。

「小坂さん！　小坂さんって言ったっけ！　しっかりして。お家《うち》、どこ」

「すぐそばです。そこの角《かど》をまがって、まっすぐ行ったつきあたり」

大丈夫。口調はまだしっかりしてるわ。

「救急車なんて来てくれないだろうから……あたし、お家の人呼んでくるわね。だからしっかりして。気を確かに持って」

はい、どうも、とか何とか彼女は呟《つぶや》いたと思う。

あたしはそのまま、きびすを返すと、歩きだした。小坂さんのうしろに、大きな柿の木。ざわざわざわ。風が吹いて、木の葉がゆれる。

あたしは、しあわせ、だろうか。

小坂さんの家に向かって。一歩すすむごとに考えていた。

☆

あたしは、しあわせ、だろうか。

少なくともあたしは、自分のやりたいことをやりたいようにやって、二十年の日々をすごしてきたつもりだった。けれど――死に直面した今。はたして、言えるのだろうか、あたしは。あたし、しあわせ？

走ってきた、と言っていた、彼女。どこへむかって？

あたしは――少なくとも――何かにむかっていたと――思い――たい。そして……道半ばにして、死ぬのかしら。とすると、目的も何もなく、ただ走っているだけの少女の方が、まだしあわせなのだろうか。

朗。ねえ、朗？　あなた、どう思う？

あのね。みんなに、ロマンティックにすぎるって言われた。でも、あたし、思っちゃうの。あたしって、半分なの、実は。一見、まともな人間の形してんじゃない？　でも、これ、みかけだけなの。本当はね、中味、半分しかない。

でね。残りの半分の中味を持った人とあたし、どっかで——それこそ乙女《おとめ》チックに、赤い糸でも何でもいいわよ、とにかくどっかで——つながってんの。で、ある日。あたしは、あたしの半分とめぐり会う。そして恋におち、あたしは一人になる。

あのね。でね。あたしね。朗。恥ずかしながら、あなたのこと、あたしの半分だと思ってる、実は。

だから。あたし、あなたと一緒にいて、それではじめて一人なのよ。それまでは、半分の影。だから——だからね。今、あたし、それこそ本当に何も判んなくて——ストレイ・シープだったりするんだ、今は。たかが十八歳の女の子の言うことに反論一つできずにいるんだ。だから——だからね。朗。あなたに会いたい。あなたに会えば、それであたしは一人前になって、二十歳の女の貫禄《かんろく》で、十八歳の女の子の台詞、一笑にふしてみせる。

ああ、嫌だな。

考えながら、思うのよ。

あたし、弱くなってしまった。本当に、弱くなってしまった。昔は、これくらいのこと、自分一人で何とかできた筈なのに。

人を好きになるって、つまり、弱くなるってことなんだろうか。他者に目一杯、依存してしまうことなんだろうか。

だとしたら。今、世界は弱い人間でいっぱい。みんな、こっそりとかくしているのよ。お面の下に、何もかも。そして、一人前の顔をして、普通の生活をおくっているふりしていたのかしら。

今。日常が音をたててさけ、空から隕石が降ってくる。

そして、みんなのお面は溶ける。恐怖の闇に。

弱い人間が沢山《たくさん》、せまい地表でうごめいて。ゆるりと世界が狂ってゆく。

こんな中で、あたし、十八かそこらの女の子が言えることすら言えないのよ。

あたし、しあわせなの？　ねえ！　ねえ！

答えてよお！

朗。行くから。あなたの処へ。行くから。何としてでも。

だから、教えて欲しい。

だから、助けて欲しい。

だから……。

小坂家のドア・チャイムを押し、トレパンはいたお爺《じい》さんがでてくると——そこであたしの精神の糸は切れ——あたしは、みっともなく、崩《くず》れてしまった。玄関の処で。そして泣きじゃくる。ただひたすら泣きじゃくる。お爺さんのあっけにとられた様子、無視して。

だから、助けてよお。

ねえ。

朗！

新横浜　智子——夢を見たのはどちらでしょう

古い、もみじの木がある。白い石べいの内側に。もみじのすぐ脇、石べいの外側には電柱。夜の闇の中で、うす暗いあかり。かすかに赤味がかかって見える。赤味がかかって……電球が、赤い訳《わけ》ではない。もみじの葉の照り返しが赤いのだ。電灯に透《す》ける、赤いもみじの葉。

のろのろと、そのもみじの木の下を、智子《ともこ》は歩いていた。足が重い。疲れているのかな、なんて思う。

ずっと続く白いへい。ざらざらとした手ざわり。

その、白い石べいの家の隣には、古ぼけた——言っちゃえばみすぼらしい、ほとんど廃屋《はいおく》に近いあばら家があった。ところどころ壊れた木のへいは、悪趣味にも、白の混じった緑のペンキで塗られていた。鳩さんや何かのフンの色だわ。

ごぼっ。ごぼごぼごぼ。

音が聞こえる。水槽の音みたいだ。熱帯魚のすむ水の中に、定期的に酸素を送りこむ、規則正しい物音。水の中で生まれた空気の球が、水の中であがいている音。

智子は、こわごわと、へいの破れめから中をのぞく。へいと同じに、白の混じった緑のペンキで塗られた家。ベニヤ板で作られたような、いかにも粗末な家。

嫌だな。ここ、怖い。

そう思うのとほぼ同時に、智子は好奇心のとりこになっていた。何でだか、スリル。何となく悪人をおいつめる――そうだな、私立探偵か何かが容疑者の家に張りこむ気分。

こっそり、粗末な家の中にしのびこもうとする。とたんに、場の転換。智子は、家の中にいた。

なあんだ、つまんない。安堵感と不満。別にどってことない――何の変哲もない家。確かに、あまりきれいじゃない。でも、それだけ。畳がすり切れてぼろぼろでも、壁にねずみの小穴があっても、それだけじゃ面白くも何ともない。

でも――ここ、何なのかしら。土間。玄関かな。

智子が立っていたのは、二畳程の大きさの土の上だった。二畳の土間。すごく不釣合。だって、この家、そもそも畳が二枚しかないんだもの。

ごぼっ。ごぼごぼごぼ。

まだあの音が聞こえる。でも、家の中には、あんな音をたてそうなものは一つもない。あ。気づかなかった。土間の――智子が立っている処《ところ》の脇に、小さな扉があった。本当に小さな。しゃがんでようやく通れるくらい。

ぎし。

扉を開ける。思っていたよりはるかに大きな音がしたので、智子はびくっとする。おそるおそる、扉の中をのぞくと、中は……まっ暗。

ぺた。

ごぼごぼ、という音が、急にとまった。かわりに今度は、ぺたぺたという音が始まり――ぺたぺた。ぺた。あれは……歩いてくる音だ。何か……水にぬれたものが。

ぺた。

近づいてくる。

ぺたぺたぺた。

何だろう。水槽の中に沈む生物。ぺたぺたって音がするんだから、きっと、二本足で歩くのね。

ぺた。そして……ぎしっ。

扉を開いた智子の手に、何かがさわった。ぬめぬめとした、すべる、ひやっこい手。一瞬、智子はかえるを連想した。

そして。次の瞬間。暗闇の中に、一瞬うかんだ輪郭《りんかく》。

緑色のうろこにおおわれた――すっかり水に濡れそぼった――智子。

「はい、タッチ」

半魚人の智子は言うと、その濡れた手のひらを智子の手のひらにあわせた。

「うん」

智子は返事をする。

二人は、位置をいれかわる。水に濡れた智子は、かわいた土間で、軽くのびをする。それからぶるんと頭をふって。腰のうしろに手をまわし、うろこにつめをかける。と、ペリペリと心地よい音がして、うろこはきれいにはがれていった。陽《ひ》にやけた肌をはがすように――ううん。あんなのよりずっと、楽そうに。そして、うろこの下からあらわれる、二本の人間の足。

一方、智子は、さながら勝手知ったる処のように、ずんずん暗闇の中を歩いていった。あたたかい泥水を満たした水槽。ずぼん。水槽の中に、もぐった。手だけを出して、水面をなぜる。

ごぼごぼごぼ。

何故《なぜ》か智子は水槽の中でも呼吸ができ、智子が呼吸をすると共に、泥水はごぼごぼ音をたてた。

なつかしいな。泥水の中で、智子はすっかりくつろいでいる。ゆったりと、手足を伸ばして。そう言えば。何度かここにはいったような気がするな。あたし。ねっとりした泥水の中で、ゆっくり周囲を見まわしたことがあるような――気がする。

ふと見ると、智子の胸のあたりに、ピンクのハートがあった。三〇センチくらいの、まるでぬいぐるみのような手ざわりの、ふかふかピンクのハートさん。

あら。いつの間にか。ずいぶんと傷だらけ。あっちこっち破けてもいる。

智子は、ピンクのハートを泥水につけた。泥は、ゆっくりとハートにしみこんでゆき、それと共に傷が治ってゆくのを感じていた。

交替の、時期なんだわ。

ゆるく、ゆるく、考える。

本当の世界で十一年もすごして、すっかりぼろぼろになってしまった、ふかふかピンクのハート さん。

交替の、時期なんだわ。

このあとは。ゆっくり泥水につかった、夢の時間。

ごぼっ。ごぼごぼごぼ。

智子の呼吸は、まるで遠い海の音のように、規則正しく、気持ちよく、子守歌のようにひびき続ける。

交替の、時期なんだわ……。

☆

ぱち。急に視野に白い天井がとびこんできた。それから雨戸。ふとん。隣にお気にいりのくじらのぬいぐるみ。

あ……おきちゃったんだ。

智子は、少しさみしく、そう思った。

せっかく夢をみているところだったのに。何だったかな、水槽の夢。

だいっ嫌いな目ざまし時計が鳴った形跡はなかった。ママが起こしに来た訳でもない。でも
――してみると、何だって起きちゃったんだろう。

下腹部に、鈍《にぶ》い痛みを感じた。あ、お腹《なか》。お腹がすいて、それで起きちゃったんだわ。のろのろと、パジャマを脱いだ。服を着る。完全に起きてみると、口の中がねとねとしていて、気持ちが悪かった。……歯も、みがかなくちゃいけない。

ぬいぐるみのくじらの尻尾《しっぽ》をつかんだ。きゅい。このくじら、尻尾を押すと鳴くのだ。きゅいきゅい。

それから、夏ぶとんを一枚。一番すべすべしてて、一番ふかふかしてて、一番あったかくて、一番寝心地のいい奴《やつ》。さながら、ライナスが毛布をひきずるように、智子は夏ぶとんをひきずっていった。

ずるずる。ぬいぐるみを抱き、夏ぶとんをひきずりながら、智子が階段をおりていっても、文句を言う人は誰もいなかった。パパとママ。二人共、まだ寝てる――もう起きないのだ。

のろのろと、お湯をわかす。歯をみがく。昨日はどん兵衛《べえ》だったから、今日は赤いきつねにしようかな。うーん、それとも。ママがあんまり働き者の主婦じゃなくてよかった。カップラーメンなら、たくさんある。

残念ながら、赤いきつねだけではお腹がいっぱいにはならなかった。何か……ないかな。でも、一度に二つもカップラーメン食べる気にはなれないし。あ、コンビーフ。でも、コンビーフって、これだけ食べてもあんまりおいしくないのよね。

と言いながらも、コンビーフをかじる。半分かじって捨てる。もう、お腹いっぱい。

台所は、さながら、大きなごみ捨て場と化していた。どん兵衛のカップ、緑のたぬきのカップ。少し残ったおつゆは、そろそろ腐敗臭を放っている。かじりかけのチーズ。トマトの芯《しん》。青いカビ。白いカビ。綿のようなカビ。作りかけて挫折した、ほうれん草の卵とじが、中華なべの上にはりついている。

沢村《さわむら》智子。まだ十一。ほうれん草の卵とじは、家庭科の時間に習ったけれど、他に料理って、知らないし作れない。

ぬいぐるみを抱え、夏ぶとんをひきずって、智子は庭に出ていった。まぶしいっ。いい天気。とっても、いいお天気。

今日こそはやってみよう。長年の――まだ十一の女の子が思うにはそぐわない言葉だけれど、本当に長年の――望み。あったかい日に、お陽さまの下で、ふかふかのおふとんにくるまって、ぬいぐるみを抱いて眠ること。

「でめくじらさん」

「きゅいきゅい」

ずっと黙っていると淋しくなるから、智子、尻尾をおしてぬいぐるみのくじらと会話する。このくじら、少し目が大きいので、でめくじらという名前。

「いいお天気ね」

「きゅい」

「今日は、お外に行きましょうね」

「きゅいきゅい」

「公園に行こ。芝生の上なら、おふとんに泥つかない」

「きゅい」

そこまでひきずってゆく間に、十二ぶん、ふとんに泥がついてしまうであろうことは考えない。

「こら、くじらさん。きゅいじゃないこと言って」

「きゅい」

「他のこと言いなさい」

「きゅいきゅい」

「きゅいきゅい」

ぬいぐるみのくじらをなぐるポーズをとる。それから、しっかりくじらを抱きしめて。ぷっとふくれてみせ、くじらをほおによせる。ぬいぐるみの感触。あったかくって、やわらかい。

☆

智子は、小さな頃から、一種異常な程眠るのが好きな子だった。放っておくと、母親が心配するくらい、よく眠った。十八時間くらい、平気で眠った。

「智子、どうしてそんなに眠るの。あんまり眠ると目が溶けちゃうでしょう」

最初のうちは、〝寝る子は育つ〟なんて言っていた母親も、小学校にはいってもやたら眠ってばかりいる智子に、段々不安を覚えてきた。

「おもしろいもん」

そしてまた、智子のこの台詞《せりふ》が母親には理解できない。

そんなに疲れているのだろうか。あるいは、ひどく眠りが浅いのだろうか。いろいろ悩んでも、いっこうに理解できない、娘の睡眠時間。

が。智子は、本当に趣味で眠っていたのだ。本好きの子が本におぼれるように、眠りにおぼれて。

小学校の図書室で、〝鏡の国のアリス〟という本を借りて読んで以来、眠ることがおもしろい、というのは、彼女の信念にすらなった。

夢の国にまぎれこんで、さんざ遊んできた主人公、アリス。ハンプティ・ダンプティ、ティードルディにティードルダム。話すお花にチェスの女王。

いや。そんなものより。智子が一番魅了されたのは、眠っている赤の王様だった。赤の王様を指し、ティードルディとティードルダムが解説をする。

「いま夢を見てるとこなんですよ」とティードルディが言いました。「それで、どんな夢見てるとお思いですか?」

アリスは答えました。「だれにもわかりっこないわ」

「どうしてです、あなたの夢を見てるんだのに!」と、ティードルディがさけびました。かちほこったように、両手をぱちんとたたきながら。「それじゃ、その夢を見るのをやめたら、あなたはどこにいることになると思います?」

「わたしの今いるところよ、もちろん」とアリスは答えました。
「ちがいますって！」あざけるようにティードルディは言いかえします。
「あなたはどこにもいないことになるんですよ。なぜって、あなたはあの人の夢の中にすんでるものにすぎないからです！」
「もし王さまが目をさますはめになったら、さいご」とティードルダムがつけくわえます。「あなたはおしまいです。——ぱあっと——ちょうどろうそくが消えるみたいにね！」

（鏡の国のアリス・生野幸吉氏の訳より）

あたしは、誰かの夢の登場人物かも知れない。もしそうだったら。その誰かが目をさましたら。ぱっ。あたし、消えちゃうのかしら。この考えは、いたく刺激的で、図書室で智子は本当にぞくぞくしたものだった。

そうすると。どこにもいないってことになる。どこにもいない。それが、一体全体どんなものなのだか、智子には、全然、判《わか》らなかった。判らないから余計わくわくする。どこにもいないあたし。ぱっと、ろうそくみたいに消えちゃうあたし。

まだそれは、言葉であらわせる程、形をととのえた思考ではなかったけれど、智子はこうも考えていた。

夢っていうのは、別のとこなの。学校があって、朝七時におきて、夜九時に寝なきゃいけないのと違うとこ。おきてる時と寝てる時は、別の世界の中なのよ。

物語の中は一つの世界だ。先生は、そう言って、読書をしなさいとクラスにすすめた。でも。

あたしの夢は、もっと素敵。主人公はセーラでも、ハイジでも、トム・ソーヤでもない。あたし自身で、あたしの夢の世界の中を本当に自在に駆けめぐるのよ。おまけに、この世にたった一つしかない、あたしだけの夢。毎晩一つ——運がいいと二つも三つも読める本。

それに。本当は、逆なのかも知れない。そう思うと、もっと、ぞくぞくする程素敵。起きている時って今思っているのが、本当は夢なの。眠っている時って思う時、それが真実の世界。真実の世界が、あんまりたよりなくて、すぐ場面転換しちゃって、脈絡がないから、その分夢の中が整っているのかも知れない。同じ時間に起きて、同じように学校いって、同じように授業があって……。

パパもママも理絵《りえ》も明実《あけみ》も、みいんな、あたしが眠っている時はどうしているんだろう。もしみんなが、夢の中の人だったら、あたしが眠っている——つまり、本当の世界で起きている時は、ぱっと、ろうそくみたいに消えちゃうんだろうか。

それを思うと、宇宙から飛んでくる大きな石がぶつかるって話も、あんまり怖くなかった。だって。ぶつかるちょっと前に起きればいいんだもの。目をつむって、おふとんにくるまって、脇にぬいぐるみさんおいて。

それとも。もともとあたしが、誰かの夢の登場人物なら。どうせ、なにがあっても怖くない。だって、みんな、夢なんですもの。みいんな、夢なんですもの——。

☆

はだしで歩く。やけたアスファルト。やけた——嘘よ。ほんのりとあったかいアスファルト。そりゃアスファルトの上で、ずっとじっとしていれば、熱いかも知れない。でも、あたし、歩いているんだもの。ぺたぺたぺた。

小石だの、ガラスの破片だのが、時々、落ちている。でも、そんなものはさければいいのよ。気持ちのいい、アスファルト。

本当は、土の上をはだしで歩く方が、もっと気持ちいいのかも知れない。でも、智子が生まれた頃から、このあたりの道は大抵アスファルトだった。芝生とアスファルト。それ以外の肌ざわりを、智子の足の裏は知らない。そして、芝生とアスファルトを較《くら》べれば、これはもう一も二もなくアスファルトの勝ち。だって、芝生って、ちくちくするんだもん。

ずるずるずる。ペタペタペタ。きゅいきゅいきゅい。

この三つの音をBGMにして、智子は歩き続けた。夏ぶとんをひきずる、ずるずるという音。はだしで歩く、ぺたぺたという音。黄色いくじらのぬいぐるみが発する、きゅいきゅいという音。

わ。誰かが吐いた跡がある。やね。

智子、おふとんひきずったまま、大きく迂回《うかい》する。おふとん、あたしより大きいから、気をつけなくちゃ。

やがて、小さな公園につく。公園の道も、芝生以外のところはアスファルト。大きな木をみつけて。

陽があたる方がいいんだろうか。それとも陰の方が。少し悩んで、初志貫徹することにした。ひなた。

アスファルトの道の端《はじ》にうずくまる。体にふとんをまきつけて。それから、くじらのぬいぐるみを抱える。

まあるくなれば眠れるの。まあるくなれば……。

☆

神社、だった。石段のすみに、智子はかくれている。隣に誰かの気配。同じクラスの女の子だわ。そう思うのだけれど、それが誰かは判らない。

あたりは暗い。夜なんだろう。

それにしても、せまい神社ねえ。すぐむこうに見えるの、あれ、街灯じゃないだろうか。街灯の下をトラックが通る。トラックの下半分をかくして、垣根。

「しっ」

智子は何も言わないのに、女の子はこう言って眉をひそめた。指を一本立てて。しいっ。

「ん」

智子も、神妙な顔をしてうなずいた。そうだ。静かにしなければ。

ふいに胸がどきどきしてきた。くるだろうか。来ないかな。待ち伏せしてるの、村岡《むらおか》君を。

一つ想《おも》い出すと、いろいろなことが判ってきた。村岡君は、智子のクラスメート。隣の席の男の子。クラスで一番背が高くて、そのくせ一番すばしこい。

今日、智子は理絵にそそのかされて——あれ？　隣にいるの、理絵じゃない？　何で今まで判らなかったんだろう、そうだ理絵。智子の親友——村岡君を待ち伏せしていたのだ。

小学校六年生。子供時代の延長で男の子とつきあえばひやかされ、かといって恋をするにはまだ少し早い。誰が誰を好き、といったたあいのない話に花が咲き、本人達は迷惑がっている公認のカップルが数組できて。初恋の、一つ前の、でもあこがれとは違う、恋に恋するといった状態とも違う、おませな女の子達。

智子は、村岡君が好きだ、ということになっていた。本当は——智子にもよく判らない。嫌いじゃないのよ。いい人だと思う。でも……単に席が隣で、口きくチャンスが多いだけ。けれど、村岡君より好きな人がいるのかと聞かれれば——そのへんはもう、智子にも判然としない。この時期の相手は、早い話、誰でもいいのだ。

とにかく、智子は村岡君が好きだということになっていた。そして、おせっかいにも理絵が、それを彼に伝えてくれるという。そして、理絵と智子は、夜の神社で村岡君を待ち伏せて、息をひそめる——何てスリル！

現実は、これとはずいぶん違った筈《はず》だ。

雨の日だった。もう少し寒ければ雪になったろう。二月十四日。セント・バレンタイン・デイ。何の花だろう。白い花が咲いていた。学校の帰り道。

そして傘。華やかな、色とりどりの、咲き乱れる傘。その下の女の子達。

理絵と智子は、くすくす笑っていた。理絵の傘の下で。うすいピンクの、かたつむり模様の傘。濃いピンクのかたつむり。かたつむり、はって。

「あ、ね。ともこお」

理絵が、智子をつっつく。黒い、おそらくお父さんのコーモリだろう。どことなくみすぼらしい傘をさして、村岡君が歩いてきた。一人。いつも一緒の、長田《おさだ》君とか佐竹《さたけ》君とかの姿は見えない。

「よかったじゃない。チャンスよお」

「やだぁ。……やめようよ」

智子のランドセルのすみに、リボンかけた包み、チョコレート。

「何てれてんのよ、智子ったら、ほら、行きなよ」

おされる。でも。

「しょうがないわねえ。智子、待ってて」

理絵、智子のランドセルから包みをとりだす。

「あたし、言ってきてあげる」

「やだ、理絵え」

そう言う智子の声は、それでもどこか、楽し気《げ》だった。村岡君、結構あたしに優しい。ある程度、期待にみちて――でも、恥ずかしいから、やだ、理絵。

理絵は、走ってゆく。かたつむりの傘、持ったまま。雨の中にとり残される智子。

「待ってよお、村岡くうん」

理絵の声は、恥ずかしい程大きい。

「あのねえ、これ、智子から」

渡される包み。村岡君、赤くなる。

「何だよこれ」

ぶっきら棒な口調。

「やあね、とぼけて。チョコレート」

村岡君は、一瞬、智子に視線をむける。みるみる赤くなる智子。そして、そっぽ向いて。

「いらないよ」

「だって」

理絵と村岡君の手の間で、包みはバランスをうしなう。そして、ばちゃっ。

「あ！　チョコレートが！」

「いらないったら」

「ひどい、村岡君。智子のチョコレートを」

ひろいあげる理絵。むこうを向いた村岡君の耳、つけ根までまっ赤。

「俺、沢村なんか好きじゃないよ」

そのまま、先へ進みかね、かといって智子の許《もと》へもどることもままならず、雨の中に立ちつくすかたつむりの傘。濡れている智子。

「やね。村岡君、照れてんのよ」

理絵は明るく——少なくとも明るくふるまって、智子をつつく。智子はわざと大きい声で。

「いいよお。あたしだって、村岡君、そんなに好きじゃないんだもん」

「なあんだあ。そうなのお」

「そうなのお」

「じゃ、チョコレート、食べちゃおうか」

「うん」

雨の中の傘の下。透ける、かたつむり。裏がえしのかたつむり。

そうなの。拒絶されて傷つく程、好きだった訳じゃない筈。なのに。なのに——。

☆

夢は、まだまだ続く。

いつの間にか、神社は消えていた。でも、智子はまだ待っている——何を？

やがて、気づいた。ここは、口の中なのよ。大きな大きなくじらさんの口の中。

ほおら、あった。歯。くじらさんの大きな歯がいっぱい。それから、舌。ピンクの舌。

智子は、くじらの口の中にはいったことはなかった。当然、知らない。くじらには、人間のような歯も舌もないことを。

暗いなあ。くじらさん、口閉じてるんだ。少し開けてくれた方がいい。

待ってる。そう、あたし、待ってるの。

あたしは船に乗っていた。それでね、嵐でね、船が沈んでね、あたしはくじらさんに助けてもらったのだ。口の中で、あったかく。あたしが口の中にいること知ってるから、くじらさん、時々遊びに来てくれる。だからあたしは、闇の中でくじらさん待つの。

まーだだかい。

☆

もーいーかい。まーだだよ。かくれんぼの言葉は、智子の中でごっちゃになる。まーだだかい。時に、そう言って、笑われた。

智子はいつも変な処にかくれた。暗い処。おしいれの隅に。こたつの中に。机の下に。

智子は、闇をほとんど怖れない子だった。暗い処で、まあるくなって。こうしていると落ち着くの。

何かあると、おしいれの片隅や机の下にもぐりこんで泣いた。大抵《たいてい》雨戸の閉まっているお父さんの書斎は大好きだった。

あったかいとこ。暗いとこ。丸くなれるとこ。この三つが、智子の好きなとこ。三つの条件をすべて満たしたおしいれの隅は、大好きなとこ。

でりけーと。

よく意味は判らなくても、智子はこの言葉を覚えていた。昔、ママが言ったのだ。この子は、でりけーとにすぎるのです。とっても傷つきやすいのです。

うん。でりけーとはよく判らなくても、あたしが傷つきやすいのは確か。すぐ哀《かな》しくなるのは確か。人と遊んでいると、いっつもすぐ泣いてしまうのは確か。

理絵だけよ。理絵は特別。あとの人とは、うまくつきあえない。

そんなにいじめられるという訳ではなかった。時々、仲間外れにされる。あるいは。鬼ごっこではみんな、一番足の遅い智子を狙う。だから智子はいつでも鬼。

ほんの、ほんのそれくらいのことで、人とつきあうのが下手になる、というのは、智子が弱すぎるからだろう。ほんとに……まーだだかい、をからかわれただけでも、泣いてしまうような子だったのだから。

でも。理絵は別。理絵は特別。

☆

あの日も、雨だった。六月。かなりのざあざあ降り。それも、朝は比較的晴れていて、昼すぎから雲行きがあやしくなり、放課後盛大に降りだしたっていう、最悪の奴。

女の子達は下駄《げた》箱の前にかたまっていた。かたまっておしゃべり。お母さんがむかえに来てくれるまで。

智子は早く帰りたかった。こんな所で待っていても、どうしようもないんだもの。みんなとは違うのよ。

みんな、待っているんでしょ。傘持ってむかえに来てくれるお母さん。あめあめ降れ降れ母さんが　じゃのめでおむかえ　嬉しいな。でも、智子は。両親が共働き。いくら待っても、誰もむかえになんて来てくれない。どうせぬれて帰ることになるのなら、こんな所で待ってい て、お母さんが来る人見たくない。

けれど、智子には、それを言いだす勇気もきっかけもなかった。

三々五々、女の子達は消えてゆく。あめあめ降れ降れ　母さんが　じゃのめでおむかえ　嬉しいな。

「ん？」

理絵が、ふりむく。いつの間にか智子は、小声でそう口ずさんでいた。

「何でもない」

首振って理絵の注意をそらし。ふっと思っていた。お家《うち》にある、ぬいぐるみのわにさん。黄色い顔して、赤のイタリアンチェックの服着たわにさん。何とはなしに、あの子が、むかえに来てくれるような気がしていた。

勿論《もちろん》、智子だって、普通の小学生だ。ぬいぐるみのわにには、生きていないことも、動かないことも、ましてや絶対傘持って来てなんかくれないことも、判ってはいた。でも……何となく。一つには、あれが、傘持ってこられるサイズの唯一のぬいぐるみだったってこともある。それから、あめあめ降れ降れ　かあさんが。あめあめ降れ降れ　わにさんが。何となく。似てるでしょう。

その様子を、頭の中に描いてみる。うん、かわいい。とっても、かあいい。

わにさん。来てくれないかなあ。

思い始めると、もう、とまらない。

かわいいだろうなあ。もし、来てくれるなら、お父さんのコーモリさしてきたっていいや。

帰りはわにさん、抱いて帰ってあげる。あ、でも。来るまでにぬれちゃうかな、尻尾が。

イメージの中で、わには直立して、尻尾を使って歩いていた。そうしないと——もし、はってくるとすると、傘からはみだしちゃうんだもの、わにさんの尻尾が。そして、あいた右手で傘持つのよ。

そうだ。レインコート着せてみよう。ママのレインコート。あれなら、雨の中を歩いて来ても、わにさん汚れない。

うすいクリーム色のレインコートを着て、そこからちょこんと頭だけだしたわにの図は、とってもかわいかった。智子、にっこりと笑う。

と。明実が。何かしら、妙に残酷そうな顔をして、こう聞いた。

「智ちゃん、もう帰ったら？　どうせ智ちゃんのとこ、誰もむかえに来てくれないんでしょ。いいよ、あたし達につきあわなくたって」

そりゃ、帰りたいわよ。帰りたいけど、こんな風に言われたら。

「明実んとこだって来ないかも知れないじゃない」

理絵が智子をかばってくれた。つっけんどんにこう言って、明実を睨《にら》みつける。

「うち、来てくれるもん。お母さんが。お兄ちゃんが来てくれるかも知れないもん」

「明実のお兄ちゃんって、中学生でしょ。まだ学校に行ってるわよお、だ」

「でも、じき、帰る時間だもん。どっちにしたって、お母さんかお兄ちゃんのどっちかは来てくれるもん。誰もいない智ちゃん家《ち》とは違うもん」

「うちだって来てくれるもん！」

思わず智子は叫んでいた。

「へえ。誰があ」

明実、まるで甘いものがそこについてでもいるように、唇の左上をなめた。ピンクの舌。ぺろっ。

「わ……わにさん」

つい、智子、言ってしまう。

「わにさん？」

明実の、大きな声。つられて智子の声も大きくなる。

「黄色いぬいぐるみのわにさん！　一番かわいがってるんだもん！」

「やだあ。みんな、聞いてよお」

明実はげたげた笑いだした。

「智ちゃんたら、あんなこと言ってんのよお。ぬいぐるみがむかえにくる筈、ないじゃない」

「来たらどうすんのよ」

「来ないわよ」

くすくすくす。まわり全部が笑っていた。智子は頭までまっ赤になる。

判ってるもん。そんなこと。でも、今、うちにはぬいぐるみしかいないんだもん。

必死でいのった。わにさん、来てよ。わにさん、来てよお。

と。校舎の影に、ちらっと黄色いものが見えた。わにさん？

「あ……」

智子が小声を発するのと、明実がその黄色のものにむかって駆けてゆくのとは、ほぼ、同時だった。あざやかな黄色の――サマーセーター着た、明実のお母さん。

「おかあさん。遅かったじゃない」

二人は仲むつまじく、しゃべっている。

「あのね、聞いてえ。智ちゃんったらねえ……」

聞こえよがしの大声。楽しそうな会話。

智子は、もう、身も世もないくらい恥ずかしかった。哀しかった。わにさんがむかえに来てくれないせいなんだからあ。

と。理絵が急に智子の肩をおした。

「智子。走ろう」

「え？」

「これ、かぶれば、そんなに濡れないよ」

理絵は、大きな白い布を、ランドセルからひっぱり出しつつあった。あ。給食の、テーブルクロス。四人一組で班を作って、給食とる。週に一度、当番の子がそのテーブルクロスを持って帰って洗ってくるのだ。今日は金曜。理絵の当番の日。

「だってそれ……」

「どうせ洗うんだもん。濡らしたっていいわよ。走ってこ」

「でも……理絵のおばさん、むかえに来てくれるんじゃない？」

「来ないわよ」

そのまま、理絵は走り出した。つられて、智子も続く。理絵がテーブルクロスの右端持って、智子が左端。明実達においつくと、わざと泥をはねあげて走る。きゃあきゃあ笑った。足がびしょびしょになって、それでもそれが心地良い。

息をきらせながら、横断歩道の脇まで来た。理絵の家、このすぐそば。智子の家、ここ渡ってすぐ。

「本当に理絵のおばさん、来なかったね」

「うん。でしょ。……家帰って服着替えたら、智子、遊びにおいでよ」

「うん」

ちょうど、信号が青になる。智子はそこを駆けぬけて。理絵に手を振るべく、ふり返る。と。あ。判ってしまった。何故、理絵のおばさんが、むかえに来なかったのか。だって、理絵ったら、傘、持ってんじゃない。ランドセルの脇からのぞいてる、濃いピンク。あれは……ピンクの、かたつむり模様の、おりたたみ傘の柄《え》だわ。理絵ったら、今日、傘持ってたんだ。理絵。だから理絵。だからあなたは特別なの。あなたは特別。

☆

「理絵じゃなあい」

くじらの口の中に遊びに来たのは、理絵だった。と。そこはすぐ、理絵の家の中になる。二人でいつも遊んでた、理絵の部屋。

智子は、その頃まだ、自分の部屋を持っていなかった。だから、遊びに行くのは、いつも理絵の部屋。机。ベッド。洋服だんす。フランス人形。額《がく》にはいっているのは、理絵の描《か》いた絵。これは、二年生の地区の展覧会で銀賞をとった奴。

ベッドが一番、うらやましかった。この上ではねて遊ぶの。ふっかふか。あと。アルバム。理絵は、お父さんの仕事の関係で、今までに二度ひっこしていた。だからその分、豊かなアルバム。

これがね、秋田にいた時の写真ね。

一面の雪景色。うしろにかすかに見えるのは、家の軒《のき》だろう。すっかり雪におおわれて。その前に立っている三人の少女。一人は理絵。あとの二人は知らない人。

こっちがね、千葉にいた時の。

海の前に、白いマフラーをして、小さな赤いコートを着た理絵が立っている。ということは、うしろの海は、冬の海。画面の左端で、今しも波がくだけようとしていた。暗い色調の冬の海。いいなあ。秋田って、雪、いっぱい降るんでしょう。

よくないよ。寒いんだから。

でも、いいなあ。すごいじゃない。この雪、理絵の背よか深そう。ね、こんなとこって、どうやって歩くの。

はだしにあたるじゅうたんの毛。ざらざらしていて、結構気持ちいいのだ。ざらざらしていて気持ちいい――あ。

やっぱり、ここは、くじらさんの口の中だわ。ざらざらの舌の上。

ざらざらの。

ざらざらの、砂利《じゃり》道を、智子は走っていた。

あたりは群青《ぐんじょう》。暗いのとも違う、ただひたすら、青い。濃い、青。

おり紙の青だわ。智子、納得する。濃淡も何もない、のっぺりとした群青。

正面に、大きな骨が見えた。大きな骨――に、みまごう程の、大きな鉄柱。遊園地だろうか。それも、古くて、もう誰もここで遊ばないような。

ごとごとごとごと。

その骨――骨のような鉄骨で作られた建物の中を、おもちゃの小さな電車が走っていた。あ、お化け屋敷だわ。遊園地のお化け屋敷に、こんなのがあった。確か。

中は、暗くて、しめっぽくって、レールが走っているのだ。そこに小さな客車があって、お客さんはそれに乗る。トロッコのような客車。すると、それはごとごと走り出し、見せてくれるのだ。死体のはりついた板、池の中からうかびあがってくる生首、髪を長く伸ばしてまっ青な顔をした、胸のあたりを朱に染めた和服の女《ひと》。そんな趣向。

こんちゅうかん。

建物には、そう書いた大きな看板がかかっていた。うす汚れた、さびのついた看板。昆虫館。なら、お化けはいない筈。

入り口に、男の人がいた。こんなにひとけがなくっても、ちゃんとやっているのね。制服を着て、帽子をかぶった男の人。

「切符は?」

男の人は、低い、怒ったような声で聞いた。智子は、いつの間にか、うすみどりのチケットを握りしめていた。汗でべとべとに汚れた、うすみどりのチケット。

それを見せると男の人は、ぱちんとそれに穴をあけ、それからあごをしゃくった。扉の方へ。智子は、扉を開け、昆虫館の中へはいってゆく。

レールは、走っていた。確かに。遠くでごとごとという音も聞こえる。なのに、智子は、歩いていった。中はまたもや群青で、どことなく寒い気がした。

むきだしの天井。はしる鉄筋。怖い——怖くなんかない。

ずんずんと、智子は歩いてゆく。昆虫館と書いてあったのに、虫なんか一匹もいない。かわりに、どこもかしこも骨——。

中央に――そう、ここはだだっぴろい間で、他の部屋なぞどこにもないのだ（でも、だとしたら、あのごとごとって音は、どこから聞こえてくるのだろう？）――まっ白の板があった。理絵が見せてくれた、秋田の雪のような、まっ白の板。

板の手前には、赤いボタン。何気なく、智子はそれを押す。と。どこかでジーっと音がして――ああ、歯車のまわる音――ゆっくりゆっくり、白い板はひっくり返ってゆく。

板にはりついているのは、きっと、女の人の死体。何故か、そう思った。そして、それはあたって――でも。

和服の女。青白い顔。かっと目をみひらいた……理絵の死体！　のみならず――口の端から赤い血の糸をひいた理絵は、にっと笑ったのだ。そして言う。

「智子も、いつまでも子供みたいに夢の話ばっかりしてないで、もっと普通のことすればいいのにね」

うしろも見ず、智子は走った。見なくたって判る。理絵、おいかけてくる。おいかけてくる。

急に、部屋が、細かくなった。立体迷路のような細い道。

うしろから、ごとごとって音が近づいてくる。理絵。理絵が、あの、昆虫館の中を走っている車にのって、おいかけてくるのだ。

そう思ったとたん、足が、重たく、なる。走れない。息切れ。足が重い。ここは――いつも歩き慣れた道の筈なのに。

智子は、家の前の道を走っていた。背に家の門がある筈。普段は、何があっても、家は安全地帯の筈だった。でも。今は違うの。だって、おいかけてくるのは、ママ。何故か、ママが吸血鬼になっているのが判った。おいかけてくるママ。智子の血を吸おうとして。

逃げる。でも、足が重い。足が重い――。

☆

裏切り。智子は、そう理解していた。実際それは、智子にとって、裏切り以外の何だというのだ？　理絵が――理絵一家が、急にひっこしてしまうだなんて。

名古屋。地図を調べた。新横浜。名古屋。とっても、とってもはなれている。新幹線にのればすぐだなんて、とても思えない。

駅まで、送りに行った。智子一人で。

「切符は？」

理絵一家が改札を抜けた後に智子が続こうとすると、駅員がこう言った。ぶっきら棒な低い、怒ってるような声だった。智子は手の中に切符を握りしめており、それを渡すのを忘れたのだ。

じっとり汗ばんだ、入場券。

入場券。そう。智子の切符は、理絵一家のものとは違うのだ。この改札を抜けられるだけの切符。電車には、乗れない。

「手紙書くからね」

ドアが閉り、電車が発車してからも、智子はプラットホームを走り、手を振り続けた。声を限りに叫びながら。

「手紙、書くからね！　かくからねえ！」

実際、智子は手紙を書いた。毎日。書くことがなくなると、その日に見た夢の話まで書いた。けれど。返事は、一週間に一ぺんくらいだった。最初から。それも、ひどく短いもの。そして。段々、信じがたい、信じたくない記述が増えてくる。名古屋でできた友達の話。誰と、どこへ行った、どうした、という類《たぐい》の話。

むこうでの友達が増えるのに比例して、手紙の数は段々へっていった。週に一度は二週間に一度になり、そしてついには月に一度に。

それを淋しがる智子を、母がさとす。ほら、理絵ちゃんはどんどんむこうの生活になじんで、新しいお友達を作っているでしょう。智子も、もっと他のお友達を作らなきゃ。

そして。最後の裏切り。

明実のところに、手紙が来たのだ。智子には来ていないのに。

「智ちゃん、理絵の手紙に夢の話ばっかり書くんだってえ」

最初、学校で明実がこう言った時、智子は耳を疑ったものだった。何で。何で明実がそんなこと知ってんの。

「手紙が来たんだもん、あたしんとこ。ちゃんと書いてあったわよ。〝智子もいつまでも子供みたいに夢の話ばっかしないで、もっと普通のことすればいいのにね〟って」

前後に、明実にあてたメッセージがついていたのだ。そんな智子だから、だから智子をよろしくね。仲間にいれてあげてね。けれど、明実は故意にそこのところを略した。

夢の話。智子は、体があつくなるのを感じていた。恥ずかしさと、そして怒りで。理絵だから書いたのだ。理絵だから、話したのだ。夢は智子の聖域で、特別の人である理絵以外、誰もそこにいれなかったのだ。

なのに。なのに理絵は、明実にそれを書いてよこした。こんなに理絵の手紙を待ちこがれている智子に手紙をよこさずに。

理絵は特別だったのに！　理絵だから話したのに！

☆

じっとりと、汗ばんでいた。

はふ。

智子は、のろのろおきあがると、額《ひたい》の汗をふいた。熱かった。体中が。やっぱり、夏のひなたでなんか、寝るべきじゃなかった。

何だか、すごく、良くない夢を見ていた気がする。何だろう。とっても、良くない、夢。ずるずる。

ぬいぐるみ抱いて、ふとんひきずって歩きだす。どこか他の処へ行こう。ここは良くない。もっと——暗くて、あったかくて、丸くなれるところ。

理絵がひっこしてから、そして明実のところに手紙がきてから、確実に、智子の精神は退行していた。どんどん幼児に近くなる。

まず、ぬいぐるみを手離せなくなった。それから、おふとんに対する異常な愛着。中指と薬指をしゃぶる癖も復活してしまった。

智子は、別にそれを悪いことだとは思っていなかった。でも、ママがさわぐの。すごくうるさく文句言うの。ぬいぐるみ抱えて、おしいれのすみへもぐり、指くわえて丸くなったあたし見て。

一度、病院へつれてゆかれた。白い服の優しそうなお姉さんが、少し智子とおしゃべりした。それから、いろいろな絵を見せられた。紙の上にひろがる、奇怪なインクの汚点みたいな模様。

「さあ、智子ちゃん、これは何にみえるかな?」

全部、同じものに見えた。あるいは、全部、違うものに。

翼をひろげた悪魔も、のたうつ二匹のいも虫も、鼻をかんで、手ざわりが妙で、ティッシュひろげてみたらそこに現われる鼻血の模様によく似たものも——窮極的には、同じものだった。

夢の残滓《ざんし》。あるいは、夢の前駆物質。

ふとんにはいって、丸くなる。目をつむって。やがて、いろいろなものがあらわれる。もやもやとした影。不気味にうごめく、濃い、ポタージュの影。そしてそれが形を成し、夢となる。きれいな形だった、夢の世界が、ほんの一瞬のうち、ぐずぐずに崩《くず》れる。とろりとした影に。

次の瞬間、目がさめる。

見せられた絵は、形は違っていても、すべてそれだった。現実——夢、夢——現実のはざまにあらわれる、濃い影。

「どうしたのかな、智子ちゃん。何でもいいのよ、智子ちゃんが思ったとおりに言ってごらんなさい」

いくらお姉さんに優しくこう言われても、智子はかたくなに黙っていた。だって。判んない。夢の劇場の開く前のあの影、あれ、何て言えばいいの。

それを表現する適切な言葉を、智子は知らない。

次に智子は、透きとおった部屋につれてゆかれた。透きとおった——智子の印象では、何となく、そう。

中央にガラス窓がある。ぴかぴかの、大きなオーディオみたいな感じの機械。——機械、と呼べるものを、智子はオーディオくらいしか知らない。

白衣の——今度はさっきのお姉さんとは違う、もうちょっと冷たそうな感じの人が、智子の頭にいろいろなものをくっつけた。つめたい、ぬるっとしたもの。髪をピンでとめる。少しつれて痛い。

「脳波をとりますからね。全然、いたくないのよ。心配しないで、ゆっくりそこに横になっていらっしゃい」

いくら優しく言われても、頭についた何やらぬめっとした感じは、それだけで充分気持ちが悪い。

でも。やがて智子は、ゆったりとした、くつろいだ気分になってきていた。ここがたとえ怖い所でも大丈夫。ほら、こうして目をつぶれば……。

とろ。

「どうしたの。昨夜、寝てないの」

最初の眠りの波が、智子をその中に包みこもうとした瞬間、急に声をかけられた。

「ううん」

「そんなに眠い？」

どうして、ガラスをへだてたむこうの部屋にいる女の人に、あたしが眠いの、判るんだろう。睡眠時には独特の脳波があらわれるということを知らない智子にとって、隣の部屋のお姉さんは、まさしく謎の存在だった。

やがて。ふいに、目の前に黒白だんだらの幕があらわれる。

え？

「目をつむって、気を楽にしてね」

目をあけたとたん、また声をかけられた。ので、慌てて智子、目をつむる。

黒白だんだらの幕は、目をつむると、不思議にはっきり見えた。その——黒と白のだんだらのはばがせまくなる。どんどんせまくなる……。

何故か、心地良かった。

やがて、せまいだんだらの模様は、微妙な影をおび——らせん階段のように見えてきた。

らせん階段、登る。らせんになっているから、上はよく判らない。でも。でも、あの上の方。かすかに厚味のある影。あれ——扉なのかしら。

扉。あれを開けたい。そうすれば、きっと中に素敵なものが。らせん階段、登る。きっと中に素敵なものが……。

「智子ちゃん、眠らないでね」

もうちょっとで扉に手が届くって時に、智子はまた声をかけられた。もう少しだったのに……。

「別に、病気でも何でもありませんよ。精神病だなんて、お母さん、考えすぎです。ただ、ほんのちょっと、人より内気なだけですね」

その、脳波をとった後。優しいお姉さんがお母さんにいろいろと話していたように、智子は記憶している。

「なるべくお友達といっぱい遊ばせた方がいいですね。智子ちゃん、十一だっけ？　だとすると、これは私の専門外ですけれど……ちょっと智子ちゃんは、この年のお子さんにしてはやせすぎのようです。肌もまっ白だし。もうちょっとお外で遊ばせた方がいいですね。……あと……智子ちゃんは、ちょっと寝不足だったのかな？」

お姉さんのこの台詞に、母親、驚く。そして大仰《おおぎょう》に否定。まさか。この子は人一倍よく眠ります。

「そうですか？　……いえ、別に寝不足がどうのってことではないんです。ただ、脳波をとっている時に、二度、眠りかけたものですから……。脳波とられて眠くなる人は割と多いんですけれど、この齢《とし》のお子さんで、完全に眠ってしまうのは少し珍しいですね」

「はあ……」

「あたしね」

智子は、精一杯背のびをして、会話に割りこんだ。

「脳波とるの、好き」

「好き？」

「うん」

もう少しで、あのらせん階段の上の扉、あけることができたのに。もう少しで、あの中の素敵な世界へ行けたのに。

できれば、もう一回、やって欲しいな。できれば……。

☆

あの木の影がいいや。

ずるずる、きゅいきゅい。

ぬいぐるみを抱え、おふとんひきずりながら、智子、さらに歩く。あの木の影。あそこなら、直接日光はあたらない。

ぬる。

足がすべった。あれ？　何か、ふんだみたい。ぐんにゃりした――あ、男の人の足。甘ったるいにおいがぷんぷんしていた。日本酒飲んで帰って来た時のパパのにおい。この男の人、お酒飲んで寝てるのかな――あ。違う。死んでいるんだ。

頭のまわりに、ガラスがいっぱい飛び散っていた。危ないな、割れたビン。ところどころに、赤茶けたものがこびりついてて。これは、血でしょうね。

ビンでなぐられたのかな。頭のてっぺんが不自然にへこんで、目をかっと見開いている。やあね、大きな白目。こら。ここで今、レディが眠るのよ。いくら死体とはいえ、そんなに大きく目をあけているのは不謹慎です。

智子は、ひざまずくと、男の目をとじてやった。それから、おふとんが血で汚れないよう、死体を避けて木の影へ行く。

やっぱり、これは夢なのよね。

何となくこの間から、智子はそう信じていた。

いつか、考えたこと。あたしのいる現実の世界って、これは誰かの夢の世界。あたしとか、パパとかママとか理絵とか、みんな、誰かの夢の登場人物。この考え方って、多分、正しかったのよ。

だってね。最近、世の中って、凄く変なんだもの。

あっちこっちに死体が転がっている。まあ。夢の中の死体だから、怖くはないけど、でも、気持ち悪い。それに、パパもママも、眠っちゃったきり目をさまさない。こんなこと、現実であるわけ、ないじゃない。

そうよ。おととい。あれ、信じられなかった。

ママが、真面目な顔して――怖いくらい真面目な顔をして、あたしを呼ぶの。パパも。寝ていたあたしをおこして、応接間へ連れてゆく。

夜中なのに、二人共、とってもきちんとした格好だった。ママは一番大切なワンピース着てたし、パパは、夏だというのに背広着てネクタイしめてた。

「智子」

真剣な顔のママ。目が赤い。泣いたあとみたい。

「はい」

思わず神妙に返事する。

「ママとパパはね、これから眠るの。ずっと。ずっとね」

「……パジャマ、持ってこようか？」

ネクタイしめて寝る気だろうか？

「ううん、いいのよ。ちゃんとした格好で眠りたいのだから」

智子には、訳が判らなかった。いつも、智子が服を着たまま寝てしまうと、とても怒るくせに。

「智子も一緒に眠りましょうね」

「うん。……でも、あたし、起こされる前は寝てたのよ」

「もっと、ぐっすりと。……ごらんなさい」

ママの手の中には、白いお薬があった。

「これを飲んで眠るの。そうすると、本当にぐっすりと眠れるのよ。夢もみない程、ぐっすりと」

夢もみない程ぐっすり眠る。それは、智子にとって、いたく気に染まない台詞だった。夢をみなくちゃ眠る意味、ないじゃない。

「さあ、お飲みなさい。あとから、パパもママもいきます」

ママが、泣きだしそうな程真剣な表情だったので、反論ができなかった。けれど――夢もみずに眠るの嫌。

「あの……どうしてもこれ、飲まなきゃいけないの?」

おずおず聞く。

「そう。どうしてものまなくちゃ駄目」

仕方ないな。智子はお薬をうけとると、口に含むふりをして、それをパジャマの胸の中へおとした。それから、お水だけ飲んで。

パパも、ママも、そのあとお薬を飲んだ。そして、三人で川の字になっておふとんにはいって。

こんなに大きくなってから、ママと眠るなんて、初めてね。

智子は、とってもしあわせに眠った。そして、起きてみて――パパも、ママも、朝になっても本当に目をさまさなかった。

「まあま。朝ですよお」

智子がいくらゆすっても起きない。耳許《みみもと》でめざまし時計を鳴らしても起きない。ので――少し、困ってしまった。

夢もみない程、ぐっすり眠る。そう言って眠ったんだから、ねかせておいてあげた方がいいのかも知れない。そう思ったことは思った。でも。

とっても気持ち悪そうなんだもの。パパもママも、胸かきむしったみたい。せっかくのネクタイがよじれ、ワンピースのボタンがとんでいる。あまつさえ、吐いた跡みたいなものまである。

「あさですよお！　あさよお！」

おもいっきりどなる。耳許で。でも、起きない。

「ママ！　ママ！　まあまあ！」

三十分くらい、どうしても起きない両親と格闘した後で、智子はあきらめた。たとえ、胸をかきむしっていたとしても、吐いた跡があるとしても、今、こんなにぐっすり眠っているんだもの。寝かしといてあげよう。

ずっと。ずうっと――。

☆

とろん。

眠りにはいる寸前。

公園の、木の影で。あったかいおふとんにつつまれて、脇にお気にいりのくじらのぬいぐるみがあって。これ以上理想的な環境、ないな。

木の葉が、ゆれた。

緑の残像。

ゆれる。ゆれて。

細い、一筋の影。木の葉の影。

やがて、それは、智子の目の中でどんどんふくれあがる。太いベルト——飛んでゆく鳥の影。

飛んでゆく鳥をおいかけて、智子は走った。白い、野原。草のかわりに、仔猫《こねこ》の体毛のような、白い毛が一面にはえている。それは不思議と肌ざわりがよくて。

にゃわにゃわにゃわにゃわ。

白い毛は、智子がそれをかきわけるたびに、どこからうらぶれた、ミルクを欲しがる仔猫のような声をたてた。にゃわにゃわにゃわ。

はて。

ふいに、そんな言葉を思いつく。ここは、地の果て。この世と、そうでない処の境界線。

空に、うすい幕がかかっている。それを透かして見える空は、きれいなピンク。それも派手なピンクじゃない、桃色というのが似つかわしいような、優しい、あったかいピンク。

ピンクを地に、金色の、あざやかな星がいっぱい。星——そうだわ、あれが本当の星よ。点々のようなものではない、きれいな星形。少し厚味があって。

その、星の空から、何かがぱらぱらと降ってくる。あ、キャンディ。いちごの味のやら、メロンの味のやら。あれにぶつかったら痛いかしら。そう思ったとたん、キャンディは綿菓子になる。コットン・キャンディ。ふわふわおちて。

目の前に、巨大な鏡があった。つめたい、視線すらすべって外れそうな、鏡。スケートリンクの鏡。

鏡の中には、階段。あ、いつか、脳波とられた時に見えた、らせん階段じゃない、あれ。今度は途中でおこされない。あのてっぺんまで登って、ドア、あけるの。

息ぎれがする程、長い、長い階段。でも、智子は登った。あの扉をめざして。

そして。扉にぴったり手をあてる。それも鏡でできていて、妙につるりとしていた。

開けるんだからね。あけちゃうわよ。本当に開けるんだから。とめたって遅いの。とめるんなら今よ。

力をこめる。それは、回転ドアで、ほんのわずかな力でおしただけで、つるっとまわった。つるっ。

思わず、前につんのめって。あっ、あん。下、何もないの。

おちる。おちちゃう！

「夢をみたのはどなたでしょう」

落ちながら、くるっと回転した。猫のように。くるっ。

見ると、ハンプティ・ダンプティが、同じように落ちていて、こう言ったのだ。

「夢をみたのはどなたでしょう」

「赤の王様なんかじゃないのよ！」

智子、叫ぶ。

「そう！」

ハンプティ・ダンプティが叫び返す。

「夢をみたのは、あなたなのです」

夢をみたのは、あなたなのです。

とたんに地面。ハンプティ・ダンプティは地面にあたって、ぐちゃっと崩れた。黄身がはみだしている。

すとん。智子は、白い毛皮のひいてある席についた。

そして。手を伸ばす。席のそばに小卓。小卓の上には、万華鏡《まんげきょう》。

くるん。万華鏡、まわして。見えるものは、夢。

理絵がいる。笑っている。太いロープをふりまわして、にょっきり足のはえた、ずんずん走ってゆくピンクのかたつむりをおいかけている。

明実がいる。ジャングルの中。逃げているのだ、必死で。やがて、明実は溶けて、バターになる。

ママがいる。白い、きれいなシーツをしいた——勿論、吐いた跡なんてどこにもないのよ——ベッドで、気持ちよさそうに眠っている。

パパがいる。少し甘ったるい、日本酒のにおいをさせて。お家へ帰ってくる処。手に箱を持っている。象さん模様のつつみ紙。あれは、ケーキ屋さんの包み紙。

貴子《たかこ》がいる。村岡くんがいる。吉岡《よしおか》さんがいる——。

今、智子は世界を手にしていた。智子の意に染まない、つまらない、つらい現実は、きれいに崩れて夢になった。

わにさんがいる。ママのレインコート着て、パパの黒いコーモリ傘さして、智子をむかえにくる。

村岡君は、切《せつ》な気《げ》な顔をして訴える。あんなことを言う気はなかったんだ。照れていたんだ。ごめん。

理絵がいる。笑いながらしゃべる。あのねえ、名古屋にひっこすのって、ほおんの、ほんのちょっとの間だけのことなの。すぐ帰るからねえ。

そうなんだわ。

いやな夢は、もうおわり。理絵がひっこしたのも、村岡君がつめたかったのも、明実がいじわるなのも、わにさんがおむかえにきてくれないのも、全部、いやな夢なの。それは、もうおわる。
さあ。目をさまして。さあ！
さあ！
本当の世界の朝ですよ。
あぁさぁでぇすぅよぉ！

☆

夢をみたのはどちらでしょう。

Which dreamed it?

一体誰が、夢みてるんでしょ。
そして。
一体何が夢なんでしょう？
はたしてどれが本当なんでしょ？
はたして、何が、真実なんでしょ。

目黒――新横浜　圭子

結局、あたしは小坂さんの家の前で失神してしまったらしい。気がつくと、隣に小坂さんが寝ていて、お爺《じい》さんが心配そうに眺めていた。

「何時ですか」

ねかせてもらってお礼も言わずにがばっと身をおこし「何時ですか」っていうの、失礼だった、とは思う。でも――今、気分的にそれどころではなかったのだ。

「九時……二十一分、かな」

お爺さんが、枕元の時計を眺め、ゆっくりと言う。九時二十一分？　でも、外、暗くない――ということは、もう一晩たったってこと！

「これ、もう少し寝てなさい。顔色がひどく悪い」

「ごめんなさい、でも、それどころじゃないんです」

「それどころじゃないって……おまえさんは今から何かやろうというのかね」

「行かなきゃいけないんです、行かなきゃ。鎌倉《かまくら》へ」

「かまくら……。それは、遠いぞ」

んなこと判《わか》ってる！　だから急いでいるんじゃない。なんて……人にあたり散らすようになったら、おしまいかな。

「どうしてなのかね。何か事情が」

「あるんです！　時間がもうあんまりない。何が何でもあたし、死ぬ前に鎌倉まで行って人に会わなきゃいけないんです」

「ほう……それはまた」

お爺さんは立ちあがると、動きかけたあたしを制した。

「まあ、待ちなさい。急がばまわれとも言うじゃろが……。今、家内にかゆを作らせるから」

「おかゆ……いえ、御厚意はありがたいんですけれど、とてもそんな」

「その顔色で何も食べずにでかけたら、途中で力つきてしまうぞ」

そういえば確かに今日は——昨日は、というべきなのかな——トースト半分しか食べてなかった。がくん。ふとんの上に坐《すわ》りこみ。

「すみません」

「いやいや。あなたは孫の恩人じゃから」

ゆっくりと出てゆくお爺さんの背中を見ながら、あたし、考えていた。恩人。命の恩人。確かにそういうことになるのかも知れない。けれど——どうせ、あと五日の命じゃない。

「気がつきましたか。どうも、美樹を助けて頂いたそうで……」

お爺さんが出ていったあと、再び障子《しょうじ》があき、今度はおじさん、とでも呼ぶべき年の人があられた。

「いえいえ。そんな」

言いかけてあたし、驚いた。おじさんのはいってきた障子のむこう。そこにもう一組夜具《やぐ》がしいてあって……そこに寝てたの、あのバイク少年じゃない？

あたしの視線の意味に気づいたのか、おじさんはゆっくり首を振った。

「彼もまだ子供ですし……こんな異常事態では狂わない方がおかしいでしょう。憎むべきは彼の罪であって、彼ではありません」

……何か、頭ががんがんしてきた。それ程の――違和感。そりゃ、理屈はそうだろうと思う。だけど、これが実の娘を殺されそうになった父親の台詞《せりふ》？　あたしだったら、こんなバイク少年、見殺しにするわよ。下手すれば――もし、あたしの娘が彼に殺されかけたとしたら、逆に彼の方、殺しちゃってるかも知れない。

「あの……ひょっとして、教会の方ですか」

思わずこう聞いてしまった。

「いえ」

おじさんは、にっこりと笑う。

「別に、クリスチャンという訳《わけ》ではありません」

じゃ、よっぽどの人格者。そうは思っても……やっぱ、この人の感性、人間ばなれしている、という意識はぬぐいきれない。

「おかゆができましたよ」

今度は、おばさん、という感じの人がはいってきた。湯気がたってる、充分に熱そうなおかゆ持って。

「あ……どうもすみません」

「いえ……お義父《とう》さんに聞いたんですけれど、あなた、これから鎌倉まで行くんですって？」

「ええ」

「あの、それなら……あっちの人の乗っていたオートバイ、借りたらいかがです」

障子のむこうを指す。

「彼なら、当分オートバイに乗れそうにありませんし。あれ、壊れていませんよ。今、うちの玄関先においてあります」

「え……あ、どうも」

オートバイ。うん、あれなら確かに歩くよりかずっと速いだろう。あたし、五〇ccなら免許持ってるから……けど。彼のは多分、四〇〇ccくらいよね。あんな巨大なものに乗れるだろうか……？

スプーンでおかゆをすくう。それはかなり熱くて、舌をやけどしそうだった。

「おかわりもありますからね。……あ、そうそう、これもおあがりなさい」

しゃけの焼いたのも出してくれる。

「何か……本当にいろいろとお世話になってしまって」

「いいえ。困った時はお互い様ですよ。……地球がこんなことになってしまったのも、結局、人類があまり自分勝手に生活しすぎてきたむくいだろう、と思うのですよ、私は。けれども運命なのだから……せめて、死ぬ時まで、精一杯人様のお役にたって、安らかに死にたいと思っております」

「あ……はあ」

安らかな家庭。素晴らしい人格者のお父さんとお母さん。地球が亡びることを運命として従《しょう》容《よう》とうけいれ、安らかに死んでゆこうとする家族。

何と……言ったらいいんだろうか。一言《ひとこと》で言えば不気味だった。どうしてこんなに悟りきれるんだろう。今までの人生がよっぽどしあわせだった――ら、死ぬのをもう少し嫌がるだろうし。今までの人生が不しあわせの連続だったら、こんなに悟りきれるものなのだろうか。

☆

よく判らないままにあたしはおかゆを三杯も食べ、おまけにおむすびまで持たせてもらって、何度もお礼を言って小坂家を辞去した。お爺さんに見送られ、バイクにまたがる。

「気をつけてな」

「ええ。本当にいろいろとありがとうございました」

頭をさげ、それから考える。何か、もっと言いたいことがある。何か。

「あの……小坂さんのお宅って素晴らしいですね。みなさん落ち着いていて……」

何か、この言い方違う。あたしの本当に言いたいのはこんなことじゃない。そうは思っても、では何を言う気なのか、と言われれば判らない。

「素晴らしい？　いや、そんなことはあるまい。あの二人は、最初から生きていなかったからああなんじゃ」

「最初から生きてない？」

「二年前に、一人息子が自殺してな。以来、ずっとああじゃよ。一人息子が自殺した時から、あの二人はもう生きてはいないんじゃ。人生の傍観者になってしまった」

「一人息子って……じゃ、あの女の子は……」

「仕事でマレーシアへ行っている兄夫婦の娘じゃ。つまり、あの二人のめい……。さ、もう行きなさい。気をつけてな」

あたしは、軽くうなずくと、バイクをスタートさせた。

☆

走りながら、ずっと考えていた。

あたし、しあわせよ。そう言っていたおかっぱの少女。ひき殺されるにまかせて。

その少女をひき殺したバイク少年。まるっきり人間じゃない——無機物の目をして。

そのバイク少年を助けてあげたおじさんとおばさん。死ぬまでに少しでも人様のお役にたって安らかに死にたい。二年前から人生の傍観者。

あの子は、おかっぱの少女は、本当にしあわせだったのね。無目的という目的にむかって走って、それでも。

あたしは彼女の生き方を否定する。お母さんの言うとおりのいい子、何もしない子に育って、人生に復讐をする為《ため》に死ぬ。あんまり……そうよ！　あたしは彼女の人生を否定する！　けれど。あたしは言えないのだ。あたし、しあわせよ。あの女の子にすら言えた一言が。

あたし、しあわせよ。

あの小坂さん御夫婦なら、死ぬ前に二人で穏やかに目をあわせ、言えるかも知れない。しあわせな一生でした。

けれど。それは本当にしあわせなのだろうか。傍観。人生の流れの脇で、じっと、移ろってゆく季節を眺める。だから――眺めるものがたとえどうなっても、見ているだけの人間は不幸にならない。

し・あ・わ・せ。

ねえ、朗。しあわせって、何だろう。

あたし、しあわせよ。

ねえ、朗。しあわせって……何だと思う？

☆

ひたすら走り続けていた。えーいこのっ、四〇〇ｃｃ！　こんなん、ひっくり返ったらおわりじゃない。重いしさ、疲れてきたしさ、おかっぱの少女の〝あたし、しあわせよ〟のリフレイン、しつこいしさ。

道程。何だろう。ふいに思い出した。

中学校の教科書に高村光太郎《たかむらこうたろう》の〝道程〟が載《の》ってたのよ。僕の前に道はない　僕の後ろに道は出来る

中学生、なんていう、希望に満ちた多感な時期にこんな詩読まされて、それなりに感動してたあたしに、友達が言ったものだった。

「道路工事のうたね」

ふきだしちゃったな、あれには、思わず。

……危険な徴候。こんなもんに乗りながら思い出し笑いするなんて。一瞬の気のゆるみが死に直結する乗り物。判ってんのに。

それにしても、道程かあ。ふふ、今のあたしと逆ね。

あたしの前に、道がある。朗のところへ続く道。あたしのうしろに道はない。そう。もう、とって返したりできないもの。ここまで命がけでやってきた。今更帰ってどうなるというの

――いや。帰れやしないわよ。今更。

そう。あたしは進むだけ。……ずいぶん昔からそうだった。あたしの一生という時間の中を、ただただひたすら、死にむかって進むだけ。過去は、想い出。たまに、ふり返ってみるだけのもの。そして、進むところは未来。いずれ訪れる、死という日にむかって。

ずいぶん昔にどこかで読んだ、ヘイフリックの仮説、という奴《やつ》のことを考えていた。生物に寿命があるのは、その細胞自体に寿命が存在することによる、という奴。御丁寧に彼は実験したんだって。胎児の細胞を体外培養して。それによれば、胎児の肺の細胞なんかは、平均五十回の分裂で死滅するんだって。正常な染色体を持った細胞には寿命がある。

あたしの体。すべての組織は新陳代謝を繰りかえす。ゼロ・アワー——その寿命へとむかって。

すべての生物は体内時計を持っている。とてつもなく、正確な時計。確実に一歩一歩、個体の死へと進む時計。それをとめる方法はただ一つ、凍結させること。つまり、一種の死んだ時間。

こうして人間は死にむかう。こうして生命はゼロ・アワーへむかう。

だとしたら。命、というのは何と切ないものなのだろう。ぎりぎりまで、あがいて、あがいて。

子供の時間。子供達は遊ぶ。ひたすらに。母親がむかえに来る時間まで。陽《ひ》が暮れて、ボールが見えなくなるまで。いつまで遊んでるの。もう、夕御飯よ。おわりの時。

生命はあがく。ぎりぎりまで。死神が呼びにくるまで。そして死神は、必ず呼びに来るのだ。おわりの時だぞ！

空《むな》しかった。今まで生きてきた二十年間。今日、来なくても、どうせいつかはおわりの時が来る。どうせいつかは……

どうせいつかはむかえに来るなら、いっそのこと、子供など、遊ばせない方がいいのではなかろうか。どうせいつかはおわらせなければならないのなら、なまじ夢など見せない方がいいのではないか。どうせいつかは死ぬものならば、なまじ命なぞ与えない方がいいのではないか。妙なことを考えている。自分でも、そう思った。けれど思考は勝手に進み……。

何もかもが判らなかった。気づくと公園のそばにいた。公園――あの、バイク少年が小坂さんはねて、おかっぱの少女を殺した公園によく似た処《ところ》。ただ、町名が新横浜にかわっている。

あたしは、いつしか公園にバイクをのりいれていた。今のあたし、おそらく無機物のような目をしてる。何となく、思った。

☆

人が、いるだろうか。

人をひくって、どんなものなんだろうか。楽しい？　すっとする？　まさか。まさか、ね。

じゃあ……後悔する？　悩む？　よく判らない。

桜並木を走る――桜並木だと思う。花が咲いてないから、よく判んないけど。このまま全速力で桜の木にぶつかったら死ぬだろうか。痛いのかな。

痛い。何故《なぜ》、神経なんてものがあって、痛んだりするんだろう。ない方がずっと楽なのに。痛点。いたむ処。何の必然性があって痛むんだろう。あれは――信号なのよね。おい、怪我《けが》したんだぞ、おい、何とかしてくれ、おい、ほっとくと死ぬぞっていう。どうせ死ぬんなら、そんな信号、いらないよ。神様、人間をどうせ死ぬように作ったんなら、神経なんて作んなきゃいいのに。

朗。骨肉腫《こつにくしゅ》って、痛いんだろうか。痛いんだろうな。

ガン細胞。あれって、確か、普通の細胞とは違うのよね。勝手にどんどん増えて、なかなか死滅しない。ガン細胞が、実は、生物の本来あるべき姿だったりして。正常細胞よりずっとずっと頑丈そうだもん。

体のどこかにガンができるんじゃなくて、体全部がガン細胞でできてたら、どんなことになるんだろう。その人はガンで死ぬのかな――ガンで死ぬ。異常な細胞が増えるだけで何で死ぬの。正常な細胞がぶっ壊されるからよね。じゃ、正常な細胞がもともとなければ？

バイク、とめた。体中が汗でぐっしょりしていることに気づく。冷汗。駄目だわ、この状態でこんなものにのっかってたら、確実に事故死するだろうし――もっと、運が悪ければ――自制心がなくなれば、人、殺しかねない。

狂ってんのかな、あたし。そうよ、狂ってるんだわ。あたし。やんわりと、じんわりと、狂いはじめ……。

どこか、体の奥の奥の方から、けたたましい笑い声がもれてきた。あは、はははは、ははは……はっ！　やがてそれはすすり泣きにとってかわり……ははは……ぐすん、……あたし、あたし、狂ってるのよ。

自分が狂ってると思えるということは正常なんだろうか。いいや、正常ならばこんなことを思うまい。じゃあ……。

バイクによっかかり——荷台には、まだ、あの、紙袋がおいてある——呆然《ぼうぜん》とあたりをみまわし、ふと気づく。

桜の木の下に、死体が転がっている。

何て詩的な——あるいはどっか超越して散文的な光景。あはっ、本当にあるのよ、桜の木の下に死体が二つ。

紙袋を肩にかついだ。バイクに乗るのはもう限界だと思う。歩こう。足が痛い。もう……どちらでもいい。

正気と狂気は紙一重、か。だとしたら、現実と非現実も、紙一重なのかも知れない。人々は、正気の下にちゃんと狂気の素顔を隠している。今、夏にやきすぎた肌がむけるように、ぺろりとはがれる正気。ほんの、皮一枚下の狂気。

怖れ気《げ》もなく、死体へむかって歩いていった。別に死体を見ようとした訳じゃない、死体が、今あたしのいる地点より鎌倉よりの方向にあっただけ。鎌倉——朗のとこ。

男の死体だった。中年男。かなり酒気をおびていて——けんかしたのかな、頭をビールびんでたたき割られていた。目を閉じていてくれたのがせめてもの救いだわ。これで目を開けていたら、おそらく、世界で一番見たくない顔コンテストのグランプリがとれるだろう。

もう一つの死体は、木の影だった。こちらは小さな女の子。この男の子供かな——いや、それにしては年が大きすぎるみたい。けれど……。

何だこれは？

おっそろしくシュールな死体だった。奇想天外な死体。シュールリアリズムの死体。どういう状況で死んだのか予想もつかない。

ふとんにくるまっているの。指、くわえているの。黄色いぬいぐるみのくじら、抱えているの。どう考えても……何でこの子が、こんな木の影で、こんなポーズで、中年男の死体のそばで死んでいるのか見当つかなかった。

と。急に死体がねがえりをうった。え？

死んでないんだ、この子。どういうわけか――何でなのか、公園で、死体のそばで、ふとんにくるまって眠っているのだ。

女の子がここで眠っているという事実は、ここで死んでいるという推測より、はるかにシュールだった。何つうかこう……何といっていいのかこう……この子、何よ。

「ね、あなた」

思わず少女の体をゆすっていた。

「どうしたの、ねえ」

女の子は再びねがえりをうち、何やらもそもそと呟《つぶや》いた。

「ね、あなた、起きて」

彼女の名前を知らないから、いきおいこういう呼び方になる。でも。

この呼び方は、何だか奇妙な錯覚をおこさせた。ね、あなた、起きて。いつの日か、しあわせな結婚をして、あたしは旦那をおこすだろう。ね、あなた、起きて。朗。変な話だね。

あなたはガンになった。あなたの年なら、ガンの進行は早いでしょう。手術したって……助かるの、かな。骨肉腫……へへ。無理かもね。ね、あなた、起きて。助かっても、もう朗は石を彫れない。そしたら。

地球全体が、もう助からないんだって。ね、あなた、起きて。もうすぐ誰も、こんな台詞、言えなくなる。地球の人で、石が彫れる人なんて、誰もいなくなる。

全部、壊れた。夢。ぜんぶ、壊れた、夢……。

「ん……」

女の子は、もぞもぞと身を動かした。それから、目を開ける。

「お姉ちゃん……誰」

「ん……山村圭子っていうの」

「何の人」

「ん……」

困った。

「通りすがりの人なの」

他に言いようがない。

「通りすがりの人が、何であたしの邪魔するの」

女の子の声には、あきらかに敵意が認められた。この子は——ひょっとして、ずっと眠っていたかったんだろうか。この、異様な現実から逃げる、確実な手段、夢の中。

「ごめんね……あの……」

考えてみるとよく判んない。何で起こしちゃったのかしら。

「邪魔しないでよね。あたし、せっかく起きるところだったんだから」

「お……きる？」

あたしが今、起こしたんだけど。

「そう、おきるの。……お姉ちゃん、知らないでしょう。この世の中はねえ、ぜえんぶ、あたしの夢なんだから。あたしの悪夢。だからあたしが——どっか別のところにいる本当のあたしが目をさましたら……ぱっ！　ろうそくの火が消えるみたいに、お姉ちゃん、消えちゃうのよ」

「ああ……そう……」

他に何も言いようがなかった。まだ小学生にみえる女の子。目のおきどころもない程、いたましい。

「そうなのよ」

女の子は、確信に満ちた声で繰り返した。

「この世界は、全部、あたしの夢なんだもの。……あー、お姉ちゃん、信じてないわね」

「え、ううん……」

「だって、こんなとこが本当の世界の筈《はず》、ないじゃない。おかしいもん。ねえ」

こんなとこが本当の世界の筈ない。できることなら、あたしもそう信じたかった。

「そうなのよ。そうでしょ」

「うん……そうかもね」

「かも、じゃないの、そうなの！　あたし、ずっと前から判ってたんだ。ここが本当の世界じゃないって。ここは本当の世界じゃないのよ」

「本当の世界……」

「ん、げんじつっていうの」

「確かに……現実ばなれしてるわ、今……」

「現実ばなれって、お姉ちゃん、現実って何だか知ってるの」

女の子はじっとあたしの目を見る。じっと。

「ねえ、本当に、現実って何だか知ってんの」

「え……ん……知ってる……と思い……たいわ」

こんな小さな子に問いつめられて、こんな基本的なことすら答えられないんだ、あたし。現実。

「じゃ、その、お姉ちゃんの知ってる現実が本当の現実だって証拠、ある？」

うっ……。答えられない。

「ないでしょう。そんなものないのよ。あやふやなの、何もかも。……それはここが夢だからよ」

女の子の理屈は、不思議に理路整然としていて……それが正しいような気が、してきた。

そうなんだ。本当に、現実って、もろいものなのよ。すぐ――こんな小さな女の子に問いつめられて、それですぐ判んなくなる程。

ううん、案外、本当にここは現実じゃないのかも知れない。あたしも朗も、誰かの夢の登場人物で……そんなこと、ない！

何か、ある筈、何か。

夢なんかじゃなかったわよね、朗。新横浜にいるの、あたし。鎌倉は……まだ遠いけど、それでもだいぶ近づいている。

朗。たとえ、地球があと五日で駄目になったって……駄目になったって……でも、あたしとあなたが会ったことって、夢なんかじゃなかったわよね。何か、あったわよ、何か。

なにか。

「お姉ちゃん……行っちゃうの」

あたしは、いつの間にか、立ちあがっていた。

「うん」

不思議な程、まともな声。先程まで心の中を吹き荒れていた、まともでない感情は、どこかへ行ってしまった。

「証拠、みつけに行くの」

「ここが――現実の世界だっていう証拠」

「証拠？」

「ふうん……」

背をむけて、歩きだしたあたしに、女の子声をかけてくれる。

「ばいばい……」

「ん。ばいばい」

それから、きゅいきゅいという奇妙な音。ふり返ると、女の子のしっかり抱いていたくじらが、鳴き声をたてていた。きゅいきゅい。

あたしは女の子に手を振ってから、何とかバイクにまたがった。えーい、この！　乗ってやろうじゃない、これ！　新横浜。鎌倉はまだまだ遠い。

西鎌倉　恭子――聖母像

腕枕。あたしのより太い、がっしりとした筋肉質の腕。うなじのあたりからあたしの頭の下にまわり、その重みをものともせず、むしろ楽しんでいるかのような腕。血行がとどこおってしびれたりしない。たくましい腕。良《りょう》の腕。

腕枕で寝かせてもらうたび――ということは、ほとんど毎晩――恭子《きょうこ》は思うのだ。

結婚したのは、正解だったかも知れない。

二十一で結婚。学生結婚。早すぎるとは思っていた。経済的にも自信はなかった。そして何より――良のことは好きだけど、けれど彼が旦那になるということは想像外だった。

それでも。それでも思うのだ。結婚したのは、正解だったのかも知れない。

良？　腕にそっとたずねてみる。ねえ、あなたはどう思う？　結婚して、よかったのかな……よかったの、よね。

最初のうちは憎んだものよ。下腹に目をやる。パジャマに包まれた下腹、皮膚に包まれた――子供。信じられなかった。避妊には気をつけたつもりだったのに。おろそう。一時は本気でそう思った。けれど……。

お産。軽いといいな。怖い。正直いうと、とっても。あたし、生理痛だってちょっとひどいんだもの。これで出産なんていったら……気が重い。

けれど。いざ——いつの間にか、結婚することになり、正々堂々と子供が産める身分になると——いや、あれ。お腹《なか》の中で赤ちゃんが動いたのが決定打だったな。かわいくなったのだ。いとおしくなったのだ。一時はおろそうと思ったたなんて、とても信じられない。あたしの……子供。

男かな。女かな。女だといいな。何となくね。一姫二太郎っていうし、女の子の方が育てやすいっていうしね。

不思議だな。これが本当に〝あたし〟なのかしら。お腹をなぜると、いつも本当に不思議になるのだ。今のあたし、お姉さんに凄く似てるんじゃないかしら。あるいは、お母さんに。お姉さん。子供ができてから人が変わった。やり手の男まさりのキャリアガールが、優しい、ミルクのにおいのする、どっから見ても理想的なおふくろさんになってしまった。あの時はお姉さんを少し莫迦《ばか》にしたものだった。仕事に生きるって言った舌の根のかわかないうちに、子供の為《ため》だけに生きる母になっちゃったもんね。

大体、あたしが子供をかわいいと思うってこと、これが異常よ。お姉さんの子供——まだ二歳ちょっと前——全然かわいくなかったもん。むしろ、怖い。

もみじのような小さな手。ガラス細工みたいにもろそうな手。つめなんて、お人形さんのつめみたい。ちょっと強くさわったら壊れちゃいそう。かわいいどころじゃない——怖くて。壊れもの注意。家の中をとことこ歩くめいに、何度その札をかけたく思ったことか。

そのあたしに——子供。そのあたしが、母親になる。

ねーえ、良。いびきかいて眠っている良の鼻をなぞる。高い鼻。ここは良に似て欲しいな、赤ちゃん。

みなおしたんだ、あの時、仕方ないからあなたに打ちあけた。できちゃったの、子供。予想していた台詞《せりふ》。おろしてくれ。金はなんとかする。

あるいは。すまん、僕が責任とる。結婚しよう。

あなたは、そのどっちも言わなかった。どちらを言われても、あたしはあなたと別れる気だった。いい加減あなたとの仲を清算する時期だと思っていたし、責任とって結婚、だなんて、おそろしく結婚ってものを莫迦にした台詞じゃない。

あなたは、ただ、一瞬驚いて、それから苦笑いをうかべた。

「困ったな……早すぎる」

「え?」

それから紙出して何か計算はじめて。

「何……してんの」

「俺、先月就職したばっかだろ……。おまえ、この月収で親子三人の生活やりくりできる?」

「いいよ。別に。……あたし、責任とって結婚して、なんて言わない」

「責任? 何の」

「何のって……」

「俺だって、責任とって結婚する気、ないぜ。どうせそのうち——あと二年くらいしたらプロポーズする気だった。それが予想外に早くなっただけで……やばいよなあ、生まれちまったらこのアパートでなきゃ……くそ、家賃どうなるかな。……そりゃ、おまえ可哀想《かわいそう》だと思うよ。その年で結婚じゃ、さ。けど、ま、どうせ同じことだろ」

「だって……じゃ、あたしの意志は」

「おまえ、俺、愛してないの」

「え……ううん、そういうんじゃなくて」

「じゃ、どっかまずいとこある?」

「両親が……」

「俺が説得するよ」

……本当に、みなおしたのよ、良、ほれなおしたって言ってもいいかも知れない。うすい唇《くちびる》のまわりに、ごく短く、ひげの根っこ。成程《なるほど》、これは毎朝ひげそらなくちゃいけないわねえ。あごの下に、そり残しの三センチくらいのひげ。まったく無器用なんだから。軽く指でひげをはじく。

ねーえ、良。あのさ、いうなれば、あなたってつなぎだったのよ。言葉悪いけどね。好きだったけど、愛しているかどうかは判《わか》らなかった。里村《さとむら》にふられた後、ひたすらさみしかったあたし、誰かによっかかりたかった。それがあなただったってだけのこと。それが今ではあたしの旦那様で……で……。

で、あたしはしあわせなのだ。充分に。おそらく、里村と一緒になった場合よりも、しあわせだろうと思う。しあわせって綿菓子を、毎日少しずつかじるようなおもむき。

ねーえ、良。不思議だね。不思議だね。

このまま、この時間がずっと続くと思っていた。あたしと、良と、子供と、ずっと。

二日前まではね。

二日前までは、里村のこと、想《おも》い出しもしなかった――これは、嘘。想い出したくなかった。アルバムから里村の写真は全部はがしたし、二人で行った想い出の場所を暗示するもの――映画の半券とか、美術館の入場券、よく行った喫茶店のマッチ――は、全部、捨てた。

二日前まではね。

――二日前まではね。

☆

二日前から、恭子の頭の中を、クェッションマークが乱舞しだした。どうしよう。どうしよう。どうしよう。？　？　？

本当は、もうずっと前から、クェッションマークは乱舞していたのかも知れない。けれど。隕石《いんせき》が地球にぶつかる。もう二度とやり直しのきかない状況。突然活性化する、クェッションマーク。

良を裏切りたくはない。愛していると思いたい。少なくとも、今はしあわせだ。

けれど。会いたい。里村。せめて。

そして。赤ちゃん。あたしの赤ちゃん。あたしの子供。あたしの、あたしの……。この子を、殺したくない。死なせるなんて、絶対できない。あたしの……。一度も陽にあたらないうちに死んでしまうなんて、そんなこと許せない。

どうしたらいい。どうしたらいい？　どうしたらいい？

☆

本間《ほんま》恭子、二十一歳。旧姓、秋野《あきの》恭子。大学の四年生をやっている。それと、アルバイトでアメリカのミステリーの下訳。旦那は本間良。今年の四月からサラリーマン始めた社会人一年生。ほんの二か月前に結婚したばかりである。

里村──里村浩一《こういち》は、恭子の恋人だった。ほんの一年くらい前まで。一年間。里村にふられて、良とくっついて、子供ができて、姓が変わった一年間。とてつもなく長くて、とてつもなくいろんなことがあった一年間。

はっ。

恭子は、溜息をつくと、枕許の時計を眺めた。三時二十六分。夜中だな。まだ早い。まだ良の顔を眺めていられる……。

変な話だわ。あたしったら、今になってもまだ悩んでる。あたしが──自分で選んで、自分で歩んだ道なのに。

すべては、赤ちゃん。あなたのせいだった。あなたを助けたい。産んであげたい。それだけを考えて決めたこと。良を捨てる。里村のところに行く。里村の会社で作っている、核シェルター。大地震があっても壊れない程、頑丈なのだそうだ。あれにもぐる。多分助からないだろうと、里村は言う。あたしもそれは認める。でも——たとえ百分の一でも万分の一でも、赤ちゃん、あなたが助かる可能性があるのなら、あたし、どんなことでもするわ。

手紙を書こうかしら。良に。ふっと思った。さようなら、そして、ごめんなさい。あたしは子供を助けたい。決してあなたを裏切る訳《わけ》じゃ——裏切る訳、なんだろうか。

……駄目だ。とても手紙なんて書けないわ。だから、見ている。だから、見ていたい。良の顔……。

☆

いつだったろう。もう、思い出すのもせつない程、昔。三年も前。恭子は、駅前に立っていた。少し胸をわくわくさせて。

一時五十六分。待ちあわせは二時だから、あと四分だわ。

里村が二十一歳。恭子が十八歳。なるべく子供に見られないよう、精一杯大人っぽいワンピース着て。

「恭子ちゃん」

ふいに、背から声をかけられる。里村だ。恭子は慌ててふり返った。

「あら、車。里村さん、電車で来るとばっかり思ってた」

「それでじっと改札口睨《にら》んでたのかあ」

「あ、睨むなんて、ひどおい」

里村の脇に車。赤い車。何という車だろう、恭子には判らなかった。

「このあいだのと違うんですね」

このあいだのは、うすいグリーンの車。

「レンタカーだからね。毎回同じものは借りられないよ。……さ、のって」

「怖いなあ」

くすくす笑いながら、恭子、助手席に乗る。

「たのむから、殺さないで下さいね」

「大丈夫。安全運転の人だから」

ちらっと目があう。それから里村は、少し笑って恭子の肩を軽くたたいた。

「この間のは、ほんの例外だって」

☆

その、ほんの例外で、恭子は里村と知りあったのだ。ほんの例外の交通事故。里村が、恭子の家の猫をはねた。

その日、まぐろ――これが恭子の家の猫の名前――が、夕飯時に帰ってこなくても、秋野家では、誰も心配しなかった。あの莫迦猫。また、裏のミケのところへ遊びに行ってるんだろう。ミケが、春産んだ五匹の仔猫。うち二匹は、まぐろにうり二つだった。

「裏の山村さん家《ち》じゃ困ってるらしいね」

母が、うんざりとした顔で、言う。

「仔猫のもらい手が全然なくて。まぐろも困ったもんだよ。何か、山村さんの奥さんに会うたび、申し訳ないような気がしてね」

ミケの仔猫の父親が誰か、まぐろを一度でも見たことがあるんなら、すぐ判る。あの子達、本当にまぐろにそっくり。

と。ドア・チャイムが鳴った。ちょうどカレーライス食べおわった恭子が玄関に立つ。

「はあい」

門の外には、右腕に包帯をまいたまぐろ抱えた里村が立っていた。

「あの、これ、お宅の猫でしょうか。……お宅の前の道で寝てるところをはねちゃったもので……」

「まあ……ひょっとして、犬猫病院へつれて行って下さったんですか」

「ええ。一応、命に別条はないそうで……」

里村の腕の中で、まぐろは哀し気《かなげ》にミャウと鳴いた。恭子は里村からまぐろをうけとると、怖い顔をして、めっとしかりつける。

まあったく、この、莫迦猫。早晩車《そうばん》にひかれるだろうって思ってたのよ。

それから、できるだけ愛想よく。

「あの、どうぞ、おあがりになって下さい。どうせこの子がひかれたのはこの子のせいなんですから」

いくら言いきかせても、まぐろ、道のどまん中、陽《ひ》のあたる処《ところ》で昼寝する癖をあらためなかった。交通量の結構ある道のまん中で昼寝してたら、道ゆく車にひいてくれって言うようなものですもの。

「あの、本当にどうも申し訳ありませんでした」

里村は、律儀《りちぎ》に謝る。

「いえ、そんな。気にしないで下さい。うちのまぐろが悪いんですから、こちらこそ本当に、まぐろが御迷惑かけてすみませんでした」

ついつい恭子の方が謝ってしまう。

「まぐろ……？」

里村は一瞬ぽかんと口をあける。恭子、慌てて説明。

「あ、この子、まぐろって言うんです」

「はあ……猫が、まぐろ」

ぽけっとしていた里村、すぐ我にかえり、慌ててまたつけたす。

「どうも本当にお宅のまぐろさんを……」

言ってから二人、目をあわせて。思わずふきだしてしまう。何となく妙な台詞——。

☆

「けど、何で恭子ちゃん家《ち》の猫、まぐろっていうんだ？」

海ぞいの道をドライブ。砂浜で流木を拾い、それに坐《すわ》って、里村が聞く。

「ん、昔はミルクっていったの。あの子、白いでしょ。それに、ミルクが好きだったから」

「今はまぐろが好きな訳？」

「まさか。平均的日本家庭だもの、家《うち》は。猫にまぐろなんてあげないわよ」

「じゃ、何で」

「似てるから。あの子、どてっとしててね。いつも目をどろんとさせてて……。どこか、陸揚《りくあ》げされたまぐろみたいなところがあるでしょ」

「陸揚げされたまぐろ、ねえ」

里村は、何だかとっても楽しそうにくすくす笑った。そして——ふと気づくと、いつの間にか、里村の右手は恭子の肩にまわっていたのだ。ずいぶんと、女の子の扱いに慣れているのね。ずいぶんと。

それは不思議な程、甘美《かんび》な思いだった。初恋。単語がうかぶ。少なくとも今まで、恭子の肩をこんな風に抱いた男はいない。思わずその手に肩の重みをあずけてしまう。と——ついっと立ちあがってしまう里村。水平線を目を細めて眺めて。気障《きざ》だな、と思いながらも、何故《なぜ》かそれが絵になる男。

恭子も立ちあがる。サンダル脱いで。もともとストッキングははいていない。素足で、波打ち際を歩く。波をけってみたりする。

里村の靴。スニーカーなんかじゃなくて、ちゃんとした紳士用革靴。ズボンの色とあわせたうす茶。

何となく、あの靴の形、よく覚えている……。

☆

良、良くん。あなた。旦那様。たくの主人。

いろいろな単語を思いうかべながら、恭子は良の寝顔をみつめる。みつめ続ける。

あなた、下駄《げた》はいてたわね。最初に会った時。それも、相当すりへって、今にも割れてしまいそうな下駄。はだしではくから、当然下駄に足の跡がついてた。

紳士用革靴と下駄。それがつまり、あなたと里村の差なのかも知れない。差なのよね、きっと。恋人だった男と、生活を共にする男の差。

初めてのデート。砂の上の革靴。大学の一般教養の授業。遅れて、リノリウムばりの床《ゆか》に目一杯下駄の音ひびかせてはいってきた上級生。

あなた、多分、あの頃のあたし、覚えてないでしょうね。

里村との、三度めのデートの時だろうか。

恭子は、また回想にふけっていた。あの頃までは、お互いに、好きだの何だのという話をしたことはなかった。まだ前哨戦。

☆

Love is a game

ひどくありふれたフレーズを、身にしみて納得した。そう、ゲーム。試合よ。恭子か、里村か、どちらか先に好きだと言った方の負け。

だから、その分、おもわせぶりな態度とって。ねえ、里村さん。あなた、あたしのことどう思ってるの。

「恭子ちゃんは、昔つきあってた人なんているの」

公園のベンチに並んで腰かけて。里村がふいに聞く。あ、来た！　なんて思っちゃって。昔。つきあっていた。過去形の話し方。

「あたし、あんまりもてなかったんですよぉ」

「信じられないなあ」

「わ、お世辞。里村さんこそ、大学にガールフレンドなんて沢山《たくさん》いるんじゃありません？」

「そんなことないよ。……けどね、実は、結構かわいいと思ってる女の子が一人いるんだ」

里村は、じっと恭子を見ていた。何ておもわせぶりな台詞。どきどきどきどき。

しばらくの沈黙。気づくと、いつの間にか少し二人の間が近づいている。

「ちょっと歩こうか」

「……ええ」

立ちあがって、歩きだして。ふいに恭子は手があたたかくなったのを感じた。やんわりと、里村の手。恭子の手を優しく包みこんでしまっている……。

そして、指がからみ。無意識に恭子は、里村の手をしっかり握りしめていた。

☆

ねーえ、良。そんな情景を想い出してから、恭子はもう一度良の顔を見た。お宅との場合、話はこんなにスムーズに進行しなかったわよね。

ごつごつした、太い良の指。平均よりかなり短い。おまけに、汗っかきのせいで、しょっちゅうしめっぽい。

好きだ、なんて言われてから、六回ばかりデートした。いつも、どっか変だった。良の歩き方。

最初は、あたしの歩くペースにあわせてくれる為おこった混乱かと思ったのよね。でも、注意して見ていると、右手と右足が同時に出たりするんだもの。

そして。ついに、あなた、叫んだのよね。夜八時頃の道で。

「えーい、駄目だ」

「何が？」

あたし達、その時、ヘッセの話なんてしていた筈《はず》。デミアンと、〃えーい、駄目だ〃。どこでどうつながっているのか、全然判らなかった。

「あのさ……とまってくれない？」

言われたことの意味がよく判らなくても、良が立ちどまったから、つられて立ちどまる。

「これで、よしと」

良の右手が、あたしの左手にまとわりついてきた。じっとりと、汗ばんだ手。でも、あたたかい手。

「あの……本間さん？」

「ん？」

「まさかと思うけど……あなた、今まで、あたしの手を握ろうとして……」

「ん……」

良、歩きだす。

「何とか自然に手を握ろうとしたんだけど、どうもタイミングがあわなくてね」

「そっ、それで……」

ふきだしちゃうよ。悪いけど。それで右手と右足が同時に出たりした訳？

「か……かあいっ」

「よせよ」

良、憤然と言う。

「あ、やっぱり、可愛いとか言われると怒る?」

「そりゃ怒るよ」

「どうして? ほめ言葉なのに」

「莫迦にされたような気がする」

「ほめてるのよ。本当に」

「そうかあ?」

と言いながらも、良は、恭子の手をはなさなかった。

☆

里村の場合、すべてが自然に進んでいった。まったく自然に恭子の手をとった里村。まったく自然に恭子の肩を抱いた里村。まったく自然に……ファースト・キス。まったく自然に、どこのカップルでもやるようにスムーズに恋愛感情を深めているあたし達。すべては大抵うまくいき、ただ、時々ほんのささいなことでいさかいをして——そしていつもあたしが折れて。なかなか理想的なおつきあいじゃない? 少なくとも、恭子はそう思っていた。

ほんのささいなことでけんかして。そういえば、かわいいという単語が本《もと》で軽く彼を怒らせたことがあった。

まぐろの一件でも判るように、里村は無類の猫好きで――デートの最中、時々猫をかまった。首の下を軽くなで、それから猫を抱きあげる。

「おい、ほら、食べるか」

二人で食べていたポップコーン、猫に食べさせようとして。

「うふっ」

思わず恭子、軽く笑う。

「何？」

ふり返る里村。

「あの……何か、そんなことやってる里村さんって……かわいい」

言ってしまってから、恭子、後悔する。そっぽむく里村。怒ったみたい。

「あ……ごめんなさい。怒った？」

返事もしてくれない。恭子、もうちょっと真剣な声で、

「ごめんなさい。あの……かわいいって、そんなに気に障《さわ》る？」

「ああ」

何か、とりつくしまもない風情《ふぜい》。

「ごめんなさい。もう言わない」

ようやく里村は、ぶすっとした声でしゃべってくれた。

「もう二度と言うなよ。男をかわいいなんて言う女はかわいくない」

「はい。もう二度と言わない」

その時は、本当に素直にそう思ったのだ。

☆

「う……ん」

眠っているとばかり思っていた良の口から、急に何やら音がもれたので、恭子、びくっとする。今、四時ジャスト。五時に里村と駅前で待ちあわせをしている。ちょうど、もそもそ起きて着換えをはじめた処。

黙って良をみつめる。なあんだ、寝言だ。おどかしちゃ駄目よ。

パジャマを脱いで、ブラウスに手を伸ばす。白地に極くうすい小さな水色の花模様。良との一度めのデートの時のブラウス。

どさり。

もう一回、音。良が寝がえりをうったみたい。左腕がベッドからはみだしている。そっと恭子、腕を動かし、ふとんをかけて。

あたしがいなくなったら、多分、寝びえするわね、ドジ良。ダブルベッドにねていてさえ時時落ちる、という素晴らしい寝相の持ち主なんだから。結婚前、どうして寝びえしなかったのか、不思議なくらい。

せまい部屋。八畳一間の新婚家庭。妻が夫を捨てるって時に、このせまさ、困るのよね。歯をみがいたら、良、目をさましちゃうかも知れない。

目をさましちゃうかも知れない。そう思って、ふいに驚く。あたし……目をさまして欲しいって、ほんのちょっとだけど、思ってる。

今、良が目をさましてくれたら。そして、あたしを怒ってくれれば。

「恭子！　どこ行くんだ！」

そうすれば、あたし、里村の処へ行くの、やめるかも知れない。……やめたいのかも、知れない。でも……あたしの、赤ちゃん。

思いははてしなく錯綜《さくそう》し、恭子はぽつんとベッドに腰かけていた。

☆

「卒論？」

つきあいだして、一年とちょっと。恭子がまだ大学二年になったばかりの頃。里村の口からこんな単語が出た。

「ああ。今までさぼってばっかりだったから、少しは真剣にやらないと」

うん。それはそうでしょうね。でも……それが何か？

「だから、悪いんだけど、当分デートひかえたいんだ」

ひかえたい。ちょっと、信じられない台詞。今だって、週に二回くらいしか会っていないのよ。これを……さらに？　卒論って、四年の四月からそんなに必死にとりくまなくちゃいけないものなの？

そう思いながらも、恭子はあいまいにうなずいた。あれこれ文句を並べたてて、里村に嫌われたくはなかった。

嫌われたくはない。その単語が、また嫌な連想を呼ぶ。ひょっとすると、里村さんは、もうあたしに会うのが面倒になってきたのかも知れない。ひょっとすると。

キスもした。肩を抱かれて歩きもした。ひざまくらなんて、やってあげた。

でも。愛してる、なんて言ってもらったことはない。結婚、なんて単語、里村の頭をよぎったこともないだろう。

そう。いまだに里村は恭子のことを〝恭子ちゃん〟と呼び、恭子は里村のことを〝里村さん〟と呼んでいるのだ。〝恭子ちゃん〟が〝恭子〟になる一瞬を、〝里村さん〟が〝浩一さん〟になる一瞬を、二人はつかまえそこねていた。

「じゃ、次はいつ会える？」

気づかぬうちに語尾がふるえる。

「さあ……ちょっと……ひとつきぐらい、パスしたいな。……また連絡するよ」

「うん」

あたしの方から電話してもいい？　そう聞きたかった。本当に、そう聞きたかったのだ。

でも。

☆

四月がおわり、五月にはいった。里村からの電話は、まだ、ない。

このあいだのデートは四月七日。五月七日でちょうど一か月だわ……。

何度、里村の家に電話をしかけたことだろう。局番おして――でも、最後の二つくらいのところで、いつも指はとまってしまうのだ。

莫迦な、莫迦な、意地のはりあい。そんな気も、していた。でも。

口惜《くや》しいじゃない。ちょっと、ひとつきくらい、デートパスしたいな。さらっと言ってのけた里村。

それに……もし、嫌われかけているという予感が正しいのなら……なるべく、しつこくしたくない。こちらもさらっとしていたい。

精神状態が、段々、悪くなる。

唐突に――あまりにも手がさみしくて、編み物はじめた。かなり季節はずれだけれど、里村のベスト。肩はば判んないから雰囲気で。いいもん、大きすぎたり小さすぎたりしたら、ほどいてまた編み直す。

これ編みあげたら、里村に電話しよう。そして、あげるんだ、ベスト。今年の秋、着てもらえるように。これがおわったら、あたしのも編もうかな。おそろいの毛糸で。ペアのベスト。

あき→あきる。こっちの方へ考えがいかないよう、精一杯いいことを考えた。ペアのベスト着て、どこへ行こうかしら。それに、ベストなんて急にあげたら、里村さん、何て言うかしら。

「へえ。恭子ちゃんが編んだの。割と器用なんだね」

あるいは。

「ありがと」

あるいは。何も言わないかも知れない。それでもいい——いや、何か言って欲しい。

編んでいるうちに、段々、意識がおかしくなるのを感じる。

これ編みあがるくらいまでには、いくら何でも里村さんから連絡があるだろう。最初のうちは、そう思っていたのだ。いつものペースだと、大体二週間かかるだろう。

それが、段々、おかしくなる。

これ編みあがってもまだ里村さんから連絡なければ、こっちから連絡してみよう。

これ編みあがったら、里村さんに電話してもいい。

里村さんに電話する為には、これ編みあげなきゃいけない。

……何を考えているのか、自分でも、段々判らなくなってきた。そして、気づくと恭子は、気違いじみたペースでベストを編んでいるのだ。目がすこしくらいとんでもおかまいなしに。

これ編みあがんなきゃ、里村さんに電話できない。

結局、ベストは四日でできてしまった。編針でこすった指が痛い……。

☆

ゆっくりとかける電話。そして。ルルルルル、ルルルルル、ルルルルル。

電話の呼び出し音を数える。

三つめ。ほら、出ない。里村さん、きっといないのよ。

四つめ。切ろう……ねえ、切ろう。

五つめ。もう駄目だわ。心臓が……破けちゃいそう。

六つめ。ほら、いないんだわ、里村さん。切りましょ、もう、こんな電話。

七つめ。カシャ。

「はい、里村です」

一瞬、恭子は息がとまるのを感じた。

「あの、恭子です」

かろうじてこれだけの台詞をしぼり出し。

「ああ、恭子ちゃん。久しぶり。元気だった?」

「ええ」

「………。

気まずい沈黙。やだよお、里村さん、何か言ってよお。ねえ。……仕方ないから恭子はしゃべりだした。

「あのね、里村さん」

必死でしゃべる。何かしゃべること……あ。

「あのね、あたし、里村さんにあげたいものがあるんです」

「あげたいもの？　何？」

「あててみて」

少しでも長く会話したい。少しでも長く。

「さあ……何だろうな」

でも、駄目。里村さんがのってきてくれない。台詞は考えているみたいだけれど、声の感じじゃ全然考えてないみたい。おざなりの台詞。

「ベストなの」

仕方なしに、恭子はこの台詞を口にのせた。そして、感じる。敗北——まけ。

恭子は、どうしても里村に会いたくて、必死で口実のベストを編んだ。里村は、そんな恭子の気持ちを知ってか知らずか、平気でそれをうけながす。里村にほれた恭子。恭子にほれられた里村。そんな図式。

「ふうん、ベストねえ」

「秋になったら着てくれる？」

「ああ」

ちょっと間をおいて。

「ありがと」

恭子は、あせりを感じる。ああ、ありがと。会話の進行がこうなると、この次の台詞、きっと〝じゃあ〟になってしまう。じゃ、またそのうち。困るわよ、そんなの！　あたし、こんな……二分たらずの会話の為に、あんなにがんばってベスト編んだんじゃない。

「あの……いつが暇？」

慌てて聞く。

「ん……そうだな、あさっては」

「え……あたし、二時から用が」

「……困ったな。俺、しあさってからは手がはなせないんだよ。……あ、そうだ。じゃ、十時頃会おうよ。どう？」

十時頃。胸がやけるような、さみしさ。十時に会って、一時頃別れて。三時間だけの逢瀬《おうせ》。一か月も会っていなかったのに。たったの三時間。

でも……これをのがすと、今度は一体いつ会えるんだろう。

「ええ」

仕方なしに、明るく返事をする。

「じゃ、十時に駅前ってことで」

あ、駄目、切っちゃ。ね、待って。

待って。

恭子が、一つとして、次に言うべき台詞を思いつかないうちに、電話は切れていた。相手方の気配のまるでない、電話。

さみしいね。電話って。こんな近くに声が聞こえるのに、実際は遠くはなれていて——そして、顔も見えないんだわ。もし、顔がみえたら、里村だってこんなにつめたく電話を切ったりしないだろうに……しないだろうか。顔が見えても——あたしの泣きそうな顔が見えたら、余計、里村は電話を切りそうな気がする。

恭子は、受話器を耳にあてたまましばらくじっとたたずみ……そして、少し、泣いた。

☆

歯をみがいた。そっとみがいたつもりだったのに、それでも結構音がした。水の音。歯ブラシが歯をこするしゃかしゃかという音、うがいの音。

なのに。それでも良は起きなかった。

良。ねえ、あなた。

何だってそんなにぐっすり眠れるの。この鈍感人間。今起きてとめてくれないと、あたし本当に行っちゃうわよ。

よかったじゃない。良が目をさまさなくて。これで争いを未然に防ぐことができる。

今とめないと本当に家出しちゃうんだからね。

まるっきり矛盾《むじゅん》する二つの思い。……まるで子供の頃みたい。恭子、くすっと笑う。昔、よく泣きながら、こう言って母をおどしたものだった。きつくしかられた時。あの時も、子供心ながら、本気ででていくつもりだったのだ。けれど、家出したその先のことが怖くて……。

母は、いつもにこやかにこう言う。

「どうぞ。恭子がいなくなれば家の中がかたづくわ」

結局、いつも恭子は母に謝って。

あの頃と、今、あたし、本質的にはかわってないんじゃないかしら。うかぶ思い。ううん、そんなことない。否定。だって――あの頃のあたしは子供、今のあたしは大人――そして、今のあたしはお母さん。

そう。今のあたしは、お母さんなのだ。お腹の中の子供。母親のあたし。可能性が低かろうが何だろうが、母親である以上、この子を守ってやらなければ。

良。さようなら。あなた、起きてくれないんだもの――ううん。たとえあなたが起きてくれたって、あたし、出てゆく。この子の為に。

ショルダーバッグに手を伸ばす。

☆

ベストの一件で、恭子は完全に里村に負けたのだった。その後は、同様のパターンが続く。電話をするのはいつも恭子。なかなか会ってくれない里村。そして、たまに会っても、もう、里村は、恭子の肩に手をまわしたりしなかった。完全に、どこかで一線を画している……。

「恭子ちゃん、いつも、約束の時間のどれくらい前に来るの」

のみならず、里村はこんなことまで言うのだ。さも、迷惑そうに。

「え……十五分、くらい」

恭子、少しさばよんで。本当は、いつも、約束の時間の三十分も前に来てしまうのだ。

「それ、よせよ」

「え？」

「約束した時間に来てくれよ。……少しくらい遅れてもいいからさ」

待たれるのは迷惑だ。気が重い。里村の顔は、そう言っていた。

いくら待っても、もう二度と、里村の心はあたしの処へ戻ってこない。

その時恭子は、はっきりそう理解して……それでもやはり、待ち続けてしまったのだ。そのあと、何か月か。里村からはっきり言い渡されるまで。

「ごめん、恭子ちゃん。君とはやっぱり、単なる友達でいるのが一番いいみたいだ」

☆

良。おかしいね。

里村にふられて、半年泣いて、あなたに口説《くど》かれた。そしてあなたとつきあいだして。でも、あたし、あなたをそんなに待ったこと、ないのよ。むしろ約束の時間に遅れてばかり。

おっかしいよね、良。うん、泣けてくるほどおかしい。

そして今。あたしを、あたしを待ってくれた良を捨て、あたしをずっと待たせ続けた里村の処へ行こうとしている。なのに良、あなたったら太平楽に眠っていて。

恭子は、完全にでかける用意をすませていた。服を着、髪をすき、顔を洗い、歯をみがき、多少のお金と着換えまで持ち。なのに、良は——これ程雑多なことをやったのに良は、一向に目をさましてくれなかった。

「バイ」

軽く手をふる。さよなら、あなた。今朝起きてから初めて口にした音声。

「う……ん」

と、その声に呼応するかのように、良はまた寝がえりをうった。それから。もぞっ。良、はじめて、動く。ねぼけた動き。軽いのび。

いけない。

恭子は、慌てて靴をはく。かつん。ヒールが鋭い音をたてた。

「ん……恭子……恭子？」

良、まだ目をあけず、自分の隣を手さぐる。当然そこに寝ている筈の恭子の体をもとめて。何だってこんな、さよならを言った直後に。恭子、少し慌て、少し良を恨《うら》み——そして、少し安堵に似た感情を覚える。

「あれ？ 恭子？」

今度こそ本当に良は、隣に恭子がいないことに気づいたよう。むっくり起きあがる。玄関——っていっても、八畳の部屋にくっついている靴脱ぎ場みたいなものだけど——の恭子と目があってしまう。

「恭子？　どうしたんだ？」

まだ寝呆《ねぼ》け声。

「ごめんね、あなた」

恭子は慌ててきびすを返す。

「ごめんって、おい……恭子、どこ行くんだよ」

「さよなら、あなた」

それだけ言うと、恭子はふり返りもせず、駆けだした。

「おい、さよならって、ちょっと待て、恭子」

ぱたん。良の声を背に、ドアを閉めて。かっかっかっ。コンクリートの床にひびく靴の音。それから鉄の階段降りて。かっつん、かっつん、かっつん。靴音は、階段ではもっとひびく。

「待てったら、おい」

ふいに肩をつかまれた。精一杯いそいだのに、階段降りる前に良においつかれてしまった。

上半身はだか。髪はだらしなく寝乱れて。パジャマのズボンも、どことなくよれよれ。これが旦那。これが良。

「はなして。お願い」

「どこ行くんだよ、こんなに早く。俺に黙って」

「ごめんなさい、お願いはなして」

「何だっつうんだ、おい」

「ごめんなさい」

自然と腕時計に目がゆく。めざとく良はそれに気づく。

「……誰かと待ちあわせをしてんのか？」

疑問の形はとっていても、その声は責めている。誰かと待ちあわせをしているんだな。

「何でだ。どこに行く気だ」

「ごめんなさい」

「謝られても判んないよ。どこ行くんだよ」

「ごめんなさい」

いぶかしげな顔つきの良。ちょっと眉根を寄せて。それから、ひょいと恭子を抱きあげる。

「嫌、何すんの、おろして」

「部屋についたらな」

結構恭子は重いらしく、良、よろける。

「おろしてよ」

思わず恭子は暴れていた。かかとで良をけとばして。

「よせってば」

かなり痛かったらしく、本格的に良は眉をしかめた。

「あんまり暴れるとお腹の子にさわるぞ」

……ぴたっと恭子は抵抗をやめた。

☆

「で。どこへ。何で。何しに。誰と」

良は、ベッドの上にそっと恭子をのせると、疑問詞を連発した。

「あの。だから。つまり。その」

対する恭子は、接続詞と指示代名詞。こんな調子で会話が続くと、何だか画期的なものになっちゃうな。かけだし翻訳家の恭子の頭の中を、ひどく場に不つりあいなフレーズが駆け抜けた。疑問詞と接続詞と指示代名詞のみによって構成される、会話。

「何だって？　きちんと言えよ」

「だから……あの……つまり……ごめん」

「だから何がごめんなんだよ」

「あの……それはね」

「……恭子」

良は、いつになく真面目な、つき刺すような目つきで恭子を見ていた。怖い。本気で怒っているんだ。この人。

「おまえ……俺にあきたのか」

吐いて捨てるが如《ごと》き台詞。

「違う！　そんなんじゃない！」

思わず、叫んでいた。

「じゃ、どんなんだよ。死ぬ間際に突然夫おいてどっか行こうとする。何を聞いてもごめんしか言わない。他に男作ったのかと思っちまうよ、それじゃ」

「そんな……」

良。りょう。あなた、まだ、あたしを信じているのね？

そう思うと、唐突に罪悪感。良の台詞、言葉はひどいけれど、それを言う時の良の目は優しそうだった。ということは——良は、内心、あたしが他に男作るなんてことはあり得ないと信じていて、だから逆説的にこんな風な聞き方するんだわ。言下にあたしがそれを否定することを期待して。

だとしたら、あたしは……あたしは、何てことをしているのだろう。否定できないのだ。あたし。否定、できないんだ！

「そんなって？」

少し、苛々《いらいら》してきた良の声。すぐさま否定が返ってくると信じていて、それが裏切られたからこそ……苛々してきたに違いない、良の声。

「おまえ、まさか……本当に誰か男のところへ……」

あたしは、首を横にふれなかった。ふることが、できなかった。

「そんな……」

みるみるゆがんでゆく良の顔。ごめんなさい。恭子は心の中で何度も呟《つぶや》く。あなたに何と思われようと、あなたに何と言われようとあたし、ひとっことも言い返せない。

「その男が……」

良の口が、重たく開いた。そして……でてきたのは……あまりにも信じられない台詞。

「この子の父親なのか」

ぱきん。恭子の中で、何かが弾《はじ》けた。

良。そんな。それはひどい。これだけは信じて欲しい。あんまりよ。

自分の下腹をゆきつもどりつする良の視線が、たまらなく不潔なものに思えた。

でも。あたしは、良にそう思われても仕方のないような行動、とったんじゃないかしら。

下腹が、かすかに痛んで、その存在を主張した。重い——おなか。

断末魔の回想——。

☆

里村にふられて、半年くらいして。みんなで小さなパーティ開いた時のこと、会話のはずみで、博子《ひろこ》が急にこう言った。

「ね、恭子、里村さんていったっけ、元気?」

……知らない。もう半年も会ってない。重たくなってゆく気持ちをかろうじてひきたてて、せいぜい明るくこう言うの。

「ああ、あれ? もうやめた」

「やめたって……」

「うー、ふられたんじゃ。あんまり追求すんな」

あんまり追求されると、泣いちゃうから。ほんと。

「だって恭子、あなたあんなに」

なぐさめてくれる気？　あるいは、はげまして。放《ほ》っといて欲しいのよ。どうせあんなもん、第三者には判らん。

「いいの。やめてよ。博子。あたし、もう、ほおんとにやめたんだから。いいの」

空元《から》気。

「もっといい男、ひっかけてやるんだから」

「あ、俺、俺」

脇で、だらしなく折れまがったセブンスターふかしていた良が、急に手をあげた。

「ん？　何ですか、本間さん」

「俺、立候補しちゃう」

「やだ、嘘ばっか」

まさかあれが本当に本気で——酔いがさめた後、本当に本間良に口説かれるとは、恭子は夢にも思っていなかった。

ねーえ、良。まるで冗談みたいだったのにね。

☆

初めて良のアパートへ行った日。恭子はよく覚えていた。夕飯を作ってあげる約束をしていて——そう、カレーライス、作ったのだ。

「わ！」

玄関でまず、恭子は悲鳴をあげる。何これ、これ何。何だってこんなに汚せるの。積まれた雑誌、ベッドの上にひろがる新聞、脱ぎすてたパジャマ。机の上やあちこちに散乱する中味がほんのわずかに残ったコーヒーカップ、ワイングラス。

「どうかした？」

良は、平然としていた。

「どうかって、本間さん……一体何日おそうじしてないんですか」

「え？」

今度は良、目をむく。

「恭子が来るから昨日したばっか……」

これで？　とすると、そうじをする前の状態は……あまり、考えたくなかった。それから、いざカレーを作るべく流しに立って。

「わ！」

再び叫ぶ。流しには、使われた食器が雑然とつまれていて。

「あの……ひょっとして、意図的に、カビの栽培してるんですか」

そうでなきゃ説明できないよぉ。ひえっ、おはしにまでカビはえてる。それに、流しの前の床。水こぼして、そのままにして、抜け毛が数本散らばって。うわっうわっうわっ。

調理の前に大そうじはじめたら、それで門限ぎりぎりになってしまった。仕方なしにセブンイレブンへとんでゆき、あったためるだけのインスタントカレーを購入し。

帰り道。良に送られながら、恭子は何ともいえない優しさを——良に対する好意をかみしめていた。

里村さん。いつも、ぱりっとした格好で、どことなく、男性服飾雑誌から抜け出てきたようなひと。一度遊びに行った部屋も、きれいで、趣味がよかった。恭子はそんな里村が好きだったのだけれど——それでも、彼とつきあうのは、それなりに疲れたのだ。いつもおしゃれに気を配り、言葉の端々まで注意して。必死になって、素敵でかわいい女の子の演技していたような気がする。

良。部屋はあんなだし、服はいつもよれよれ、下手すると一週間は入浴しない。こんなひとの前でなら、あたし、きっとまったくありのままにふるまえる——それに。

このひとには、あたしがついてなきゃ駄目。このひとは、あたしを必要としている。

しあわせな、しあわせな、充足感。

☆

「恭子……恭子」

良が、恭子の体をゆすっていた。恭子は一種の痴呆《ちほう》状態。うつろな目をして、ぼんやり宙空を眺めている。

「恭子」

「……ん」

すごくのろのろ返事して。まだ心は、昔の——良とつきあいだした頃のことを、回想していた。

「恭子」

ぽろっ。ふいに、涙がこぼれる。

変ね。哀しいなんて、思っていないのに。泣きたいなんて、思っていないのに。何で涙がでてきちゃうんだろ……。

「恭子！　おい……泣くなよ」

こころなしか、良はそわそわしだした。根が目一杯優しくできているから、泣かれると弱いのだ。

「おい、泣くなってば。……悪かったよ、俺が言いすぎた」

俺が言いすぎた。その言葉が、ようやく、恭子に涙の理由を思い出させた。

「あなた……あたしに他に恋人がいて、あなたとつきあいながらその人に抱かれて、で、できた子供をあなたにおしつけたって言いたいの」

「そんなこと言ってないよ」

「だって……そうなるじゃない。あなた、あたしが……あたしがそんなことをすると思ってたの」

「悪かった。謝るよ。気がたってたんだ」

「だって……だって……」

「泣くなよ、おい、頼むから。悪かった。俺が言いすぎた」

「な……何で謝るのよお」

本当に、我ながら、理不尽だとは思う。けれど、謝りだした良を見ると、理不尽な――本当に、支離滅裂な怒りがわきあがってくる。何で、何だって謝るのよ、良。もっとちゃんと怒ってよ。悪いのはあたしなんだから。

「何でって……」

「悪いのはあたしなんだから。良は全然悪くないんだから。あたし……里村さんのとこへ行こうとしてたんだもの」

「里村……俺とつきあいだす前の恋人って奴《やつ》か」

良の顔色が変わる。恭子は、一種異様な喜びを覚えながら、良の顔色を見ていた。

そう。あたしは、怒られたかったんだ……。

☆

　里村に再会したのは、ひとつきばかり前、恭子の姓が秋野から本間に変った後だった。まったくの偶然。実家へ寄って姉（恭子の姉は、旦那と一緒に秋野家に住んでいる）とおしゃべりした帰り道。ばったり駅で、恭子は里村とでくわしたのだ。

「あら？　里村さん、おひさしぶり」

　ふられた直後は、里村に会うことがあったら何と言おう、会えたらどこか道の隅《すみ》で彼の姿を見ているだけでもいい、などと思っていたのに。意外な程おだやかに、意外な程あっけなく、恭子は里村に声をかけられた。

「あれ、恭子ちゃん」

　対する里村の声は、どこか気まずげで照れくさそうだった。

　五分くらい立ち話をして、それから二人でお茶のんで。恭子は、初めて、里村に対して優越感を持つことができた――優越感。里村の前でも、まったく自分をかざることなく、素直にふるまえる。

「恭子ちゃん……何ていうのか、イメージが変わったね」

　里村は、楽し気に笑い、しゃべり、気軽に冗談を言う恭子に、あらたな好感を抱いたようだった。そうね。別れる間際のあたし、悲愴《ひそう》感でいっぱいだったのかも知れない。ずいぶんうっとうしい女だと思ってたんでしょうね、里村さん。あなたがいなくちゃ生きてゆけない。そんな感じで、べったりと、あたしにまとわりつかれて。

「へーえ。結婚したのかあ。何か、人妻の色気みたいなもの、感じられるよ」

「やだあ。……あたし、そんなに変わった？」

「ああ。何だかずいぶん感じが明るくなった。旦那様の人柄かな」

「うふっ」

そんなに、たいしたことは話さなかった。ちょっとした想い出話や、最近のことなんか、話して。

そして。別れ際に――一年前は、あんなに欲しかったものが、いとも簡単に手にはいってしまった。里村の台詞。

「またそのうちお茶でも飲もうよ。……気軽な友人として、ね」

そして。またそのうち、は、五日後には実現してしまい……以前とまったく逆の構図が出現する。恭子とお茶を飲みたがる里村。家事におわれて、中々里村と会う時間の作れない恭子。

少しは罪悪感めいたものを覚えた。けれど……浮気してる訳じゃない。里村は礼儀正しく、本当に単なる友人として恭子を扱ってくれる。……時に、昔の恋人と、お茶を飲むくらい、いいでしょう？

☆

「あのね」

恭子は、涙ぐみながらも話しだした。

「里村さんのつとめ先、知ってる?」

「知るもんか」

「よく判んないんだけど……いろんな器を作るところらしいのね。で、彼の部っていうのが、原爆のシェルターとか、タイム・カプセルとか、そういったもの作るとこなの。でね。彼自身は今、シェルターっていうのを作ってて……それが凄く頑丈なものらしいのよ。関東大震災くらいの地震がきて、上に、建物だの何だのが降ってきたり、まわりが火事になったりしても、壊れないで、中のものが変質しないくらいの」

「それが? ……まさか、里村って奴は、そのシェルターに……」

「うん。もぐるつもりなんだって。多分助からないとは思うけど、でも、百万分の一か、一億分の一か……ひょっとすると助かるかも知れないからって。で……それがね、食糧とか水とかをいれちゃうと、二人しかはいれないのよ」

「まさか……おまえ……」

良のこめかみが、ぴくぴくふるえた。必死で怒りをおさえつけているよう。

「おまえ一人、俺を捨てて、以前の恋人と生きのびようっていうのか! そんな女だったのか!」

「違うって!」

恭子も、叫んでいた。

「あたし一人なら、そんなところにもぐったりしないわよ。あなたと一緒に死ぬ……。でも……あたし、一人じゃないんだもの。あたしのお腹の中には、いるのよ。あなたの子供が！　この子がいるから……たとえ、何億分の一でも、この子が助かるんなら……」

子供。それを考えたとたん、恭子の下腹はうずいた。子供。おまえだけは、生かしてやりたい。おまえだけは、助けてやりたい。

子供。良は、いささか呆然《ぼうぜん》とする。考えてもみなかった。俺が考えていたのは、残された日々を、いかにしあわせに恭子と暮らすか、ということだけだった。子供……。

「あなたとあたしの子供なのよ！　本当に！　何にかけて誓ったっていい！」

下腹の痛みに対抗する気分で、恭子、大声をあげる。とたんにうずまく感情。

「子供……ねえ」

良は、まだ、呆然と口をあけていた。確かに、子供がいることは知っている。もうちょっとしたら――平凡な日々が続いていたら、パパのための赤ちゃん教室なんていう、産婦人科の医者がやってる、ひどく恥ずかしいところへかよう覚悟はしていた。おしめのあて方だの、風呂のいれ方だの、妻が出産する時の夫の役割だのって講義を聞くことになっていた。できれば恭子に似た女の子がいいとも思っていた。でも――子供。まだいないんだぜ！　一度も、ぱぱ、なんて呼ばれたことない。

「判んないの！　子供よ！　……お腹にね、聴診器あてると、心臓の音が聞こえんのよ！　あたしのお腹、けっとばしたりすんのよ！　生きてんのよ！」

恭子は、ヒステリックに叫び続ける。そりゃ、六か月半くらいになれば、心音は聞こえるだろうよ。人間に近い形、できあがってんのかも知れない。でも……ガキ。俺の。そんなもん……いる、といっていいのだろうか。まだ、俺、見てもいないんだぜ！　そういえば。たまに恭子は、お腹をなぜちゃ、一人言いってた。うっとりとした目をして。あれは――まさか、まだ生まれてもいないのに――お腹の中のガキにむかって言ってたんだろうか？

本当に、ぞくっとした。

自分の腹の中に、自分でない命がいる。エイリアンに腹喰《く》い破られた宇宙飛行士。巨大な回虫。自分の腹の中の他の生命体、という観念は、どうしても不気味なイメージにしかならなかった。そりゃ、生まれてくれれば、話は別だぜ。ちっちゃな、俺と恭子の両方に似たガキが、ぱぱ、まま、とか言って、家ン中とことこ歩いていれば可愛いかも知れない。

けれど……。

子宮、というものを、一所懸命、考えてみた。やわらかい、肉塊《にくかい》。中に胎児ができるとどんどんふくらむ肉塊。赤い、血管におおわれた胎盤。太い太い血管。むきだしだから、ヘモグロビンが透《す》けて深紅《しんく》。胎児。母親の腹の中で、生命の進化をもう一回繰り返してしまう、不気味な生き物。その黒い目。

基本の色調を赤に設定した為か、イメージの中の子宮は、ひどく痛そうだった。ぬるぬるした内臓器官。

女に生まれなくてよかった。つくづくとそう思った。あまりにも……不気味。

それから、目前で泣いている恭子に目を移す。何といって声をかけたらよいのだろう……。

☆

恭子は、自分でもよく判らない奇妙な感情にとらわれて、叫び続けていた。

「良！　あなたの子供なのよ！」

「でも……おい」

良、ようやく声をしぼり出すことに成功する。

「隕石って――地表を駄目にするようなサイズじゃなくて……もっと、本格的に大きいんだろ。だとしたら……一億分の一の可能性もないじゃないか。助かる訳、ないよ」

「良！　何てこと言うの！」

恭子は、良の胸ぐらをつかんで、ゆすぶった。

「この子は、あなたの子なのよ！」

俺の子。それは認めるよ。でも、それが何だって？

「あなたの子が、死んでいいの！」

俺の子だって誰の子だって、死ぬ時は死ぬさ。

「あなたの子……あたし達が、未来にたった一つ、残せるものなのよ！　それが死ぬだなんて、あなた、よくそんなことが……」

「あのね、恭子」

呆然としながらも、とにかく良、説得にかかる。

「誰の子だって、助からない時は助からないんだよ」

「人非人！　あなたの子なのに！　子供がかわいくないの！」

「問題が全然違うだろ！」

「だってあなたの子よ！」

良は、本格的に判らなくなってしまっていた。しっかりしていて、俺よりかしこくて、俺のことなら何でもおみとおしだと思っていた自分の女房――恭子が。こいつの論理的思考法、どこいっちまったんだ？

☆

「だってあなたの子よ！」

叫びながらも、恭子の心の一部は完全にさめていた。自分でも、無茶苦茶なことを言っていると思う。けれど。

一つには、罪悪感があった。里村と会う。ほんとに、お茶飲んで世間話しかしない。けれど……あたしは、ときめいてしまうのだ。里村とつきあいだした最初の頃の、お互いの感情のさぐりあい。あのスリリングな気分。全部、味わい尽くしている。

シェルターにもぐる話を持ってきたのが里村でなければ、あたし、それを一笑《いっしょう》にふしてしまったのではなかろうか。それを考えると怖かった。良に申し訳なかった。
由美《ゆみ》。友人の、女のことを考える。彼女は凄い女だった。高校時代から。女の子じゃない、女。

ＢＦにあきてくると、さり気なく、由美はまわりの女の子を物色する。彼の好みにあいそうな子。そして、その女の子に彼を紹介して、さんざのろけるのだ。彼の美点を並べたて。直後に、そのＢＦとけんか別れする。さり気なく、目星をつけた女の子に、それを暗示して。女の子は、そんなことに気づかない。彼女は自分のヵンで、由美とＢＦが別れたことに気づいたという暗示にかかる。女の子は、自分で網をはる。くものように、由美の、もとＢＦをひっかけるべく。

その類《たぐい》の心理操作において、由美は天才的だった。かくして彼女は、捨てたＢＦののちのことまで手配がゆきとどいたのを見届ける。

彼女を見た時、思ったものだった。女。何て怖い生物。

あるいは彼女は、別れても本当に自分の元ＢＦを愛していたのかも知れない。だから、彼のその後のことまで気にかけて。

「あたし、時々判んなくなるのよね。自分が何考えているのか。心の中に、真空みたいな――宇宙空間みたいな処がある訳。ブラックボックス。そこにはいったものが、どういう形で出てくるか、自分でもよく判んない」

由美は恭子に、何度かそんな話をしたことがあった。

「判んないって、お宅の心でしょうが」

恭子はいつもそれを軽くうけ流して。そのたびに由美は、平生《へいぜい》の彼女に似つかわしくない強い調子で反論するのだ。

「そんなこと言ったってね。本当に判んなくなるのよ、自分が何考えてんのか。……そういう時って、つくづく思うのよね。ああ、あたし、女なんだって」

「……女、ねえ……」

その辺がまた、恭子にはよく判らない。

「全然関係ない話だけど、ムンクのマドンナって絵があるでしょう。知ってる?」

「ううん」

「大原美術館にあるんだけどね……。濃い、青とも黒とも判然としない色が地で——はだかの女の上半身が描いてあるの。女はこころもち上を向いてて、目を閉じていて……でね。ここからあとは、あたしの解釈なんだけど……凄い表情してるの、彼女。少なくとも、マドンナとはとても思えない……。マドンナって、聖母マリア——聖母像のことでしょ? 女の胸の下に黒い影があってね。見ようによっては、人の手みたいに見えるの。彼女のうしろの、濃い地の色の影に男が一人ひそんでて、その男が彼女の胸を抱いているように見えるのよ。で、そう見ると、彼女の表情は、一種性的な喜悦を味わっているみたいに思えるし……それでいて、凄く、苦しんでるみたいに見えるの。でね。さらに近づいて——間近で見ると、彼女、目なんか閉じていないで——かっと目をみひらいて、世界を呪《のろ》うような顔にも見えるし……目のぬけおちた、死骸にも見えるの。左下には腕を折りまげた、やせて骨ばった胎児みたいなものが描いてあるし……赤でふちどりしてあってね、そのふちどりの中には、精子みたいなものがおよいでるの」

「ふうん……それが」

何とも言いようがなくて、恭子、あいまいに答える。

「それがって？」

「ん……確かにその絵は気味悪いでしょうけど……それが何な訳？」

「それが何って……それが女なのよ。少なくともあたしはそう思う。彼女、自分がよく判んないんだろうと思うの。何してんだか、何されてんだか、何思ってんだか。……聖母であると同時に、頤《おとがい》をこころもちあげて喜悦の表情をうかべる女であり、眉根を寄せて苦痛に耐える婦人であり、目をかっとみひらいて世の中を呪う人であり、死骸なのよ。……あたし、自分で自分が何思ってるか判んなくなるでしょ、と、そのたびに思うのよね、あ、あたしは女なんだって……」

女って、そんなあやふやな――何考えてんだか、自分でもよく判らない、一つのものであると同時に他のものでもあり得る、そんな妙な生き物かしら。その時恭子はそう思ったのだ。

でも。今なら判る。判る――気がする。

真空みたいな――宇宙空間みたいな、ブラックボックス。あたしにも、あるのかも知れない。あたし……自分が何考えてんだか、よく判らない。

良のことは、本当に愛しているのだ。そう思う。里村の処へ行く時、ぜひ、良にとめてもらいたいような気がしていた。

赤ちゃん。これはまたこれで、重要な要素なのだ。ぜひ、五体満足で、生きた子を産みたい。たとえ、何億分の一でも、何兆分の一でも、あなたがちゃんと生まれてくれるなら、そのチャンスにかけたい。

里村。会いたい。会えばときめく。良と一緒の時には忘れていた——忘れようとしていた、恋の感情。でも、愛しているのは良なのだ。

すべての感情はぐちゃぐちゃにからまり、恭子は叫び続けていた。

「あなたの子なのよ！　ちゃんと産みたい！」

そして、下腹部の痛み。何だか定期的になってきつつある。これは……。

あ！

今。すごく、妙な感覚。体の中から、何かが流れおちた。生理の時の……。

「あなた！」

思わず叫んでいる。流産？　早産？　とにかく今のは……早期破水？

「恭子、たのむから落ち着いてくれ。誰の子でも、死ぬ時は……」

「あなた！　違うの！　良！　あたし……あたし、ひょっとしたら」

ひょっとしたら。

「あなたの——いいえ、あたしの子よ！　あたしの！　あたしの！　死んでいい筈がない。こんな早産じゃ助からない！　そんなのない！　あなた！」

「何だ……どうしたんだ」

「駄目よ！　お願い、そんなのって……気のせいよ、でも」

「おい、恭子、どうしたんだ」

呆然としている良が、たまらなく憎たらしく思えた。流産。あたしの子が。許される訳がない。

「おい……恭子？」

おたおたしている良。莫迦な良。それでも愛《いと》しい良。

「駄目よ。こんなこと、あっていい訳が……。残すものが、なくなっちゃう！　なくなっちゃう！」

会いたい、里村。まだほれているのかも知れない、里村。けれど、彼と一緒では生活はできないであろう——あくまで、恋人用の男の里村。

うんと、怒って欲しい。しかって欲しい、良。お願い。愛してるなら。

赤ちゃん。駄目、そんなこと、安定期なのに、早産だなんて、お医者さんはどこ、あたしの子なのに。

思考の断片が、次々とうかんで消えた。

あたしの子が死ぬ筈はない。そんなこと。許される筈はない。

これはきっと、あたしへの罰のいたみ。赤ちゃんが——父親の良を捨てて里村の許《もと》へ行こうとしたあたしを怒って、ちょっといたくしているだけ。陣痛だなんて、あり得ないわよ。

良、そばにいて、良、そばにいて。

赤ちゃん。行っちゃやだ。行っちゃやだ。まだお腹の中にいて。あと二か月くらい。

「恭子？　まさか、早産って」

ようやく良が気づく。そのにぶさが憎くて愛しい。

「あなた。あなた。あなた」

それだけを繰り返しながら、恭子はしきりに下腹をなぜていた。

狂おしい程、せつない思い。

赤ちゃん、行っちゃやだ。

狂おしい程、甘い思い。

良。怒って。うんとしかって。あたしのこと。あなたのそばにいれば、あたし、落ちついて呼吸ができる。リラックスして、思うようにふるまえる。あたしの、夫。

気狂いじみた力で良の腕を握り、それを口へもっていった。思いっきりかみつく。愛してる、良。

里村、あいたい。良、あたしをしかって。赤ちゃん、行っちゃ嫌。

何もかもが混沌《こんとん》とした、黒い思い。黒。暗いじゃない。

何もかもが発生した処。宇宙空間。世界にあらわれる、漆黒《しっこく》のさけめ。

これが、〝産む〟ということなのかも知れない。

ふいに、流れおちる、思考。生理とまったく同じ感覚。体の中から流れておちる思考。

女。子供を産む、生物。ありとあらゆる感情を産む生物。何かを産む為に体ができあがっている生物。

だから。体の中心には、黒い、宇宙空間があるのだ。何もかもがここから産まれる。

恭子は、今、完全に自分の中のブラックボックスにつかまったのを感じていた——。

新横浜――西鎌倉　圭子

西鎌倉《にしかまくら》！　ついに！

もう、何も考えていなかった。バイクを乗り捨てる。手が、まるで神経がどこかへ行ってしまった後のように無感覚になっていた。よく事故おこさなかったもんよね。疲れる、という状態を通りすぎていた。

この辺なら、朗と一度か二度、散歩したことがある。道、大体判《わか》る。小一時間も歩けば終点――朗の家。

街並は、静かだった。どこかの家で犬がないている。その声だけ。聞こえてくるのは。

さて。どうしようかな。

バイクの荷台にくくりつけた紙袋に視線を走らせる。結局……持ってきてしまったんだ。ツーピース。あの、練馬《ねりま》――西鎌倉間の無茶苦茶な環境にもかかわらず。

ここまで来たんだから着よう。のろのろとそう思う。ぜひきれいな姿で朗の前に立ちたい。そんな思いはどこかへ行ってしまい……とにかく、ここにツーピースがあるから着る。そんな感じ。

おざなりに、あたりを見まわす。人影はない。油のべっとりついた、ところどころ破れたブラウスを脱ぎ、持ってきたブラウスを着る。ちょっとお風呂にはいりたい気分。それから、スカートはいてGパン脱いで。人の家のへいによりかかって、スカートたくしあげストッキングをはく。立ったままで、あまりみっともない格好にならぬようストッキングをはくのは、中々大変な事業だった。少ししわがよる。

それから、ベルトをしめて、ハイヒールとりだし。

かつん。アスファルトの道で、ハイヒールは、小気味のいい音をたてた。と、それに呼応するように、かつん。かっかっかっかっ。誰かがむこうの道から走ってくるみたい。足音がひびいてくる。

あの足音の感じだと、ハイヒールじゃないな。男の人かしら。少し慌てて脱いだ服を紙袋の中におしこんだ。

と。ほぼ同時に、角《かど》をまがって、髪をふりみだした男の人が駆けてきた。

「医者知りませんか」

男は、あたしを見ると、急にこう聞く。せっぱつまった口調。

「お医者さん？」

あたし、呆然《ぼうぜん》と反問する。

「産婦人科の——いや、そんなぜいたくは言わない、とにかく医者！　恭子が——妻が、早産しそうなんです」

「さあ……あいにく、あたし、この辺は不案内なので……」

それに。もし産婦人科医の所在を知っていたとしても……こんな時にやっている病院があるだろうか。

「妻がかよってた病院の先生に電話したんです。大学病院なんだけれど、誰も電話にでやしない」

よっぽど慌てて駆けてきたんだろう、ワイシャツのボタン、全部一つずつずれてとめてある。それにすら気づいていないみたい。

「どうしよう……予定より二か月——いや、三か月かな、早いんですよ。これじゃ、このままじゃ、娘が死んでしまう」

何でお腹《なか》の中の子が女だって判るんだろう。女の子が欲しかったんで、無意識にこう言っちゃったのかかな。

男の様子は、あまりに必死で——その必死さが、たまらなく哀《かな》しかった。どうせ……今死んでも、五日後に死んでも、変わりはないだろうに。

「こんなことになって、やっと判ったんです。お腹の中の子は——娘は、未来へのこすものなんですよ！　俺と恭子が生きていて、そして、愛しあってたってことの証拠なんですよ！　このままでは、それが——未来へのこすものが、なくなってしまう！　俺の子なんだ！　死んでいい訳がない！」

この時点では、おそらくどの病院もやっていないだろう。かりに、どこかの病院がやっていたとしても、そこまで行く交通手段が、多分、ない。

男はそれを知っていて――知っていてもなお、それを認めるのが嫌で、走りまわり、誰かれなしにそれを訴えているのだろう。それが判るから――判ってしまうから、あたしは何も言えなかった。ただ黙って、叫ぶ男をみつめ続け……。

「どうしたらいいんです、どうしたら！　恭子は半狂乱ですよ！　このままでは……このままでは……」

おずおずと聞く。

「あの……奥様は、おうちなんですか」

「おうちに一人で？」

「ああ、そうなんだ。恭子を一人にしておきたくもないんです。一人で、今、どれ程さみしい思いをしているのか。……俺は、恭子にもついていてやりたい。せめて、手を握っていてやりたい。でも、それじゃ娘が」

男は、しばらく呆然とあたしを見つめ――それから、ふいに、また叫ぶ。

「そうだ！　医者！　医者を探さなきゃ！」

うしろも見ずに、また走りだす。ひびく靴音。

狂ってるみたい。まるで、狂ってるみたいだわ。

あたしは、男の去ってゆく様子を見て、しばらくぼけっとしていた。狂ってるみたい。男が――あるいは、この世界全部が。全部、全部、狂っているんだわ。

狂気と正気。何てあやうい世界なんだろう。正気と紙一重の狂気。狂気と紙一重の正気。何もかもが、この紙一重をつき破って、狂気の領分へはいりこんでしまった世界で、何であたしは正気の方へとどまっていなきゃいけないんだろう。行ってしまいたい。狂気の方へ。

狂気。狂ったこころ。心。心って、何なんだろう。

うんと、うんと広いあやふやな空間。中に何でもつつみこんでしまえる、あやふやな空間。普段は、狭い、常識というわくの中の心だけを使って、人は生きている。が、ひとたびそのわくが外れたら――漠《ばく》とした、狂気の空間が、口をひろげて待っているのだろうか。わくからとびだした心をつかまえるべく。

大介。あなたおいて、あたしは来てしまった。あなたの想い出になるより、自分であたしの想い出を作りたかった。こういうのって、勝手とは言わないでしょう。

由利子さん。白いデコレーションケーキのマンションの女。完全に、夫を自分の中にとりこんでしまった女《ひと》。夫を殺して、料理して、食べて……。完全なる同化。そしてあなたはわたしになる。

完全な同化を望むことは愛なのだろうか。思ってしまう。あなたがわたしと同じものになり――それによってあなたを愛することができる、というのなら、それは極限のナルシシズムではなかろうか。

けれど。ナルシシズムのどこが悪い、と問われれば、あたしは答えることができないのだ。自己愛は不毛。そういうことは簡単。が、他者に対する愛は、何か実を結ぶのだろうか――結ぶんだろうけど――結ぶと思いたいけれど――けれど断言はできない。

あの少女。受験生の女の子。あたし、しあわせよ、と言った。本当にしあわせだったのかも知れない。無目的にむかってつっ走る、自己陶酔。

無目的という目的にむかって――それを、否定することはできる。けれど、彼女がしあわせだと言った、そして現にしあわせであるという事実を否定することは……できないだろう。

小坂さん。あの子の方が、ずっとまともな女の子だった。それだけ。あの子の方がまともだって何だって、あの子は死ぬんだし、あの子は不幸なのだ。

バイク少年。生物でない――無機物そのままの目をしていた。彼が、何を考えていたか判ると思う。彼は――何も考えていなかったのだ。彼を責めることは簡単だろう。人の命を何だと思ってるんだっつって。けれど――責めてどうなる？　地球には、すべての命をまったく何だとも思っていない隕石《いんせき》がむかっているというのに。

天災。その言葉は単純。殺人や、事故と違って、誰も責めることのできない不幸。地震でなくなった人には、可哀想《かわいそう》に、運が悪かったのよとしか言いようがない。

人の命は地球より重い。冗談言っちゃいけない。地球より重いもんが毎日ばたばた死んでるじゃない。病気で。事故で。寿命で。

もし、神様が本当に人間を作ったのなら、何で寿命なんてかせをはめたんだろう。どんな善人でも、いずれ、死にます。

大体地球！　すごく、いい加減な処《ところ》じゃない。すべては天道様《てんと》まかせ。太陽がノヴァになったらのみこまれるだろうし、その熱を少しでもおとせば氷河期がくる。そう——太陽にだって、寿命があるんだ。

木の影にいた、ちっちゃな女の子。くじらのぬいぐるみ抱き、おふとんにくるまって。あの子には、寿命がないのかも知れない。だって、彼女には、現実の世界ってものが存在していないんだもの。全部が夢。

ヘイフリックの仮説を今一度思い出す。細胞の老化を防ぐただ一つの方法は、凍結して保存すること。凍結された時、細胞は夢をみるかしら。とすると……凍結された細胞は、そうでない細胞より長生きできるってこと？

大体、何が現実だか判る？　この世界が本当に現実の世界だっていう証拠は。

証拠を探しに行くと言った、あたし。証拠は朗だと思っていた。けれど、朗に会っても——朗がいたからって、ここが現実であるかどうかなんて、あいかわらず、判んないのよ。

証拠なんて、なにもない——何も、ない。何もない——残せるものは。

子供ができたって、あと五日。大体、生きてきた意味は、子供を作ることだけの筈がない。それじゃ、不妊症の人なんて、生きてゆけないじゃない——でも。

では。生きてきた意味って、何だろう。

虎は死して皮を残し人は死して名を残す。けれど、名なんて、すぐ人の記憶からすべりおちてしまうだろう。

子供ができて。子供は親のことは、覚えるだろう。詳しく。祖父母のことも、覚えるかも知れない、でも、その先は？

あたしのことを覚えてくれる友人達だっていずれ死ぬ。時間という巨大なブルドーザーは過去をけずり、捨て去ってしまう。

とすると。あたしが生きていたということを知る人は、どんなにもったってあたしの死後半世紀。そう。隕石なんてなくたって、人の名なんて半世紀もてば上等、一世紀もてば奇跡だわ。

あたしが、子供をうみ、孫ができ、死んだとする。孫が成人して、自分の子に言う。おまえのひいおばあちゃんは圭子っていってね……。あはっ莫迦《ばか》莫迦しい構図だわ。人は死して何も残せないのよ。

笑いたいのを必死で我慢した。今、声をたてて笑ったら——間違いなくあたし、狂ってしまう。

何で狂っちゃいけないのかしら。朗。そう朗よ。

ひとめ朗に会いたくて、こんなところまでやってきた。ここからあなたの家までは、歩いてちょっと。

ここまで来たんだもの。せめて、朗の顔を見てから狂おう。そうよ。せめて。

ひとめあなたに会いたいわ。

西鎌倉――そして湘南　圭子――ひとめあなたに……

私道。アスファルトでない、砂利《じゃり》道。そこをずっと奥にはいって。ちょっと古い、木の門。がらがらとあける。胸がどきどきしだすのを覚えて。まるで、朗の家に泥棒にはいるみたいだわ。

門の脇に郵便うけ。

森田　進一郎

幸子

美穂子

朗

四人並んだ名前。両親と、お姉さんと、朗と。

そのまま、進む。玄関。ドア・チャイムに手を伸ばす。

朗がでてきてくれるだろうか。朗の部屋が一番玄関に近い。そうしたら、何て言おう。何て言おう。

ドア・チャイムを押す。中で、人の気配。朗かな？

「はい」

でてきたのは朗のお母さんだった。やつれた顔をして。ほおに髪がはりついている。

「あら、あなた……山村さん？」

「こんにちわ。あの……朗──森田君は……」

「あなた……東京でしょ、お住まいは。わざわざ東京から朗をたずねて来てくれたんですか」

一瞬、おばさんは絶句した。それから。

「今、とりちらかしていて悪いんですけれど、まあ、どうぞおあがりなさい。で……待ってやって下さい」

「ま……っ？」

「朗は──あの子は、何ですか、海を見てくるとか申しまして、今朝早く家を出まして……」

いないの？　朗。

この時、あたしの思考回路は、おそらくどこかはずれちゃったんだろう。

朝、出ていった朗。ということは、待っていれば夜には帰ってくるだろう──この連想が、できなかった。今すぐに、すぐに、会いたかったのだ、朗。

「あ……山村さん？」

気づくとあたしは、ふらっときびすを返していた。

「あたしも海に行ってきます……」

これだけは言い残して。

☆

まっすぐ行くと、由比ガ浜《ゆいがはま》に出る。そこから西へ行くと、七里ガ浜《しちりがはま》。さらに西へ行けば江ノ島《えのしま》。鵠沼《くげぬま》海岸。そこをすぎると、湘南《しょうなん》のサイクリング・ロード。茅ケ崎《ちがさき》まで。

朗は、このどこかにいる。何故《なぜ》か、そう、確信していた。

だってこれ。この道、あたし達の、はじめてのデートコースだったんだもの。鎌倉駅から南下して、由比ガ浜。そこから江ノ島まで海岸を歩いて。江ノ島で少し遊んで、サイクリング・ロードをちょっと歩いて。

だから、絶対、朗はこのどこかにいる。そう思った——思いたかった。

海が近くなると、段々、こころなしか潮《しお》のかおり。そして。かすかに、海の音。

ざざざざざざ……ん。

海は、単調に、それだけを繰り返す。あきるって言葉、知らないのね。本当に単調に、本当にしつこく、昔も、朗と来た時も、そして今も繰り返す海の音。

ざざざざざざ……ん。

何で海は繰り返すのだろう。いつも、いつも、誰も聞かなくても。波が岩にあたり、風が波頭を崩し、そして繰り返す。ざざざざざざ……ん。子守歌のような、海の音。

海岸に、出た。

海をみると、不思議なことに——あるいは、予期していたとおりに——あたしは、涙ぐんでいた。

☆

砂は、かわいている。

砂浜。何て、何て単調な景色。ずっと砂。ずっと、ずっと砂。

ハイヒールの中に砂がはいりこんでくる。ざらっとした感じ。あつい。

砂は、まとわりつかず、まとまりがなく、ヒールは砂にめりこんでしまう。一段、低くなった処《ところ》へ、さらさらと落ちてくるまわりの砂。砂にまみれたヒール。灰色とワインレッド。

何て歩きにくいんだろう。ぐずぐずの足場。すぐ崩《くず》れてしまう足場。

ざざざざざ……ん。

不思議なものね。思い出でもないのに、現在進行形の筈《はず》なのに、ここへくるとあなたのことを思いだす。

あなたの顔、あなたの腕、あなたの肩。

☆

この辺で休んだ。最初のデートの時。

あたしは、しばらくそこにたたずみ、軽く目を閉じる。

あるいはそれは、この辺ではなく、その辺だったかも知れないし、あの辺だったかも知れない。何といっても、単調な砂浜。場所を限定することは不可能。でも――きっと、ここよ。

それまで結構、いろんなことをしゃべりながら来たのに、ここで二人、並んで坐《すわ》ると。

あなたは、黙って煙草《たばこ》をくゆらした。あたしは黙ってそんなあなたを見て。そして、あなたによりかかる。

砂はさらさらしていて、その下に何でも埋めてくれそうだった。想《おも》い出したくないことを。あるいは、もう、ずっと昔のことを。

あなたが初恋の人だった、とは言わない。あなたの方も、あたし以外に以前恋人がいたかも知れない――いえ、いたんでしょう、きっと。

彼女と、ここを歩いたのかも知れない。今のあたし達みたいに、並んで坐ったかも知れない。彼女は、今のあたしのように、あなたの肩にもたれかかったかも知れない。

でも。それはもう、ずっとずっと昔のこと。砂の下のことなのよね。砂の下には。埋まっているのだろう、その日の彼女の姿態《したい》、あなたの台詞《せりふ》、二人の表情、笑い声、みんな。古い彼女の死体――ぬけがらのイメージ。

その上に、あたしとあなたは並んで坐った。あたたかいの、あなたの、肩。

ゆるくのぼる煙草のけむり。あなたは、吸いおえた煙草を消さずに。火のついた方を上にして、煙草を砂浜にさした。下三分の一くらい、埋めて。

それはちょうど、砂浜の下の想い出達へのお線香のようだった。あたしは黙ってそれをみつめる。

あたたかいの、あなたの、肩。

どちらもあまりしゃべらない——しゃべれなかった。海の音、単調な砂浜は、次々に想い出をひっぱりだし、あたし達はおのおのの想い出の中にひたりきって。

けれど。あたたかいの、あなたの肩。それに頭をのせているだけで、あたしは無上の安心感にひたれた。あたしとあなたは、別々のことを考えていても、どこかでつながっていると思えた。

そして。煙草が根元まで燃え、火が消えると。ようやくあなたは口を開いた。あたしは、手に砂をすくい、それを煙草の上にかける。

会話が始まる。想い出は全部、砂にうずめてしまった。だから、これからが、あたし達の始まり……。

ぽつん。涙がおちる。

そんなことを考えていると、たまらなくさみしくなった。あたしは、今、一人なのよ。朗。何であなた、ここにいてくれないの。

優しい砂は、ちゃんとあたしの涙をひきとってくれた。涙を吸いとり、消してしまう。ほんのちょっと、砂の色が黒ずむだけ。いずれ、この跡も消えるだろう。

砂。

ふいに、砂にふれてみたくなった。ハイヒールを脱ぐ。それからストッキングも。

そして、また、歩きだす。はだしに砂はぴったりと吸いつく。それは不思議に、生き物の上をあるいているかのような錯覚を呼びおこし——気持ちがよかった。

☆

江ノ島が見えてくる。丸い島。島全体をおおう木。濃い緑。ちょっと、ひょうたん島のイメージ。

最初にデートしたの、六月だったよね。六月十二日。えへっ、しつこいでしょう、日づけまでちゃんと覚えてるの。

この辺は、夏になればにぎわうのだろう。でも、あの時は、まだ、初夏のほんのとっかかり。うらさびれた感じがした。江ノ島と本土を結ぶ橋の上に、屋台のおでん屋さんだけが一つ二つ、店を出していた。海水浴客を相手にする店は、大抵、閉まってて。くじらのビニールの人形が、ぽつんと店頭にあったのが、さみしげだった。それだけ記憶している。

でもね。江ノ島から茅ケ崎へむかう、ほら、湘南のあたり。もうサーファーがいたね。水中のウェットスーツ。黒だのオレンジだの、とにかくみんなどぎつい原色。海の中であがく原色は、少し気味が悪かった。そして、砂浜の上のたき火。あれ、さみしかった。この寒い日に——あたし、あの時、ブラウスの上にトレーナー着てたのよ——海の中であがくサーファーもやっぱり寒いのかって思って。こんな寒い日に海にはいる程、超越的な生き物なら、サーファー族は寒がらないで欲しかった。あたしの勝手な思いこみだろうけど、そう思った。

今、砂浜はあつい。今は八月。本当ならこの辺は海水浴客でいっぱいだろうに、人気《ひとけ》のない砂浜。

砂は、あつい。

どのくらい歩いたのだろうか。ひどく、注意力が散漫になってきていた。

ざざざざざ……ん。

☆

海の音。

さく。ぺた。

砂をふんではだしで歩く音。

その二つの音を交互に聞きながら、あたしはとっても不思議な状態にたちいたっていた。何も考えてないの。空白の心。でも、それは心の中が空《から》っぽだというのとは違う。

心の中には最初の——そう、原始の海のコアセルベートみたいなものがあるのよ。密度の濃い、思考の断片。イメージ。壊れたはめ絵。

それは、まとまればきっと、いろいろな思考、種々の感情になるのだと思う。が、今、それらのものはその結合をとかれて。単なる断片として、心の海をただよっているのだ。

だから。空白の心。まっ白な心。

海の音と、自分の足音と。その二つのものだけを素直に吸収して、それだけの。

ざざざざざ……ん。

ね。死んだら、どうなるのかしらね。

あたしは、自分の空白の心に問いかけてみた。死んだらどうなるんだろう。そんなこと、考えるの、初めて。

そうね。何日か前から判《わか》っていたのに。今まで、朗に会うことだけを考えて、その先のことって考えなかったのよね。

……うふっ。本当は、うんっと前から判っていたんだ。生まれた時から決まってたんだ。あたし、いつかは、死ぬ。

とっても、とっても妙な感覚。心がしずんでゆく――あ、少し、違う。あたしの意識が沈んでゆく。心の中に。

ざざざざざざ……ん。

心の表面を、波の音がよぎっていった。

一体今まで何人の人が、こうして海辺を歩いたろう。

ふいに、うかぶ、フレーズ。

海辺を歩く。何かを考えながら。

それは、ひどくセンチメンタルな情景に思えた。もう忘れてしまいたいこと、甘い想い出、追憶。そんなものをかかえて、人は海辺を歩く。

砂浜は、想い出をすべてのみこんでくれそうだった。朗と、はじめて歩いた日。砂の下に埋まっていたであろう朗の想い出。砂の下に埋めてもらったあたしの想い出。

だからきっと。今、この砂浜を掘りおこせば。そこには、いろんな人の想い出が、いろんな人の思考の断片が、埋まっているのだろう。砂は優しく想い出を包みこんでくれる。先刻、あたしの涙を吸いこんでくれたように。

きっと。

突然思う。

きっと、あたしは、死んでも〝無〟にはならないんだろう。死んだら、なにも、なくなる。無になってしまう──それは、嘘。

……なんでこんなことを思ったんだろう。答えは、心のひどく奥の方にありそうで。あたしは、段々……妙な感覚にひたりだす。意識が、沈んでゆくのだ。貧血。一種、それに似た感覚。下の──あるいは奥のどこかに、沈んでいってしまう意識。

ゆるやかに、知覚というものが、消失してゆく。

海の音は、単調で、単調故《ゆえ》にとても優しくて──砂浜の景色は、単調で、単調故にとても優しくて──あたしは、どんどん、自分の中へおりていった。

☆

坐っていた。砂の上に。いい加減、歩くのに疲れていたし──それに、砂は名残《なごり》のあたたかさを含んでいて。

名残のあたたかさ。もう、陽《ひ》がおちるのだ。オレンジの空。

名残をおしみなさい。どこからか――心のどこからか、ひきだしてくるフレーズ。昔、誰かが言った言葉。

はじめがあれば、ものごとには必ずおわりがあるのだ。これもどこかで聞いたフレーズ。昔、一回だけ教会に行ったことがあったっけ。うん、あれは中学生の時。聖書読んで――どこかにこんなフレーズがあったのよ。

イエス・キリストの福音のはじめ。

誰かが言ってた。イエス・キリストにすら福音のはじめがあり――そして、はじめがあるということは、必ず、おわりがあるということなのだ。

そうかあ。何だって、いつかはおわってしまうのだ。何だっていつかはおわってしまう。

あたしの意識は、もっと、ずっとずっと奥へ降りてゆく。

小学生の頃。母の友達が子供を連れて遊びに来たことがあった。うんと小さな女の子。母達がお茶を飲みながらおしゃべりをしている間、あたし達、遊んだのよ。積み木して、ブロックでお家《うち》作って。最初のうちは、母に言われてその子と遊んであげていた筈なのに、気がつくと、本気で楽しんでいた。そして――やがて、子供の時間はおわる。

「あら、ずいぶん長々と話しこんじゃって。そろそろおいとまするわね」

母の友人が、ふいにこう言った。

ずいぶん勝手だわ、大人《おとな》って。あたしもその子も、そう思って怒った。勝手に子供をよその家に連れて来て、遊んでろって勝手に命じて、で、自分の方のおしゃべりが済んだら子供の状態にはお構いなしに、もう帰りますよ。

その子は、泣きだした。やだあ。帰りたくない。もっと遊ぶう。

あたしだって、もっと遊んでいたかった。けれど、やっぱり——あたしの方が年上でしょ、一所懸命、その子なだめて。

「ね、ほら、お家《うち》にいったん帰んないと、もう遊びにこられないじゃない。ね」

今考えると、すごく無茶な理屈なのよね。でも。あの時は、本当に、正しい理論だと思ったのよ。一度帰らないと、もう二度と遊びにこられない。

そうね。すべてのものにはおわりがあって。けれど——何でも、一度はおわらないと、次に始めることはできないのよね。

次に始める。

地球が、なくなって。一度地球がおしまいになったら……それはまた、どこかでもう一度、はじまるのだろうか。まさか。

でも。

ちょっと、そうでも考えないと、いられない気持ちだった。

何もかもがおわってしまう——死ぬ。もう二度と、何もできない。

朗。ふいに思う。朗は、ここ何日か、うっとうしそうな顔をして、ずっとそれを考えていたのだろうか。なくなってしまう右腕。もう二度と、石を彫れない右腕。そして——運が悪ければ、死んでしまう朗。

怖かったんだろうな、朗。死ぬかもしれないって、凄く、怖いこと。あたし、いけなかったのかも知れない——ううん、いけないんだわ。放《ほ》っといてくれ。そんな言葉だけで悩んで。朗は、とっても怖かったんだろうに。

けれど。でも。じゃ、あたしはどうしたらよかったの。どうすればいいの。結局のところ、あたし、こんなになってもまだ何も判らないんだ。あんなに必死でやってきたのに、ひとめ朗に会って、で、そのあとどうするかって、判らないんだ。

結局のところ。

☆

いつの間にか、坐りこんだまま、うとうとしてしまったのだと思う。次に気がついた時、あたしは、そばに何やらあたたかい弾力を感じていた。

「……圭子」

「朗？」

いつの間にか、隣に朗。眠っていたあたしの頭に、肩かしてくれていた。

「朗……いつからいるの」

「ん……ちょっと前。あんた、うちであと十五分待ってりゃよかったんだよ。十五分前にあんたが来たっておふくろに聞かされた時は驚いた」

「それで……すぐおいかけてきてくれたの」

「ああ」

素気《そっけ》ない言い方。朗は、そのままの姿勢で——あたし、朗の肩から頭どけなかった。はなれるの嫌だった——もぞもぞセブンスターとりだす。

「ね……言わないの」

「何を」

「何で来たんだって」

「ん？」

「あたし、来て、迷惑じゃなかった」

「どうしてだよ」

「だって……放っといてくれって言ったでしょ、朗」

「あんたもな、こだわる女だな。謝るよ。あん時は悪かったよ。気がたってたんだ」

「いいよ、謝んなくて。……だってね。あたし、ここまで来たけど、結局あなたに何て言ったらいいのか判んないんだもん。……ただ」

ただ。ただ、一つだけ。どうしても、どうしても、伝えたいことがある。朗。あなたに。

「ん？」

「ひとめ、あなたに会いたかった……」

くしゃ。朗が、あたしの髪をかきまわす。それから、軽くのどの奥で何か言って。それは、とっても、〝けっ〟って音に近く聞こえた。

「んな……たいしたもんじゃないぜ、俺」

「あたしにとってはたいしたもんなの」

興奮してきた。

「とってもたいしたもんなんだから、朗！　とってもとってもたいしたもんなんだから！　途中、何度も、狂いたくなった。いっそ、狂っちゃった方が、どんなに楽だろうって思った。でも、どうしてもあなたに会いたかった。だから……」

心の中を、よぎる情景。

大介。デコレーションケーキのマンションの由利子さん。しあわせよって言ったおかっぱの少女。小坂さん。人様のお役にたちたいって言った小坂さんのおじさん達。この世界が現実だって証拠ある？　そう言った女の子。子供が、娘が死んでしまう。叫んでお医者さん探してた人。

何度か、あたしだって、狂うチャンスはあったんだ。そのたびにあなたのことを思い出した。朗。どうしてもあなたに会いたかった。どうしても。

だから、狂えなかった。あなたに会いたくて。

とっても、とっても、たいしたものなのよ。だから、あなたは、あたしにとって。

「……練馬からじゃ、ここまで大変だったろう。凄い顔色だぜ」

くしゃ。朗、あたしの髪を、かきまぜる。また。

「うん。とっても……とっても大変だった。しゃべっていい？」

「何を」

「ここへ来るまでのこと」

「いいよ。……どうしたんだよ」

「何が」

「今日は嫌にしおらしいじゃない」

「こんなに……しおらしくなるくらい、あなたに会いたかったんだからあ」

☆

陽がおちると、闇の手がせまってくるのはすぐ。世界は暗くなる。すぐ。

「いろいろ考えたの。あたしの命の方が、まだ、かげろうや何かより長いって。でも、そういうのって、いくら考えても全然なぐさめにならないのね」

「亀の寿命の方が人間の寿命より長いしね」

「うん。……神様っていうのが、もしいるとしたら、すっごくひどい人だわ。だって……何で生き物ってみんな死ぬの」

重たいだろうに、朗。一言《ひとこと》も文句言わずに、あたしに肩をかしてくれる。だからあたしもどっぷりそれに甘えて。

「ねえ、朗、どう思う？　どうせ死ぬものなら、何で生きなきゃいけないの」

「生まれてきたことを後悔してる？」

やわらかな朗の口調。やわらかな。

「ん……ううん」

だからあたしもやわらかに答える。

「生まれてきて……あなたに会えて……良かったと思うよ」

「じゃ、圭子は俺に会う為《ため》に生まれてきたのか」

また、やわらかに朗が聞く。変なの。いつもの朗と違うのね。その台詞が全然皮肉めいて聞こえない。

「違うと……思うよ。朗に会う前のあたしの人生が無意味だったとは思わない。朗に限らず……いろんな人に会えてよかったと思う」

「じゃ、それが答えだろ」

「え？」

「何で生きなきゃいけないって——いろんな人に会う為に生まれてきたんだろ、あんた」

「じゃ……いろんな人に会う為に生まれてきたあたしが、何で死んじゃうの」

「さあ……そういうこと、聞かないでくれ。説得しようがない」

「え？」

「俺さ……変な話だけど、今、すごく優しくなってんの。あんたがね、そんな必死に俺に会いに来てくれたのかと思うと、すごく嬉しいんだよ。俺——いろんなこと言ったし、けんかもしたけど、あんたのこと好きなんだ。すごく。すごく」

……初めてだ。朗が、こんな露骨にこんなこと言ってくれたの。初めてだ。

「本当に……どうしようもなく愛《いと》おしい。あんたが俺に会いに来てくれたんなら、俺も、少しはそれにむくいてやりたい。だから……あんたを、せめて、しあわせな気分で……悩みながらとか、恨《うら》みながらじゃなく、しあわせな気分で、死なせてやりたい。……あんたが言ってた、その小坂さん家《ち》のおじさんなんかとは違うんだぜ。俺、誰でもしあわせにしてやりたいなんて思ってない。あんたをしあわせにしてやりたい。せめて」

気がつくと、あたしはしっかり、朗の左肩にかみついていた。歯にあたる弾力。これはきっと筋肉。

「……で？　圭子としては、何だってこの台詞聞いて俺にかみつくんだ」

「判んない」

口の中でもごもご言う。

「けど……こうしてると、あなたがここにいるって、よく判る」

「……莫迦《ばか》」

どうしてだろう。はじめて判った。莫迦って、こんなに優しく発音できるんだわ。泣けてきそうな程優しく発音できるんだわ……。

☆

朗は、そのあと、ゆっくり一言一言いいきかせるように、朗の話をしてくれた。あたしが東京からここまで歩いてきた間の朗の話。

最初は信じられなかったんだよな。

朗、目を細めてうすく笑う。

信じられなかったけど……どっかいい気味だと思ってた。右腕がなくなるって——俺、まだ死んだことはないけど——俺にしたら死ぬというのとほぼ同義の言葉だったんだ。俺が骨肉腫《こつにくしゅ》なんてのにかかって……俺が、何で俺だけが、こんなめに会わなきゃいけないんだって思ってたら、人類全部が死ぬことになっちまったろ。どっかで、やい、ざまみろ、いい気味じゃなんて思ってた訳《わけ》。

今まで一所懸命俺なぐさめてくれた奴《やつ》らが一斉《いっせい》におたおたしだすの見んのって、ある意味で快感なんだよな。あんなしたり顔してなぐさめやがったくせに、いざ自分が同じめに会ったら、本当、おたおたしてやんの。おっかしかったぜ。たまらなく……なさけなく、おかしかった。

俺の方がある意味で有利だったんだよな。みんなより割と前から死ぬってこと考えてたから。だからみんなが、俺が前にやったこと——泣きだしたり、狂ったようにわめきだしたり、手あたり次第に物壊してまわったりすんの、悠然《ゆうぜん》と見てたんだ。……最初のうちはね。

そのうち何だか莫迦莫迦しくなってきちまって……ほんっと、莫迦莫迦しいと思ったんだぜ。あ、何て莫迦莫迦しいもんだったんだ、人の一生って。

俺一人が右腕なくすこと——死ぬことと戦ってた時は、死ぬって、何だか凄く厳粛《げんしゅく》な、真面目な事態だと思ってたんだ。命っつうのは平生《へいぜい》思ってもみなかった程、貴重で大切なもんなんだって思ってさ。それが、こうだろ。その貴重で大切なもんが、せーので全部なくなっちまう。どうせいつかはなくなるもんだって判ってたくせに、みんなおたおたしてさ。

ああ、人生ってのは、ギャグだったんだって思った訳。ばっかばかしいぜ。ほんとに。俺が──骨肉腫なんてのにかからずに、真面目に石なんて彫ってたって、どうせもうおわりだったんだ。一幕の壮大な喜劇やってたんだ。

そう思ったらさ──惨《みじ》めなんだよ。たまんねえんだよ。おふくろや親父が泣くの見てんのが。どうせ一幕の喜劇だったっつうに、幕が閉まるからって泣き叫ぶおふくろ見てんのはさ。あんまりおふくろが惨めで──惨めすぎて──で、海見るっつって家出てきちまった。落ち着いたであろう頃帰ろうと思ってさ。

で──帰って、あんたの話聞いた。一人で練馬からこんなところまで来てくれたあんたの話聞いた。

俺が……俺が、どんな気持ちになったか、あんた、判るか？　どれ程──気狂いじみて嬉しかったか、あんた、判るかよ。

俺の一生どうせ喜劇。そう思ってたのが、いっぺんでけしとんじまった。恥ずかしくなった。あんたの話聞いて──いや、聞かなくても判ってた。あんなとこからここまで来るのがどれ程大変だったか。あんなとこ通り抜けながらも、あんたが、俺に会う為に何とか正気の領分の方にとどまっててくれたのが、どれ程嬉しかったか。

俺はさ、あんたが思ってくれてる程、たいした男じゃないぜ。けど──あんたがそう思ってくれてんなら、本当に、たいした男になりたい。あんたがこんなとこまで俺のことを考えてやって来てくれたんなら、少しでもそれにむくいたい。少しでも――ほんの少しでも、俺に会えてよかったと思わせてやりたい。ここまでやってきて良かったと思わせてやりたい。

途中であんたが狂わないでいてくれて、本当によかったよ。あのさ……あんたの話聞いただけでこんな解釈していいのかどうか判んないけど――あんたの会った、どっか狂ってる連中って、みんな自己内完結なんだよ。自分の一生ってのを、全部、自分の中にとりこんじまってて――自分の中だけで自分の一生が完結してんの。それが悪いとは、今の俺には言えない。言えないけど――あんたが、あんたの部屋で、想い出にひたりきって自分の一生おえちまうんじゃなくて……俺んとこまで来てくれて、よかったよ。嬉しいよ。他に……俺、他に何つったらいいのか判らんけど、けど……ほんっとに、嬉しいんだぜ。

あんたは、俺のことを、たいしたもんだって言ってくれた。だから言うけど――あんたは俺にとって、たいしたもんなんだ。

今度、その女の子――くじらのぬいぐるみ抱いてた女の子に会ったら言ってくれ。どれが現実かなんてことは判んない。この世界が現実だなんて証拠、思いつけない。けど――俺がここにいて、あんたの隣にいることは、これは絶対、何かの証拠だ。少なくともここに一人、あんたがいてくれて良かったって人間がいるってことは、絶対、何かの証拠だ。何かの……。

朗が話す間、あたしは必死で朗の腕にしがみついていた。せまってくる夜闇に朗がまぎれてしまわないように。闇に朗が溶けないように。

海の音が、段々、大きくなっていった――。

☆

あたし達は、その晩、朗の家に帰らなかった。あたしは朗の腕の中で、一晩中ずっと海の音を聞いていた。そして、ずっと泣き続け――ずっと空を見ていた。いくつか、のぼる星。赤味がかった嫌な色の月。

あたりが暗いと、あたしは海の音にのみこまれそうだった。ざざざざざ……ん。海は見えず、音だけがきこえる。その音は段々こちらへ近づいてきて――気がつくとあたしは海の音の中にいた。

普段だったら、怖かったかも知れない。近づいてくる海の音、見えない海、それにのみこまれそうなあたし。

でも、今は不思議な程、怖くはなかった。海の音にのみこまれて……海になりたい。

それとも。ねえ、朗。あなたがいるから怖くないのかな。時々、想い出したようにあなたの肩にかみついてみる。あなた、ここに――あたしのそばにいる。確かに。

「あのね、朗」

そろそろ空に白味がさしてきて――そろそろ陽がのぼるって頃、あたしはようやく口を開いた。

「ん？」

少し、間をおいて、朗の返事。

「あたしね……長いことずっと思ってたのよ。あたし、実は一人の人間じゃなくて、半分の影だって。恋人ができて、その恋人があたしの半分で――で、彼とあわせて、あたし、はじめて一人の人間になれるって」

「あんた、やっぱり女の子だね。……ひどくロマンティックだ」

朗は、そっとあたしの鼻の線をなぞる。

「ロマンティックかな……でもね。今日、思ったの。それって、やっぱり間違いだったんだわ」

「俺といるんじゃ一人になれない？」

「そうじゃなくてね。あなたがあたしと同じものじゃいけないのよ。あたしがいて――で、あたしと同じあなたがいて……それじゃ、あたしがいるってだけのことじゃない」

「ふ……ん」

朗は、鼻の奥で、少し考えこむような音をたてる。

「あたしがいて、で、あたしでないあなたがいて、それではじめて何かおこったり――あるいは何もおこんなかったりするんだわ」

「は。何の話だ」

「ん。……何の話だろうね」

優しく優しくあたしの髪をなぶる朗。じっとみつめる。彫りの深い顔だち、細い目。

「喉かわかない」

「ん……少し」

「待ってな。何か買ってきてやる。道へ出れば自動販売機、あるだろう」

ありがと。行ってしまうあなたの背中に声かけて。

ありがとう、朗。優しいのね、朗。あたしがここへ来たことに対して、何とかむくいたいと言ってくれた、あなた。それなら——あたしも、そのあなたに、何かむくいたい。あなたをしあわせにしてあげたい。

「圭子。ほれ、パス」

白いうすぐもりの視野の中で、何かがあたしにむかってとんできた。コーラのかん。

「ありがと」

慌ててうけとめる。コーラはよく冷えていて、さわるとじんと冷たくて。

「何だよおい……圭子、泣いてんのか」

「う……ううん」

首を振って、目頭《めがしら》をぬぐう。ぼやける朗の姿。ゆれる朗の姿。コーラのつめたさと、対照的に、妙にあったかい涙。

「なくなよ、おい。泣かないでくれよ」

朗は、すこしあせったように、あたしの背をなぜる。

「あのね、いいの、心配しなくて。悲しくて泣いてるんじゃないんだもの。ただ……けど……

何で泣くのかよく判んなくて泣いてるんだもん。ただ……あのね、あのね……多分嬉しいのよ、あなたに会えて。すごくあなたに会いたかった。あなたに会えば、何か以前と違ってくると思ってた。で……多分本当に、何か違ってきたんだわ」

「圭子、よせよもう。もういいよ、何もしゃべんなくて」

朗は、コーラを開け、あたしの右手に握らせた。あたしはじっとそのかんを握りしめ、そして続けた。

「うん、でも、これだけ聞いて。あのね。死んだらね……死んでもね、きっとあたし、無になったりしないのよ。……あのね、地球がおわるじゃない。とね……何でも始まったものはおわるのよ。おわらないと次の始まりはこないの」

いいよ。いいから黙ってろよ。何も言わなくていい。ただ、俺によっかかってればいい。朗の目は優しく、そんなことを言っていた。

うん。だから。これだけ言わせて。これだけ言ったらもう黙っちゃう。あたしの目は、こう言いながら、朗をみつめた。

「……何か、残るよね、絶対。……あの男の人みたいに――子供みたいに、次の世代に残るものはないかも知れない。だけど……子供が悪いっていうんじゃないの、だけど……子供みたいに形として残るものより、きっと、もっと確かなものが残るよね」

朗は、返事をしてくれなかった。そのかわり。あたしの肩を強く抱きしめて。強く――肩が壊れてしまいそうな程。

「だから来たのよ。……ひとめあなたに会いたくて」

隕石《いんせき》にぶつかってしまう地球。死んでしまうみんな。壊れてしまう未来。地球のおしまい。だけど。想い出を砂が下へ埋めてくれたように、あたしを海の音がのみこんでくれたように、きっと何かが抱えこんでくれる。何でも。全部。あたしが死んでも、あたしの思考がとぎれても、もう何も考えられなくなっても、それでもきっと、何か残るわ。

割れるガラス。

小学生の時。教室の中で男の子達が、ボール投げをして遊んでいた。何かの拍子にボールが蛍光燈にあたって。

南向きの窓からはいってくる陽。それを反射して、こなごなになった蛍光燈が落ちてくる。光の滝。ほんの一瞬、そう見えた。光を反射するガラスの破片はほんとうにいろいろな光に見えて、きらきら光って。

地球に隕石がぶつかる。あたしが割れる。

でもきっと——思考の断片でも、想い出の断片でも、きっときらきら輝いてくれるだろう。陽の光をうけて。星の光をうけて。

人生が短かったら、割れるガラスはうすいかも知れない。天寿をまっとうした人が防弾ガラス並みの厚いガラスになれるとしたら、あたしなんてきっと、プレパラートのカバーグラスくらい。でも——それでもきっと、星の光をうければ輝くよ。うすければうすいなりに——うすいからこそ、ひょっとすると余計きれいに輝くかも知れない。

だから。不本意ながら二十年で人生がおわったとしても……多分あたし、生きてきてよかったのよ。たとえ骨肉腫になったとしても、朗、最初からいないのより、ずっとずっと、生まれてきてよかったのよ。……すくなくとも、あたし、あなたに会えた。そして——あなた好きよ、本当に。

「でも……やっぱ、口惜《くや》しいね」

あたしはそっと手を伸ばし、ぎこちなく朗の髪をなでる。あたしのよりかたい髪、あたしのより短い髪、あたしのより黒い髪。

「ん?」

「あたし、まだまだいろんな絵を描《か》きたかった。今なら多分、描けると思う。優しいような、つめたいような、深味のあるような、プレパラートのカバーグラスみたいにうすい、ちょっとさわっただけでも壊れそうな、それでいてきれいな……いろいろなイメージの絵。何でも——本当に何でも、あたしの中にあるんだね。昨日からずっと思ってた。想い出す気にさえなってみれば、あたし、本当にいろんなこと知ってたんだわ。……それが口惜しい」

「かなり気障《きざ》なこと言うぞ。笑うなよ」

朗は、こう言うと、あたしの手を払う。逆にあたしの髪をなでて。

「おまえ自身が、その絵なんだよ。もろそうで、透《す》きとおってて、きれいで、適当にいろんなイメージがごちゃごちゃはいってて……あんた自身があんたの描いたどの絵より立派な作品だろ」

あ。朗。赤くなってる。……ありがとって言うかわりに、朗の腕を抱きしめる。

「でも……それだと、描いたの、うちの両親になっちゃう」

「違うよ。あんたの両親は、キャンバス作ってくれたの。そのキャンバスに、二十年かかって、あんたが絵を描いたの。……だろ」

「ん……」

そっと、朗の肩をかむ。あったかくて、かみごたえのある朗の肩。あなたがここにいるってよく判る。

あともう二十年あれば、あたしって絵は、大作になったかも知れない。四十年あれば超大作。でも、それは、今考えても仕方のないこと。

だから。今、あたしは、自分にできる限りのことをする。絵筆をとって、あたしの絵に、最後の一筆。

大好きだよ。朗。

あたしが壊れても。ガラス細工のあたしの絵の破片だけは、きれいにきらきら、光っていて欲しい。だから、最後の一筆。最高の絵の具を使って、ありったけの想いをこめて。

あなたに会えて、よかったわ。

朗の肩。いとおしい肩。よっかかって、あたし。

砂は、今、つめたい。けれど、陽が昇ればあたたかみをおびるだろう。繰り返し繰り返し海の音。水平線が染まる。
でね。
大好きだよ。朗。
波の音は、繰り返し繰り返し、いつまでも続いていた。だからあたしも繰り返す。
だあいすきだよ。
朗――。

〈Fin〉

あとがき

あとがきであります。

これは、一九八一年に書いたお話です。

☆

新たに本にする為《ため》に、ゲラ（本にする前の試し刷りみたいなもんだと思ってください）を丹念にチェックして。色々なことを、思い出しました。

私って、昔は、ほんとによく歩いていたよなー。大体、練馬《ねりま》から鎌倉《かまくら》まで歩く話なんて、普通、考えないと思う。

ま、これ、一つには単純に〝歩くのが好き〟だからなのですが。（高校は、駅からバス停五つの処《ところ》にあったのですが、私、毎日ここ、歩いてた。これは、〝歩くのが好き〟なんじゃなくて、バス代を浮かす為だったんですけれど。バスにのらずに毎日歩くと、月に、ハードカバーの本が三冊くらい、買えたんだもん。大学は、実家から私鉄で三つ分、離れた場所にあったのですが、ここもよく歩いた。大体片道一時間ちょっとで……これ、歩いたのは、主に仕事の為ですね。高校時代から作家やってた私、〝歩くと何故《なぜ》か文章が浮かぶ〟ので、仕事につまると、ひたすら大学まで歩いていったっけ。また、大学卒業した後、今の旦那になった人の家が、うちから徒歩五十五分くらいの処にあって、ここも、よく、歩いたなー。あ、これは、当時の練馬の電車事情のせいです。この頃はまだ、練馬区全体で、電車って、ほとんど走っていない感じで……南北方向に、練馬を横切ってくれる電車が、なかったの。だから、私の実家と、旦那のアパート、歩くと五十五分、電車にのると五十分っていう、非常にすっとんきょうな位置関係になったのでした。わざわざ、方角的にはまったく無関係な、池袋《いけぶくろ》を一回、経由しなきゃいけなかったのね。)

一つは単純に〝歩くのが好き〟だからって書きましたが……もう一つ、よく歩いていたのは、私が、壊滅的な方向音痴だったからです。そんでもって、練馬の道路っていうのが、もう、無茶苦茶、判りにくい。世田谷《せたがや》と並んで、タクシーの運転手さん泣かせなんだそうです。壊滅的な方向音痴が、非常に判りにくいって太鼓判がついている区で生まれ育つとどうなるか。はい、日常的に、迷子になるんです。五つや六つの時だけじゃない、中学生になっても、高校生になっても、大学生になっても、主婦になっても……ひたすら、迷子になり続けています、私。そんで、迷子になると、とにかく歩かなきゃいけないんだよっ！　とまっていると、いつまでもそこにいるだけなので、道に迷ったが最後、判る処にでくわすまで、歩いて歩いて歩いて……。迷子の人間にとって、健脚は必要最低条件です。二時間や三時間、ぶっ通し歩けるだけの足がないと、迷子になりがちな人間は、生きてゆけません。

また、旦那も、よく歩く人で。だから、デートって……歩いてばっかりいたような気がします。(今もだ。)

☆

このお話を書いた、ちょっと前だったか、ちょっと後だったか、いささか記憶が判然としないのですが。私、目黒《めぐろ》の、とある人の家に伺《うかが》ったことがありました。ところが、私には、目黒の土地勘《かん》がまったくなくって、教えてもらった道筋も、駅からバスに乗って、おりた後、そこから十分くらい歩くっていう……迷子になりがちな人間にとって、とても、自力で辿《たど》り着けるとは思えないものだったのでした。(自慢じゃないけれど、私が理解できるのは、『角《かど》二つ』です。三つ以上角曲がるなら、それは、私が、行ける場所じゃないっ!)

そんでまあ、私は、当時つきあっていた人に――つまり、今の旦那に――、この地図を、丸投げして。

「あたし、絶対一人じゃここにいけない。ごめん、道案内プリーズ」

そんで、その日は、昼間旦那とデートして、夕方、問題の家まで案内してもらって……バス停を下りた処で、ふいに、旦那が。

「うおっ、しまった、財布が空《から》だ! 悪い、素子、その人の家まで案内したら、ちょっとお金貸してくれない? 俺、帰れない」

「ん、判った。千円でいい?」

「うん、その人の家が見つかった時でいいから。バス代もないわな」

そんで、旦那に、その家まで道案内してもらい、道中ちょっと迷子になりかけ、約束の時間に遅れかけ……やっと、問題のマンションがみつかった瞬間。

「ありがとう、ここだあっ！　やった、なんとか時間前だっ」

私は走ってマンションの入り口をくぐり……この時、すっかり、忘れていたんですよね、私も、旦那も。旦那のお財布の中身が、空だってことを。

当時は、携帯も何もありませんでしたから。

バス停まで戻った旦那、「もーとーこー、おーまーえーはー」ってうなりながら、しょうがない、目黒から池袋まで、歩いて帰ったんだ……そうです。

ああ、確かに。ほんっと、よく歩いていたよな、あの頃の私達。

☆

ゲラ、読み返しながら、同時に、「時間がたったなー」とも、思いました。

目黒にお住まいだった方は、何年か前に、お亡くなりになりました。

それに私、時事風俗や流行語をまったく使わない筈《はず》なので、ゲラになった時、その手のことを直す必要はない筈だったのですが……でも、直さなきゃいけない処が、結構、あって。

例えば、〝国鉄〟。ないもんなあ、今は。

例えば、〝レコード〟。今、そんなもん買うのは、趣味の人だけ。

〝自動販売機で千円札が使えない〟って描写には、ちょっとくらっときてしまいまして、その後、『あ、でも、これは解決できる。大きな駅の近くに来たら、千円札両替機使えばいいんだわ』って文章には、くらくらくら。（あ、直しましたので、その文章は、この本にはないです。）これ、今読むと、自分でも意味が判らない。一瞬悩んで、次の瞬間、思い出しました。そうだよ、あの頃は、自動販売機で使えるのはコインだけで、でも、切符は、場所によっては高いものもあり、だから、駅には、〝千円札〟を百円玉にする、両替機がある処があったんだよー。

ああ。

時間が、たって、しまったのですね。

☆

あと、もう一つ。

私が、唇を嚙んでしまったのが……江古田、という地名でした。

これ、原本――というか、私の頭の中では、『えこだ』って読んでいるのですが、校閲から『えごた』ってルビがあがってきまして……ううう、まいった。

何故って。純粋に地名的にいえば、『江古田』は、『えごた』って読むのが、正しいんです。中野区《なかの》に江古田っていう町がありまして、これは『えごた』町。でも、それじゃ（江古田を『えごた』って読んでしまえば）、このお話、練馬から鎌倉へゆくんじゃなくて、中野から鎌倉へゆくお話になってしまうではないかっ！

それで何がまずいって訳《わけ》じゃないんですが、でも、それは、私の心の中で、なんか、違うの。練馬偏愛主義者の私、あくまで出発点が、練馬じゃないと、嫌なの。

それに。

このお話を書いた当時には、前にも書いたように、練馬区には、ほとんど電車が走っていなかったのです。

ですので、この場合の『江古田』は、中野区江古田町のことじゃなくて、練馬区小竹町《こたけちょう》、羽沢《はざわ》、旭丘《あさひがおか》、豊玉《とよたま》をカバーしている、西武池袋線『えこだ』駅周辺のこと。（実際、この駅は、多分中野区江古田から駅名をとったんだろうけれど、何故か練馬区内にあるし、町名は『えごた』の癖に、駅名は『えこだ』なんだよね。）

はい、この駅は、かなり長いこと、練馬における数少ない駅という地位を占めていまして、だから、練馬区民にとって、『江古田』っていうのは、あくまで、『えこだ』だったのですね。中野区民からの文句は、重々承知しております。正しいのは、中野区民です。でも、練馬区民にとって、小竹町・羽沢・旭丘・豊玉あたりは、駅名の、『江古田』って地域なの。だから、これは、『えこだ』って読むの！　って、……ちょっと前までは、つっぱれたのですけれど。

地下鉄の、都営大江戸線ができまして……ここには、『新江古田』っていう駅があって……この駅名は、『しんえごた』って読むんですう。

……頼む、頼むよ、統一しろよ、駅名。『えこだ』って駅があって、その側《そば》に駅ができたら、

『しんえこだ』にしろよ。確かに町名的には『えごた』が正しいんだけれど、『えこだ』があるのに、『しんえごた』はないだろ？

『新江古田』のせいで、『江古田』は『えごた』って読むのが正しいって気分が充満し（って、それが正しいんだけれどね）、「これは駅名だから、この辺は『えこだ』なの！」って練馬区民の主張は、どんどんその根拠をなくしています。

でも。

とりあえず、このお話に限っては、これ、『えこだ』です。

何が何でも出発点を練馬にしたいので、これは『えこだ』です。

☆

それでは。

最後に感謝の言葉を書いて、このあとがき、終わりにしたいと思います。

この本を、読んでくださった、あなたに。

読んでくださって、本当にどうもありがとうございました。

文章を書くというお仕事をしている以上、読んでくださる〝あなた〟がいることが、本当に、本当に、はげみになります。作中、〝真理〟の章ででてきた小坂さんが言っているように、〝読んでくれる人〟がいるから、私は、お話を書くことができます。

そんでもって。
このお話……気にいっていただけると、嬉しいのですが。
そして、もし。気にいっていただけたとして。
もしもご縁がありましたなら、いつの日か、また、お目にかかりましょう——。

新井素子

二〇〇八年四月

新井さんがくれたもの

東　浩紀

新井素子さん——敬愛を込めて「さん」づけで書かせていただく——の解説を依頼された。とても嬉しい。

本書の読者には、ぼくの名前を知らないひとが多いのではないかと思う。だから最初にちょっとだけ自己紹介をさせていただくと、ぼくは一九七一年生まれの（つまり新井さんより一一歳年下の）もの書きである。

おもに評論を書いているが、大学で授業もしていて著作もある。専門は、現代思想とか情報社会論とかいった硬い系のものとオタク系サブカルチャーのミックス。なんでその両者が混ざりあうのか、その説明を始めると長くなるので、興味のあるひとはぼくの名前でネットで検索してくれるとありがたい。またぼくは、なぜか日本SF作家クラブの会員でもある。新井さん本人とはその縁で少しだけ面識がある。

新井さんは、ぼくにとって特別な作家である。それは、単純にぼくが彼女の小説を好きだということだけを意味するのではない。それはむしろそうなのだが、ここで書きたいことは別にある。ぼくは彼女の小説を好んで読みながらも、なぜ自分が彼女の小説を読んでいるのか、長いあいだその理由を理解できなかった。そしてその理由について考えることが、いつのまにかぼくの仕事の重要な一部になっていた。そういう意味で、新井さんはぼくにとって特別の存在なのだ。

ぼくは新井さんの小説に、中学一年生の夏ごろに出会った。はじめて買った作品は、一九八四年二月発行（第一九刷）の『いつか猫になる日まで』で、その本はいまも手元にもっている。そのころのぼくは小松左京の熱心な読者で、ほか読むのもアーサー・C・クラークとか光瀬龍とかで、思弁的というか哲学的というか、言ってみればけっこう背伸びしている読み手だった。そして、当時さかんに出版されていたマンガっぽい表紙のジュブナイルSF、いまで言うライトノベルに相当する小説を総じて軽蔑していた（まだ中学に入りたてだったのでいまとなってはお笑い草なのだが、そういう中学生もときどきいる）。だから、そんなぼくがなぜ新井さんの小説を手に取ったのか、その理由は思い出せない。もしかして、毛嫌いしていたという記憶があるだけで、けっこうジュブナイルも読んでいたのかもしれない。

いずれにせよ、そんなぼくは新井さんの小説は苦手のはずだった。にもかかわらず、ぼくはなぜか『いつか猫になる日まで』を一読したとたんに作品世界に魅せられた。そのことには当時のぼく自身も驚いていて、おそらくいまでも書庫を漁《あさ》れば、新井素子のなにに自分が惹《ひ》かれているかを考察した稚拙《ちせつ》なノートが出てくるはずだ。むろん、そんな考察によってなにも得るところはなかったのだが、その戸惑いとは関係なく、ぼくは新井さんの小説を読み続けた。そして、だんだんと新井さん本人にも憧《あこが》れが向かうようになった。作家にそのような感情が向いたことも、ぼくの場合はあとにもさきにも新井さんの場合にしかない。中学二年生の冬休みに、新作や作品データベースに加えて、新井さん自身のコスプレ写真が掲載されていたファンブック、『新井素子一〇〇%』を購入したときの複雑な感情を、ぼくはいまでもはっきりと覚えている。そんな経験があるので、ぼくはいまでも新井さんとお会いすると意味もなく照れてしまい、どうもうまく話せない。困ったものだ。

話が逸《そ》れた。とにもかくにも、そのようにしてぼくは新井さんのファンになったが、その情熱も高校生になると収まってきた。というよりも、ぼくの関心が一般にSFから離れてきた(ぼくがもういちどSFを熱心に読み始めるのは、一九九〇年代の半ば、大学を卒業したあたりからで、それはおそらく日本SF全体の流れとも関係している)。新井さん自身の作風も変わり、執筆ペースも初期に較べると落ちてきた。したがってぼくは少しずつ新井さんの小説から遠ざかったのだが、しかし、自分がなぜか新井さんの作品に惹かれてしまった、という謎はそのあとも残り続けた。

ぼくの読書遍歴のなかで、新井さんの存在は特異点をなしている。新井さんの小説の多くは、SFやライトノベルという以前に、青春小説であり恋愛小説だ。しかし、ぼくはじつは、新井さんへの情熱が冷めたあとは、青春小説や恋愛小説に惹かれることはほとんどなかった。そしてぼくは、二〇代半ばに仕事として評論を始めたあとも、その特異点をうまく吸収できなかった。

その状況が変わったのは、ようやくぼくが三〇歳を過ぎてから、つまりは二〇〇〇年代に入ってからのことである。

新井さんの読者にどれほど知られているのかたいへん心許《こころもと》ないが、そのころ、若いSF読者のあいだで「セカイ系」と呼ばれる小説や映像作品が流行したことがあった。言葉そのものにはっきりした定義はないのだが、主人公と恋愛相手の小さな人間関係を、社会や国家のような中間的な存在の描写を挟むことなく「世界の危機」「この世の終わり」といったむやみに大きな問題に直結させる、そういった想像力がセカイ系の特徴だと言われていた。たとえば、男の子が地球にいて女の子が遠くの星で異星人と戦っていて、そこには地球の命運がかかっているのだけど物語はふたりの恋愛の話しかしない、そういう作品がセカイ系と呼ばれていた。そしてぼくは、さまざまな経緯から、そういった作品の批評に積極的に関わることになった。というよりも、むしろその流れを肯定的に捉える評論家の代表と見なされることになった（当時はそれを肯定的に捉《とら》えているひとが少なかったのである）。

そして、ぼくはそのときはじめて、かつての自分がなぜ新井さんの作品に惹かれたのか、その理由の一端《いったん》を摑《つか》んだ気がした。

主人公と恋愛相手の小さな人間関係を、社会や国家の描写を挟むことなく大きな問題に直結させる。それはじつは、新井さんの小説の多くにもあてはまる特徴である。すでに本編をお読みになったかたはわかると思うが、この解説が収められている『ひとめあなたに…』が、まさにその典型的な作品だ。この小説では、巨大隕石の衝突という大胆な設定にもかかわらず、それが引き起こすはずの社会の反応がほとんど描かれない。地球の破滅は、ただ主人公の恋愛を浮かび上がらせるためだけに使われている。新井さん自身、そのような物語の特異性は自覚していたようで、一九八五年に出版された角川文庫版のあとがきでは、「あと書きから読む方、あと書き読んでから買うかどうか決める方のために断言しておきますと――これは、そういう話［パニック小説］ではありません。そもそも政府だの科学者だのって単語、でてきてないんじゃないかなあ」と注意を促《うなが》している。だから、新井さんの初期作品は、いまから振り返るとセカイ系の先駆だと言うことができる。

そしてそれは、裏返しにすれば、かつてぼくが新井さんの作品に惹かれ、その謎を抱えこんでいたからこそ、二〇〇〇年代になってセカイ系の作品を肯定的に評価できたということを意味している。

さきに述べたように、ぼくは現代思想だとか情報社会論だとか、そういった硬い話も仕事にしている。そこで要求されるのは、じつはまさに、新井さんが描かなかった「政府だの科学者だのって」水準の話である。評論家は一般に、小さな恋愛関係でもなければむやみに大きい「この世の終わり」でもなく、適度に大きな社会や国家について語ることで商売を営《いとな》んでいる。というよりも、そのような中間的な存在のリアリティを十分に感じられるひとこそが、評論家あるいはより広く言論人になると言ったほうがいい。あのひとぼくのこと好きなのかなあとか、生きるってなんなんだろうとか考えているようでは、成熟した言論人にはなれないのである。これはノンフィクションに限らない。小説だって、じつは多くが社会や国家を扱っている。

けれども、新井さんの小説はその存在をあっけらかんと無視している。中学生のころにぼくが感じた魅力の源泉は、おそらくはそこにある。そのような小説を書いたのが新井さんがはじめてだとは思わないし、それが直接にセカイ系を準備したとも思わない。けれども、少なくともぼくにとっては、中学生のころ新井さんの小説に強く惹かれたという事実が、より正確に言えば、そのあと思想やら評論やらを学ぶなかでも自分が新井さんに惹かれた理由がさっぱり言語化できず、その謎がずっと頭の片隅に居座って離れなかったという事実が、そのような本質的に非社会的な、けれどもどこか透明ですこんと底が抜けているような文学的想像力への感性を大きく開いてくれたのだ。もし新井さんの作品との出会いがなければ、ぼくはいまよりもはるかに衒《てら》いなく「政府だの科学者だのって」水準に照準した評論を書いていただろうし、おそらくセカイ系をそれほど高く評価することもなかっただろう。

もっとわかりやすく言えばこうだ。ぼくは新井さんの世界が好きだった。そしていまでも好きである。しかし、新井さんの想像力は、じつは従来の評論の論理のなかでは扱うのがきわめて難しい（正確を期するためちょっとだけ註釈を加えると、評論には大きなジャンルとしてテクスト論というのがあるのだが、じつは新井さんの日本語はそこでも分析しづらい）。したがって、新井さんの世界を好きだと言うためには、むしろ評論の論理のほうを拡張しなければならない。そして、その過程でぼく自身の仕事の幅もずいぶんと拡《ひろ》がることになったのだ。しかも、最初に作品に出会ったあと、一五年以上も経《た》ってから。

そんな読書経験はなかなかすることができない。だから、新井さんは、ぼくにとって特別の作家なのである。

ところで、この文章は『ひとめあなたに…』の解説のはずである。それについてはさきほど、新井さんの小説はセカイ系の先駆として捉えることができ、とくに『ひとめあなたに…』はその典型的な作品だと記した。

じつを言うと、それは解説として不十分である。ぼくは確かに一時期、新井さんの作品をセカイ系の先駆として理解していた。しかし、最近ではちょっと考えが変わってきている。いまのぼくの目には、新井さんの作品世界は、セカイ系の構図に収まらないさまざまな剰余を含んでいるように見える。そしてぼくはまさにいま、この文庫と同じ東京創元社から刊行されている小説誌『ミステリーズ!』で、その新しい新井さん理解を主題にして原稿を書いている。連載三回分、原稿用紙にして七〇枚ほど（この文庫本だと四〇ページほどだろうか）が新井さんの小説の分析に充《あ》てられていて、そのなかには『ひとめあなたに…』の読解もある。じつのところ、ぼくにこの解説の原稿依頼が来たのは、そのような文章を発表していたからである。

だから、本来ならぼくはここで、『ひとめあなたに…』のそんな反セカイ系的というか脱セカイ系的な読解を披露し、それをもって解説とするはずだった。実際に、少しはその方向で書き始めたのである。

けれども、書き進めるなかで、なんか、それでは新井さんの本の最後を飾るのにふさわしくないような気が強烈にしてしまった。

繰り返すが、新井さんはぼくにとって特別の作家である。だから、ぼくのなかでの新井さん理解は年齢を重ねるにつれて少しずつ変わっていく。五年前にはぼくは新井さんをセカイ系の先駆として捉えていたけれど、いまではそれほど単純ではない。同じように、五年後、一〇年後には考えが変わっているかもしれない。だとすれば、自分自身の原稿では自由にいまの新井さん像を書いていいとしても、ここ、つまり新井さんの本のなかでは、むしろ読解は開いておくべきではないだろうか。そもそも、新井さんの小説とあとがきのあの独特のリズムのあとで、カチカチの作品分析を記すことが本当に読者のためになるだろうか。いやいや、なるわけがない。中学生のころのぼくなら、そんな文章を見たら失笑したことだろう。

というわけで、ぼくはここでは、通常の意味での作品解題は行わないことにした（興味のあるかたは申しわけないが上記の雑誌を探してみてほしい、それはそれで力を入れて書いている）。そして、単純に新井さんへの敬愛の情を、ぼくとしてはできるだけ素直に表現してみることにした。結果として、なんかぼくの個人史的な話にしかならず、ぼく自身が普通は書きたくないと思っている情報量ゼロのエッセイになってしまったが、しかたがない、東浩紀という書き手にとって新井素子の存在はそれほど特別なのだ、というところで納得していただければ幸いである。

いやはや、新井さんの解説を頼まれて、ぼくはちょっと舞い上がっているのかもしれないな。

本書は一九八一年十月に双葉社フタバノベルズより
刊行され、一九八五年一月に角川文庫に収録された。

JASRAC 出 0804846-801

著者紹介　1960年東京生まれ。立教大学文学部卒。77年、高校2年生のとき第1回奇想天外ＳＦ新人賞に「あたしの中の……」が佳作入選しデビュー。大学在学中に発表した「グリーン・レクイエム」「ネプチューン」は第12回、第13回星雲賞を受賞。99年には『チグリスとユーフラテス』で第20回日本ＳＦ大賞を受賞。

ひとめあなたに…

2008年5月30日　初版
2024年3月8日　6版

著者　新《あら》井《い》素《もと》子《こ》

発行所　(株)東京創元社
代表者　渋谷健太郎

162-0814/東京都新宿区新小川町1-5
電話　03·3268·8231-営業部
03·3268·8204-編集部
ＵＲＬ　http://www.tsogen.co.jp
暁印刷・本間製本

乱丁・落丁本は、ご面倒ですが小社までご送付ください。送料小社負担にてお取替えいたします。

ISBN978-4-488-72802-1　C0193

時間SFの先駆にして最高峰たる表題作

The Time Machine and Other Stories◆H. G. Wells

ウェルズSF傑作集1

タイム・マシン

H・G・ウェルズ
阿部知二 訳　創元SF文庫

◆

推理小説におけるコナン・ドイルと並んで
19世紀末から20世紀初頭に
英国で活躍したウェルズは、
サイエンス・フィクションの巨人である。
現在のSFのテーマとアイデアの基本的なパターンは
大部分が彼の創意になるものといえる。
多彩を極める全作品の中から、
タイムトラベルSFの先駆にして
今もって最高峰たる表題作をはじめ、
「塀についたドア」、「奇跡をおこせる男」、
「水晶の卵」などの著名作を含む
全6編を収録した。

地球創成期からの謎を秘めた世界

Voyage au centre de la Terre◆Jules Verne

地底旅行

ジュール・ヴェルヌ

窪田般彌 訳　創元SF文庫

◆

鉱物学の世界的権威リデンブロック教授は、
16世紀アイスランドの錬金術師が書き残した
謎の古文書の解読に成功した。
それによると、死火山の噴火口から
地球の中心部にまで達する道が通じているという。
教授は勇躍、甥を同道して
地底世界への大冒険旅行に出発するが……。
地球創成期からの謎を秘めた、
人跡未踏の内部世界。
現代SFの父ヴェルヌが、
その驚異的な想像力をもって
縦横に描き出した不滅の傑作。

神秘と驚異の大海洋が待ち受ける

Vingt mille lieues sous les mers ◆ Jules Verne

海底二万里

ジュール・ヴェルヌ
荒川浩充 訳 創元SF文庫

◆

1866年、その怪物は大海原に姿を見せた。
長い紡錘形の、ときどきリン光を発する、
クジラよりも大きく、また速い怪物だった。
それは次々と海難事故を引き起こした。
パリ科学博物館のアロナックス教授は、
究明のため太平洋に向かう。
そして彼を待っていたのは、
反逆者ネモ船長指揮する
潜水艦ノーチラス号だった！
暗緑色の深海を突き進むノーチラス号の行く手に
神秘と驚異の大海洋が待ち受ける。
ヴェルヌ不朽の名作。

永遠に改稿される『銀河鉄道の夜』!

CAMPANELLA◆Masaki Yamada

カムパネルラ

山田正紀

カバーイラスト＝山本ゆり繪

◆

16歳のぼくを置いて母は逝った。
母は宮沢賢治研究に生涯を捧げ、
否定されている『銀河鉄道の夜』の
第四次改稿版の存在を主張していた。
花巻を訪れたぼくは、気がつくと昭和８年にいた。
賢治が亡くなる２日前だった。
たどり着いた賢治の家で、早逝したはずの妹トシと
その娘「さそり」に出会うが。

永遠に改稿される小説、闊歩する賢治作品の登場人物。
時間と物語の枠を超える傑作。
解説＝牧眞司

創元SF文庫の日本SF